クリスティー文庫
9

三幕の殺人

アガサ・クリスティー
長野きよみ訳

早川書房

5246

THREE ACT TRAGEDY
by
Agatha Christie

Translated by
Kiyomi Nagano
Published 2022 in Japan by
HAYAKAWA PUBLISHING, INC.
This book is published in Japan by
arrangement with
AGATHA CHRISTIE LIMITED
through TIMO ASSOCIATES, INC.

私の友人、
ジェフリーと
ヴァイオレット・シップストンに捧げる

〈演　出〉

チャールズ・カートライト

〈演出助手〉

サタースウェイト

ハーミオン・リットン・ゴア

〈衣　装〉

アンブロジン商会

〈照　明〉

エルキュール・ポアロ

三幕の殺人

登場人物

チャールズ・カートライト……………………元俳優
サタースウェイト…………………………美術・演劇のパトロン
バーソロミュー・ストレンジ………………医師
ミルレー……………………………………チャールズの元秘書
アンジェラ・サトクリッフ…………………女優
フレディ・デイカズ………………………大尉
シンシア……………………………………フレディの妻
メアリー・リットン・ゴア…………………未亡人
エッグ………………………………………メアリーの娘
スティーヴン・バビントン…………………牧師
ウィルズ……………………………………劇作家
オリヴァー・マンダーズ……………………エッグの友人
テンプル……………………………………チャールズのメイド
エリス………………………………………執事
エルキュール・ポアロ………………………探偵

第一幕　疑惑

1　カラスの巣

サタースウェイトは、〈カラスの巣〉のテラスにすわり、この家の主人サー・チャールズ・カートライトが海からの小径《こみち》をのぼってくるのを見ていた。

〈カラスの巣〉はすっきりしたモダンなバンガローだ。三流建築家が使いたがる横木もなければ、破風《はふ》も余計な飾りも、一切ついていない。白一色のしっかりした建物は、外観が与える印象とは違って、実際はかなり広い。この名前がついたのは、ルーマスの港を見下ろす高台に位置するためだ。頑丈な手摺りで守られているこのテラスの一角から眼下の海に向けて、切り立つような崖になっている。道路を使えば、町から〈カラスの巣〉へは一・六キロ。この道路はまず内陸へ向かい、それからジグザグに高い崖の上へとつづいている。徒歩ならば、漁師が使う小径をとおって七分の距離。その小径を、いま、チャールズ・カートライトがのぼってくる。

チャールズは体格のよい日焼けした中年の男だ。フラノ地のはき古したグレーのズボンに白いセーターを着て、軽く拳を握り、身体を少し左右に振りながら、歩いてくる。十人のうち九人までは、彼のことを「退役した海軍士官——このタイプにまず間違いない」というだろう。だが、残るひとりは——もっと見る目があれば——そういきるのをためらう。どこかこのレッテルにそぐわない雰囲気を感じとるからだ。そして、ある場面が目に浮かぶかもしれない。船の甲板だ——といっても本物の船ではない。その端は、どっしりした厚地の緞帳《どんちょう》に隠れている。甲板に立つチャールズ・カートライトが浴びているのは太陽の光ではなく、舞台照明だ。彼は拳を軽く握り、かろやかに歩きながら、イギリス海軍の将校にして紳士であることがわかる心地よい声を朗々と響かせ、なめらかに答える。

「いいえ。そのような質問にはお答えできませんな」

そして音をたてて重い緞帳がおり、ぱっと客席の明かりがついて、オーケストラが近ごろ流行のリズムの音楽を響かせる。頭に大袈裟なリボンをつけた娘たちが「チョコレートいかがですか？　レモネードいかがですか？」と売り歩きはじめる。ヴァンストン司令官役でチャールズ・カートライトが出演する《海の叫び》第一幕の終了だ。

眺望のきく場所から見下ろしながら、サタースウェイトは微笑した。

持ち手が二つついた乾いた小さなシチュー鍋を連想させる男サタースウェイトは、美術と演劇のパトロンで、断固としたところがあるが、有名人好きで、人付き合いがよく、主立ったハウスパーティー（別荘などで泊まりがけで催すパーティー）や社交的な集まりにはいつも招《よ》ばれている（〈そしてサタースウェイト氏〉という文字が来客リストの最後には必ずついている）。かなりの知性の持ち主で、その上、人間や事物に対する鋭い観察眼がある。

彼は首を振りながら、つぶやいた。「まさかこうなるとは。いや、まったく、まさかこうなるとは」

テラスに足音がして、彼は振り向いた。大柄な白髪まじりの男が椅子を手前に引き出し、腰をおろした。その男の眼光は鋭いが、優しげな顔には、彼の職業の特徴がはっきりと見える。〝医者〟、それも〝ハーレー街〟の。サー・バーソロミュー・ストレンジは医者として成功していた。神経疾患の専門医としてよく知られており、最近、バースデー・オナーズ（国王誕生日に行なわれる叙勲・叙爵）でナイトの称号を受けた。

彼は自分の椅子を引きずり、サタースウェイトの椅子の横に並べた。

「まさかって、なんの話です？　聞かせてください」

サタースウェイトは微笑を浮かべ、小径を足早にのぼってくる男を示した。

「まさかチャールズがこんなに長いこと――いわば――世捨て人の生活に満足したままでいるだろうとは、考えてもみなかったと思ってね」

「いや、まったく、そのとおり！」相手は頭をのけぞらせて笑った。「チャールズのことは、昔から知っているけど――オックスフォードでいっしょだったから――やつはずっと変わらない。舞台で演じるより、私生活で演じるほうが得意なくらいなんです！いつも演技をしている。演技せずにいられないらしい――あれは性《さが》ですね。チャールズは部屋から出るにも、ふつうに出ていくのではない――〝退場〟するんです。しかも、必ずふさわしい台詞を残して。それにまた、役を変えるのが何よりも好きだし。二年前に、舞台を引退したときには世俗から離れて、簡素な田舎生活を送り、昔から憧れていた海の暮らしにふけりたいといった。そしてここにやってきて、この家を建てた。彼のいう簡素な田舎小屋を。バスルームが三つ。最新のものがすべてある！　わたしもあなたと同じでね、サタースウェイト、長続きはしないと思ってましたよ。なんといっても、チャールズはいかにも人間的だから――観客が必要だ。退職した船長が二、三人、老婦人たちに教区牧師――それでは演技を見せる観客としては充分とはいえない。〝海を愛する素朴な男〟を演じるのはせいぜい六カ月。そのあとは、正直なところ、この役に飽きるだろうと思ってました。次に演じるのは〝モンテカルロの厭世家〟とか、あるいはおそらく、〝ハイランドの大地主〟か——なんでもござれですからね、チャールズは」

長々と話していた医者は言葉を切った。彼は愛情に満ちた愉快そうな目で、自分の話をされているとも知らずに下から歩いてくる男を見ていた。もう二分もすれば、ここに着くはずだ。

「しかし」バーソロミューは話をつづけた。「われわれは間違っていたらしい。彼は簡素な生活にまだまだ魅せられているようだ」

「芝居がかった男は誤解されることがある」サタースウェイトが指摘した。「そういう男の真意は本気にされないからね」

医者はうなずいた。

「そう、そのとおり」彼は考え深げにいった。

陽気にやあと呼びかけながら、チャールズ・カートライトが階段を駆け上がり、テラスに立った。

「ミラベル号は一段とすばらしかった。いっしょに来るべきでしたよ、サタースウェイト」彼はいった。

サタースウェイトは首を振った。イギリス海峡をわたるたびに船酔いに苦しんでいる彼は、船上で吐き気を感じずに快適でいられるなどという幻想は持っていない。その朝、寝室の窓からミラベル号を見ていたのだが、激しい風で帆がはらむのを見て、乾いた陸地にいるありがたみを心から感じたのだ。

チャールズは客間の窓辺へ行き、メイドに酒を命じた。

「きみも来るべきだったよ、〝トリー〟」彼は友人にいった。「人生の半分は、ハーレー街にいながら、海ですごすのがどんなに健康によいか、患者に説明して暮らしているんだろう？」

「医者であることのひじょうに有利な点は、自分自身の忠告にしたがわずにすむことでね」バーソロミューはいった。

チャールズは声を出して笑った。まだ無意識に役を演じつづけている――ざっくばらんで快活な海軍士官の役だ。並外れてハンサムなこの男は、見事に均整がとれた身体つきで、ほっそりした顔は親しみやすく、こめかみにほんの少しまじる白いもののために、なおのこと際立って見える。彼は見た目どおりの人間だ――まずは紳士で、次に俳優だ。

「ひとりで行ったのかい？」医者が訊いた。

「いや」チャールズは振り向き、トレイをささげている小ざっぱりした接客係のメイドから酒を受け取った。「〝助手〟を連れていった。正確には、エッグという娘だよ」

その声音に、少しばかりはにかみめいたものを感じ、サタースウェイトは思わず顔を上げた。

「リットン・ゴア嬢のことだね？　あの娘はヨットの知識があるんだろう？」

チャールズはやや自嘲ぎみに笑った。

「彼女といると、自分は新米水夫だと感じさせられっぱなしですよ。でもぼくの腕も上がってきました――彼女のおかげでね」

サタースウェイトはすばやく、あれこれと考えをめぐらせた。

〝なるほど、エッグ・リットン・ゴアか――だからまだこの生活に飽きてないのだな。確かにあの娘は魅力的だ。チャールズの年齢――危険な年齢だ――には、人生のこの時期には、常に若い女が登場する〟

チャールズはつづけた。「海――これに優るものはない。太陽と風と海――そして、安らぐための簡素な小屋」

そして彼は背後の白い建物をうれしそうに見た。バスルームが三つあり、どの寝室でも温水と冷水が使えて、最新のセントラルヒーティング設備と最新の電気器具を備え、接客係のメイド、家事係のメイド、料理人、台所の下働きのメイドがそろっている。チャールズの考える簡素な生活は、一般の人々のそれよりも贅沢なようだ。

驚くほど不美人で長身の女が家から出て、男たちのほうにやってきた。

「おはよう、ミス・ミルレー」

「おはようございます、チャールズ様。おはようございます」と、彼女は顔を少しだけ他のふたりのほうに向けた。「こちらがディナーのメニューでございます。何か変更なさりたいかどうかと思いまして」

チャールズはそれを手にとり、つぶやいた。

「ええと。カンタロープメロン、ボルシチ、新鮮なサバ、ライチョウ、スフレ・シュルプリーズ、ベーコンときのこのカナッペか……いや、これで申し分ないと思うよ、ミス・ミルレー。みなさんは四時三十分の列車で到着だ」

「もうホルゲートに命じてあります。ところで、チャールズ様、もしよろしければ、今晩のディナーには、わたくしもごいっしょさせていただいたほうがよろしいかと存じますが」

チャールズはびっくりしたようだが、礼儀正しくいった。

「ああ、それはうれしいが、ミス・ミルレー――しかし――その――」

ミス・ミルレーは穏やかに説明した。

「そうしませんと、チャールズ様、食卓につくのが十三人になってしまいます。迷信深いかたが多ございますからね」

その口調から察するに、ミス・ミルレー自身はなんら気にすることなく一生毎晩でも十三人のディナーの席につけそうだ。彼女はさらにつづけた。

「何もかも手配済みでございます。ホルゲートには、メアリー様とバビントンご夫妻を車でお連れするように命じましたが。それでよろしいでしょうか？」

「大いに結構。いまそれを頼もうと思っていたところだ」

醜い顔に得意げな笑みをかすかに浮かべて、ミス・ミルレーは立ち去った。

「あれは」チャールズは敬意をこめていった。「驚くべき女性だよ。そのうち、ぼくの歯を磨きにくるのではないかと、いつもびくびくしてるんだ」

「有能の極みだな」バーソロミューがいった。

「ぼくのところに来て六年になる」チャールズはいった。「初めはロンドンで秘書として、そしてここでは、称賛すべき別格のメイド頭というところかな。この家を滞りなく取り仕切っている。しかしいまになって、驚いたことに、辞めるといいだしてね」

「理由は？」

「本人の話では」――チャールズは疑わしげに鼻をこすった――「病身の母親がいるそうだ。ぼくとしては信じないがね。あの手合いの女性には、そもそも母親などいるものか。発電機からいつのまにやら発生したに決まっている。何か他の理由があるに違いない」

「ああ、そうだな。噂になっていたからね」バーソロミューがいった。

「噂?」俳優は目を丸くした。「噂とは——どういう意味だ?」

「おいおい、チャールズ。噂といえば、どういう意味だかわかるはずだぞ」

「つまり、彼女とぼくについての噂だというのか? あの顔だよ? しかもあの年齢だぞ?」

「まだ五十にはなっていないと思うが」

「そうだろうな」チャールズはそのことについて考えた。「でも、冗談は別として、トリー、彼女の顔をよく見たかい? 目がふたつ、鼻がひとつ、口がひとつ、確かについているが、あれはとても顔と呼べる代物《しろもの》ではない——女性の顔とはね。このあたりで一番の噂好きのおばさんでも、あの顔と浮いた話を結びつけることなんてありえないよ」

「きみはイギリス人のハイミスの想像力を過小評価しているな」

チャールズは首を振った。

「やはりありえないよ。ミス・ミルレーには、イギリスのハイミスでさえ一目おかざるをえないおそるべき立派さのようなものがある。彼女は高潔と尊厳の化身だ——そしてめっぽう有能だ。ぼくは自分の秘書には、とびきりの不器量を選ぶことにしている」

「賢い男だ」

チャールズは数分の間、深く考えにふけったままでいた。彼の気を転じるために、バーソロミューが訊いた。「きょうは、誰が来るんだい？」

「ひとりはアンジー」

「アンジェラ・サトクリッフか？　それはいい」

サタースウェイトは興味深そうに身を乗り出した。ハウスパーティーに来る客の顔ぶれを知りたくてたまらないのだ。アンジェラ・サトクリッフは有名な女優で、もう若くはないが、根強い人気を保ち、その機知と魅力で知られている。エレン・テリー（一八四七〜一九二八、英国女優）の後継者といわれることもある。

「それからデイカズ夫妻だ」

これにもサタースウェイトは、なるほどというようにうなずいた。ミセス・デイカズは婦人服の仕立てで成功したアンブロジン商会の経営者だ。芝居のプログラムに〈第一幕のミス・ブランクの衣装はブルートン街、アンブロジン商会製〉などと書いてある。夫のデイカズ大尉は、彼が親しんでいる競馬用語でいうなれば、実力未知のダークホースといったところか。彼は競馬に入れ込んでいた――彼自身、はるか昔にグランドナショナルで騎手をしたこともある。ところが何かトラブルがあったらしいという噂が広まった。正確なことのてんまつについては誰も知らない。取り調べも行なわれず、何も公表されなかったが、どういうわけか、フレディ・デイカズについて話すとき、人々は眉を少し上げて疑念を表わす。

「それから脚本家のアンソニー・アスター」

「もちろん」サタースウェイトはいった。「《一方通行》を書いたのは彼女だね。あの芝居は二回観たよ。大ヒットだった」

彼はアンソニー・アスターが女性なのを自分が知っていることをひけらかすのがうれしかった。

「そのとおり」チャールズはいった。「彼女の本名がなんだったか忘れたが――ウィルズだったと思う。一度だけ彼女に会った。アンジェラをよろこばせてくれと頼んだんだよ。それで全員だ。ハウスパーティーの客はね」

「地元の人たちは？」医者が訊いた。

「ああ、地元の人たちか！　ええと、まず、バビントン夫妻。牧師で、すごくいい男だよ、あまり牧師くさくなくて。それに奥さんもじつに感じのいい人だ。ぼくに園芸の手ほどきをしてくれている。この夫妻と、それにレディ・メアリーとエッグも。それで全員だ。ああ、そうだ、マンダーズという若い男も来る。ジャーナリストか何かだ。ハンサムな若者だよ。それで客は全員だ」

几帳面なサタースウェイトは、頭数を数えはじめた。

「ミス・サトクリッフで一名、デイカズ夫妻で三名、アンソニー・アスターで四名、レディ・メアリーとその娘エッグで六名、牧師夫妻で八名、若い男で九名、われわれを加えて十二名。きみにしろ、ミス・ミルレーにしろ、数え違いをしたね、チャールズ」

「ミス・ミルレーが間違えるはずがない」チャールズは自信を持っていった。「彼女は決して間違えない。はてな。そうだ、やれやれ、あなたのいうとおりだ。客をひとり忘れていた。記憶から抜けていた」

チャールズはくすくす笑った。「知ったら怒るだろうな。とにかく自惚れの強い男だから」

サタースウェイトの目が光った。この世でもっとも自惚れの強いのは俳優だというのが彼の持論だったからだ。もちろんチャールズ・カートライトもその仲間だ。自分を棚に上げてのこの言い草を、彼はおもしろがった。

「その自惚れの強い男とは誰だね？」彼は訊いた。

「変な小男ですよ」チャールズはいった。「とても有名な小男です。あなたもきっと彼について聞いたことがあるはずだ。エルキュール・ポアロ。ベルギー人の」

「探偵だね」サタースウェイトはいった。「会ったことがあるよ。ひじょうに非凡な人物だ」

「変わり者ですよ」チャールズはいった。

「会ったことはないが」バーソロミューはいった。「話はたくさん聞いている。しばらく前に引退したのではなかったかな？　たぶん、聞いた話のほとんどは、語り草になっているんだろうな。やれやれ、チャールズ、この週末に犯罪が起きないように願うよ」

「どういうことだい？　探偵が来るからかい？　原因と結果を取り違えていないか、トリー？」

「まあな、ぼくの理論としてはそうなるのさ」

「あなたの理論というと、ドクター？」サタースウェイトが訊いた。

「事件が人に近寄ってくるということですよ──人が事件に近寄るのではなくてね。刺激的な人生を送る人間もいれば、退屈な人生を送る人間もいるのはなぜか？　その人間が置かれた環境のせいなのか？　そんなことはまったくない。地の果てまで旅をしても、その身に何も起こらない人もいる。そういう人間は到着する一週間前に大虐殺があり、出発した翌日に地震がくる、乗り損なった船が難破するという具合でね。ところがバラムに住んでいて毎日シティへ通うだけなのに事件に巻きこまれる人もいる。恐喝を働く暴力団や、美女たちや、自動車泥棒などにかかわりあう。難破しやすい人たちもいる——そういう人たちは、たとえお飾りのような湖でボートに乗っても、何かが起きてしまうのだ。それと同じように、きみの客人エルキュール・ポアロのような男は犯罪を探す必要がない——犯罪のほうで近寄ってくるんだ」

「そういうことなら」サタースウェイトはいった。「ミス・ミルレーに加わってもらって、ディナーの席につく人数が十三人でなくなるようにしたほうがいいな」

「まあね」チャールズは鷹揚《おうよう》にあしらった。「どうしてもというなら、殺人事件を起こしてもかまわないよ、トリー。条件はただひとつ——ぼくが死体にならないことだ」

そして、三人の男たちは笑いながら家の中へ入っていった。

2 晩餐前の出来事

サタースウェイトが人生でもっとも関心を持っているのは人間であった。

彼は概して男よりも女に興味があった。男性的な男にしては、彼は女について知りすぎている。その上サタースウェイトの性格には女性的要素もあり、そのために女性心理の洞察力を備えているのだ。しかし、女たちは秘密を打ち明けて相談をすることはあっても、真剣な恋の相手として彼を見ることは決してなかった。これについては、彼は少し苦い気持ちになることもある。自分はいつも特別席で劇を観ているだけで、舞台にあがって登場人物になることは決してないと感じていたからだ。もっとも、じつのところ、彼には見物人の役割がまさに適役なのであった。

この晩も、テラスに面している大きな部屋――モダンな設計事務所が船の高級船室に似せて巧妙に室内装飾を施した――で、彼はシンシア・デイカズの染められた髪の色合いに興味を引かれていた。それはまったく新しい色合いで、おそらく、パリから直接とりよせたのだろう。グリーンがかったブロンズ色は興味深い色で、見目麗しい効果をあげていた。素のミセス・デイカズがどんな外見なのかは想像もつかないが、背が高く、こういった集いにふさわしい完璧な容姿をしている。首と腕はいつものように、イギリスの夏らしい淡い小麦色をしている――その肌色が自然な日焼けによるものか、人工的なものかは、わからない。グリーンがかったブロンズ色の髪はロンドンの一流の美容師にしかできない巧みな新しいスタイルにセットされている。毛抜きでととのえた眉、マスカラでくっきりさせた睫、顔は見事に化粧され、もともとは一文字の唇には口紅で曲線が補われている。それらすべてが、彼女のイヴニングドレス姿を完璧にしている。深みのある変わった色合いのブルーのドレスはシンプルに見えるデザインだが、実際はひじょうに凝っており、材質も珍しい——一見くすんでいるが、光の加減できらめくのだ。

「あれはたいした女だ」サタースウェイトは感心したようにじっと見てつぶやいた。

「ほんとうはどんな人なんだろう？」

しかしこんどは外見ではなく、内面のことをさしていた。

彼女は今流行の、ゆったりとした話し方をした。

「それがね、あなた、それは無理でしたわ。つまり、物事は可能か不可能かのどちらかでしょう。これは不可能でしたの。ほんとうに突き抜けた感じでしたわ」

これはちょうどいま流行の言葉だった——近ごろでは、あらゆるものが〝突き抜けた感じ〟なのだ。

チャールズは勢いよくカクテルのシェーカーを振りながら、アンジェラ・サトクリッフと話していた。背が高く、いたずらっぽい口元に魅力的な目をした銀髪の女性だ。

デイカズ大尉はバーソロミュー・ストレンジと話していた。

「レディズボーンじいさんがおかしいってことは、みんな知ってますよ。厩舎の関係者全員が知ってます」

彼は甲高い声で早口にまくしたてた。ずるそうな赤ら顔に、ちょび髭をはやした小柄な男で、少しうさんくさい目つきをしている。

サタースウェイトのわきにはミス・ウィルズがすわっていた。彼女の芝居《一方通行》は、ここ数年間にロンドンに登場した劇では、最高に機知に富み、大胆なもののひとつだと称賛されていた。ミス・ウィルズは背が高く痩せていて、顎がとても小さい。その金髪はひどくちぢれている。鼻眼鏡をかけ、極端にくたっとしたシフォンのグリーンのドレスを着ている。声は高いが、特徴がない。

「南フランスへ参りましたけれど」彼女はいった。「でも、ほんとの話、たいして楽しくありませんでした。少しも親しみやすいところがなくて。でも、もちろん、仕事には役立ちました――変な出来事をたくさん見ましたもの」

サタースウェイトは思った。〝かわいそうに。成功したために心の故郷であるボーンマスの下宿に住めなくなってしまったのか。あそこにいたいのだろうに〟彼は作品とその作者との違いに驚きを禁じえなかった。アンソニー・アスターがその芝居で使うあの洗練された「世慣れた人」の口調――そのかすかなきらめきさえもミス・ウィルズには感じられない。そう思ったあとで、鼻眼鏡の奥の薄いブルーの目がまさに知性の結晶であることに気づいた。その値踏みするような眼差しを向けられて、彼はいささかうろたえた。まるでミス・ウィルズは彼のすべてを入念に目に焼きつけようとしているみたいだ。

折よくチャールズがカクテルを注いでいた。

「カクテルを取ってきましょう」サタースウェイトはぱっと立ち上がった。

ミス・ウィルズはくすくす笑った。

「お願いします」彼女はいった。

ドアが開いて、テンプルがレディ・メアリー・リットン・ゴア、バビントン夫妻、ミス・リットン・ゴアの到着を告げた。

サタースウェイトはミス・ウィルズにカクテルをわたすと、レディ・メアリーのそばににじわじわとにじり寄っていった。前述のように彼は称号に目がないのだ。

それに、有名人好きはさておいても、彼は上流婦人というものが好きで、レディ・メアリーは紛れもなく上流婦人そのものだった。

夫に先立たれ、三歳の子供を抱えて貧しい暮らしになると、彼女はコーンウォールのルーマスに移ってきて、小さいコテージに落ち着いた。以来ずっと献身的なメイドとともにそこに住んでいる。背が高く痩せた女性で、五十五歳という実年齢よりも老けて見える。その表情は優しく、内気そうだ。娘を深く愛しているが、少々手を焼いてもいた。

娘のハーマイオニー・リットン・ゴアは、いわれは不明だが、通称はエッグで、母親にはほとんど似ていない。もっと活発なタイプだ。美人というのではないが否定しがたい魅力がある、とサタースウェイトは思った。そしてその魅力の源泉は彼女のあふれるばかりの活気にあるようだ。彼女はその部屋にいる誰と比べても二倍は生き生きして見えた。黒髪に、灰色の瞳、背丈は中ぐらい。髪がうなじで細かにちぢれる具合、灰色の目でまっすぐに見る視線、頬の曲線、そして、周囲を巻きこむ笑い声には活気と奔放な若さがある。

彼女は、到着したばかりのオリヴァー・マンダーズと立ち話をしていた。

「どうしてヨットは退屈だなんていうようになったのかわからないわ。前は好きだったじゃない」

「エッグ――いいかい。人は大人になるんだよ」

彼はゆっくりとした話し方でそういい、眉を上げた。

そのハンサムな若い男は、二十五歳ぐらいだろうか。彼の整った容貌には、いくぶん作ったような感じがある。他にも何か――何かが――外国育ちなのだろうか？　どこかイギリス人らしくないところがある。

他にもオリヴァー・マンダーズを観察している人物がいた。卵型の頭をして、いかにも異国風の口髭をはやした小柄な男だ。サタースウェイトはエルキュール・ポアロと会ったときのことを思い出していた。この小男はひじょうに愛想がよかったが、わざと非イギリス人であることを誇張しているのではないかと、思ったものだ。キラキラした小さな目はこういっているように見えた。〝わたしが道化になることを期待しておいでですか？ あなたのためにコメディを演ずることを？ よろしい《ビアン》――ご希望にそいましょう！〟

しかしいまここにいるエルキュール・ポアロの目には輝きがなかった。心配そうで、少し悲しげに見える。

ルーマスの教区牧師、スティーヴン・バビントンがやってきて、レディ・メアリーとサタースウェイトの話に加わった。彼は年齢が六十歳ちょっと、優しい薄いブルーの目をした、安心感を抱かせる控えめな感じの人物だ。

彼はサタースウェイトにいった。「サー・チャールズが近くに来られたことは、わたしたちにとって幸運です。あのかたはいつでも、とても親切で――とても寛大です。隣人としてたいへん気持ちのよいかたです。レディ・メアリーもきっと同感ですよ」

レディ・メアリーは微笑んだ。

「わたくしもあのかたが大好きですわ。成功なさっているのに、偉そうなところがございませんし。それに、いろいろな面で」彼女はさらににっこりした。「まだ少年の心を持っていらして」

接客係のメイドがカクテルをのせたトレイを持って近づいてきたとき、サタースウェイトは、女性とはいつまでも母性を失わないものだと考えていた。ヴィクトリア朝生まれの彼らしく、その特性をよしとした。

「カクテルを飲んでもよくてよ、お母様」グラスを手にしたエッグがぱっと現われた。

「一杯だけね」

「ありがとう」レディ・メアリーはおとなしくいった。

「家内もわたしが一杯いただくのを許してくれると思います」バビントン牧師はいった。そして穏やかな牧師らしい笑い声を少しあげた。

サタースウェイトがミセス・バビントンのほうをちらりと見ると、彼女はチャールズに肥料のことについて熱心に話していた。

〝すてきな目をした女性だ〟彼は思った。

ミセス・バビントンは大柄で、身なりにかまわない女性だった。エネルギッシュな感じで、些細なことにこだわりそうもなく見える。チャールズ・カートライトが前にいったように、〝じつに感じのいい人〟だ。

「あのう」レディ・メアリーが顔を近づけた。「わたくしたちが入ってきたときに、あなたが話していらした若い女性はどなたですの——グリーンのドレスのかたですけれど？」

「劇作家のアンソニー・アスターですよ」

「なんですって？　あの——あのいかにも貧血症みたいな若い女性が？　まあ！」彼女ははっと口をつぐんだ。「わたくしったらなんて不作法なことを。でも驚きましたわ。そうは見えませんもの——だって、いかにも融通のきかない住み込みの躾係みたいじゃありませんか」

それはミス・ウィルズの外見を適切に言い表わした言葉だったので、サタースウェイトは思わず笑った。バビントン牧師は近視なのか、優しげな目を細めて部屋の奥の話題の主にじっと目を凝らした。そしてカクテルを一口すると、少しむせた。この人はカクテルを飲みつけていないらしい、サタースウェイトはそう考えて愉快になった。きっとこの牧師には、カクテルはいかにも新しいものなのだろう。そしてどうやら口に合わなかったようだ。バビントンは思いきってもう一口ふくむと、顔をしかめて、いった。

「あそこにいるご婦人のことですか？　ああ、なるほど——」

彼は突然手で喉をおさえた。

エッグ・リットン・ゴアのよくとおる声が聞こえた。

「オリヴァーったら——こずるいシャイロックのようだわ——」

〝ああ、そうか〟サタースウェイトは思った。〝なるほど——外国育ちというより、ユダヤ人っぽいのか！〟

ふたりはなんとお似合いなのだろう。ふたりともとても若くて見栄えがいい……口喧嘩も——健康な証拠だ。

すぐわきで音がしたので、サタースウェイトは振り向いた。バビントンが立ち上がって、前後に揺れている。その顔が痙攣していた。

レディ・メアリーはすでに立ち上がり、心配そうに彼に手をのばしていた。エッグのよくとおる声で室内の人たちが注意を向けた。

「あら、バビントンさん、ご気分が悪いのですか」エッグの声がいった。

バーソロミュー・ストレンジが急いで近づき、この苦しむ男の上半身を抱えるようにして、部屋の片側にある長椅子に連れていった。他の人たちは何かできることはないかとまわりに集まったが、どうすることもできずにいた……。

二分後に、バーソロミューは背筋をまっすぐに起こし、首を振った。遠回しにいってもなんにもならないので、彼ははっきりといった。

「お気の毒ですが、ご臨終です……」

3　チャールズ、考える

「サタースウェイト、ちょっとこっちに来てもらえますか?」

チャールズがドアから顔を突き出した。

すでに一時間半が過ぎていた。混乱がおさまり静けさがもどっている。レディ・メアリーが涙にくれるミセス・バビントンを部屋の外へうながして、牧師館へ送っていった。ミス・ミルレーがてきぱきと電話をかけ、地元の医者が到着して、その場を受け継いだ。簡略化されたディナーが供されたあと、おのずとハウスパーティーの泊まり客たちは各自の部屋にもどっていった。サタースウェイトも部屋にもどろうとしたところを、死亡事件の発生した船室風の部屋の戸口から、チャールズに声をかけられたのだった。

サタースウェイトは身体がかすかに震えるのを抑えながら、ゆっくり入っていった。もう若くはないので死体を目にするのは気がすすまなかった……なぜなら、まもなくしかすると、自分も……いや、なんだって、そんなふうに考えるのか?

〝まだあと二十年は大丈夫〟サタースウェイトは元気よく自分にいい聞かせた。

船室にいるのは他にはバーソロミュー・ストレンジだけだった。彼はサタースウェイトを見ると、よかったというようにうなずいた。

「よく来てくれた。サタースウェイト、あなたの助けが必要だ。世の中をわかっている男のね」

少し驚いて、サタースウェイトはこの医者のそばにある肘掛け椅子に腰をおろした。チャールズは室内を行ったり来たりしていた。拳を軽く握るのも忘れ、海軍士官らしさはまったく消えている。

「チャールズは気に入らないんですよ」バーソロミューがいった。「つまり、哀れなバビントンさんの死が」

サタースウェイトはあんまりな言い草だなと思った。ここで起きたことを〝気に入る〟人間などいるわけがない。しかし、バーソロミューはその言葉が伝える無遠慮な意味とはまったく別の意味合いでいっているのだろう。

「たいへん胸が痛い」サタースウェイトは慎重に二人の反応を見ながらいった。「まことに胸が痛い」思い出すように身震いして、くり返した。

「そう、たいへん痛ましい」医者はいったが、その瞬間のその声には職業がにじみ出ていた。

チャールズは行ったり来たりする足をとめた。

「ああいう死に方を、いままで見たことがあるかい、トリー？」

「ないな」バーソロミューはじっと考えていった。「あるとはいえない。しかし」彼はちょっと間をおいてすぐにつづけた。「実際にはきみが想像するほど死に立ち会ってはいないんだ。神経科の患者はそれほど死にはしない。患者には生きていてもらって、診察代を払ってもらわなくてはならないからな。マクドゥガル先生のほうがずっと多く死に立ち会っているのは間違いない」

マクドゥガルはルーマスで一番といわれる医者で、ミス・ミルレーが呼んだのだ。

「しかし、マクドゥガルは彼が死ぬところを見たわけではない。着いたときには、バビントンさんはもう息を引き取っていたんだからね。マクドゥガルにわかっているのは、われわれが話したことと、きみが話したことだけだ。彼は何かの発作だろうといっている。バビントンさんは年配だし、身体の具合も芳しくなかったというのがその理由だが、ぼくにはどうも納得できなくてね」

「おそらく彼自身も納得してはいないだろうよ」バーソロミューはうなるようにいった。「だが医者は何かいわなくてはならないからな。〝発作〟というのは無難な言葉だよ。

なんの説明にもならないが、素人を納得させる。それに、なんといっても、バビントンさんは確かに年配だったし、近ごろは健康のことで悩んでいた。奥さんがそういっていた。知らないうちに何かの病気にかかっていたのかもしれない」

「あれは典型的な発作か何かだったのかい？」

「典型って、なんの？」

「何かの病気の」

「医学を学べば、典型的症例などというものはほとんどないことがわかる」バーソロミューはいった。

「はっきりいって、何がいいたいのだね、チャールズ？」サタースウェイトが訊いた。

チャールズは答えなかった。そして片手を曖昧に振った。バーソロミューは忍び笑いをもらした。

「チャールズは、自分でもわかっていないだろうが、まったく自然に芝居がかったことを考えはじめてしまうんだ」

チャールズはとがめるような仕草をした。何かに心を奪われているらしく、考えこんでいる。そして上の空といった調子で、かすかに首を振った。

この仕草はどことなく誰かに似ているとサタースウェイトは思ったが、それが誰なのか、喉まで出かかっているのに思い出せず、じれったかった。やがて、はたとわかった。アリスタイド・デュヴァルだ。舞台《地下線》でもつれた陰謀事件を解明した秘密検察局のボスだ。すぐに彼は確信した。チャールズは無意識に片足を引きずるようにして歩いている。アリスタイド・デュヴァルは「脚の悪い男」として知られていた。

チャールズのもやもやした疑いを、バーソロミューは常識という剣でばっさりと切ろうとした。

「いったい、きみは何を疑っているんだ、チャールズ？　自殺か？　殺人か？　いったい誰が、無害な老牧師を殺そうなどと思うんだ？　ばかげている。自殺か？　まあ、それもひとつの考えだと思う。バビントンさんが自殺したがる理由なら想像できるかもしれない――」

「どんな理由だい？」

バーソロミューは穏やかに首を振った。

「人の心の秘密などどうしてわかる？　たとえば――バビントンさんが不治の病にかかったと告げられたと仮定したら――癌とかね。そんなたぐいのことが動機になったのかもしれない。自分が長々と苦しむ様を看取る苦痛を、妻に味わわせたくないと思ったとも考えられる。もちろん、たとえばの話だ。バビントンさんが自分の命を終わらせるのを望んだと思わせる根拠は、まったくひとつもない」

「自殺の可能性は、あまり考えてはいなかったよ」チャールズがいいはじめた。

バーソロミュー・ストレンジは、またも低く忍び笑いをした。

「そのとおり。きみが求めているのは可能性ではない。きみはドラマチックなものを求めてるのだ――カクテルの中に痕跡を残さない新種の毒があった、というような」

チャールズは顔をしかめた。

「自分がそういうことを求めているかどうかわからないな。トリー、そのカクテルを作ったのがぼくだってこと、忘れないでくれよ」

「急に、殺人狂になる気分に襲われた？　兆候が出るのが遅れているだけで、全員が朝までに死んでしまうとか」

「まったく、冗談をいってくれるなあ、でも――」チャールズは苛立って急に口をつぐんだ。

「いや、まじめな話だ」医者はいった。

バーソロミューは口調を変え、まじめな、思いやりのある声でいった。

「哀れな老バビントン牧師が死んだことを冗談にしているのではないよ。きみの思いつきをからかっているだけだ、チャールズ、なぜって――そうだな――それは、きみが、自覚せずに、人を傷つけるのを見たくないからだよ」

「傷つけるって？」チャールズが詰問した。

「あなたなら、わたしがいおうとしていることが、わかるでしょう、サタースウェイト？」

「ああ、たぶん、推測することはできるよ」サタースウェイトはいった。「きみのくだらない疑念が、人を傷つけるおそれがあることが？」バーソロミューはつづけた。「まったく根拠もないのに卑劣な殺人だったなどとほのめかしたりすると、ミセス・バビントンにさらなる悩みと苦痛をもたらすかもしれないんだよ。そういう例を一、二度見てきた。突然の死――数人があることないことをべらべらとしゃべる――噂があたりにぱっと広がる――噂はどんどんふくらんで――そうなるともう誰にも止められない。まったく、チャールズ、安易に想像を口にすることがどんなに残酷で不必要なことかわからないのかい？　きみは憶測したコースに、自分の鮮やかな想像力を走らせて満足しているにすぎない」

俳優の顔に煮えきらない表情が浮かんだ。

「そういうことは考えていなかった」彼は認めた。

「きみはものすごくいいやつだよ、チャールズ、しかし想像力を働かせすぎる。気をつけろよ、きみは誰かが——それが誰にしても——あの完璧に無害な老人を殺したがった、と本気で思っているのか？」

「そうではないと思う」チャールズはいった。「確かに、きみがいうように、ばかげているな。すまなかった、トリー、でも〝派手な事件〟を期待したわけじゃないんだ。何かが変だと感じた。〝直感〟なんだよ」

サタースウェイトは軽く咳払いをした。

「ちょっといいかな？　バビントン牧師は部屋に入ってきてまもなく、カクテルを飲んだ直後に具合が悪くなった。じつはたまたまだが、そばにいたせいで、彼が一口飲んで顔をしかめたのに気づいた。そのときは味に慣れていないからだろうと思った。しかしバーソロミューの仮説が正しいとすると、つまり、バビントン牧師がなんらかの理由で自殺願望を抱いていたかもしれないとすると、なるほど、それはなくもないような気がする。ところが、殺人は考えられん。

バビントン牧師が誰にも見られずに何かを自分のグラスに入れたということは、可能性は大きくないまでも、ありえる気がするがね。

さてと、この部屋にあるものは何ひとつまだ触られていない。カクテルグラスの置き場所もそのままだ。これがバビントン牧師のグラスだ。わたしはここにすわって彼と話していたから、知っている。バーソロミューにそのグラスを分析してもらってはどうだろうか——内密に行なえば、なんの〝噂〟も引き起こさずにすむはずだが」

バーソロミューは立ち上がり、グラスを取り上げた。

「よし」彼はいった。「そこまではつきあうよ、チャールズ、でも、絶対にジンとベルモット以外に何もないほうに十ポンド対一ポンドで賭けてもいい」

「よし乗った」チャールズはいった。

そして彼は申し訳なさそうな笑みを浮かべた。「なあ、トリー、ぼくの途方もない考えには、きみにも少し責任があるんだよ」

「ぼくが？」

「そうだよ、きみは今朝、犯罪の話をした。エルキュール・ポアロという男はヘンな男で、彼が行くところに犯罪がついてくる、とね。そして彼が到着するとまもなく、いかにも怪しげな突然の死亡事件が起きた。ぼくの頭がすぐさま殺人へと飛躍したのももっともだと思わないか」

「あの——」サタースウェイトはいったが、すぐに口をつぐんだ。

「そうだよ」チャールズ・カートライトはいった。「そのことを考えていたんだ。きみはどう思う、トリー？　この件について、彼がいったいどう思うか、訊いてもいいかな？　でも礼儀としては、どうだろう？」

「微妙だな」サタースウェイトはつぶやいた。

「医者の礼儀は知っているが、探偵の礼儀については見当がつかない」

「プロの歌手にちょっと歌ってくれと安易に頼むわけにはいかないだろう？　プロの探偵に事件について相談するのはいいのだろうか？　ひじょうに微妙な問題だ」

「意見を聞くだけだ」チャールズはいった。

その時、静かなノックの音がして、エルキュール・ポアロが申し訳なさそうに顔をのぞかせた。

「どうぞ、お入りください」ぱっと立ち上がって、チャールズが声を高くした。「ちょうどあなたのことを話していたんですよ」

「お邪魔ではありませんか」

「いいえ、少しも。一杯どうぞ」

「ありがとうございます、でも結構です。ウィスキーはめったに飲みませんので。砂糖水を少々いただければ、さて——」

しかしチャールズの飲み物の概念には砂糖水は入っていなかった。客を椅子にすわらせて、俳優は単刀直入に切りだした。

「遠回しに話すつもりはありません」彼はいった。「ちょうどあなたのことを話していたのです、ムッシュー・ポアロ、そして――そして――今夜起きた出来事についてね。どうです、何かおかしいところがあると思いますか？」

ポアロは眉を上げた。そしていった。

「おかしいところとは？　どういう意味ですか、その――おかしい、とは？」

バーソロミュー・ストレンジはいった。「わが友はバビントン牧師が殺害されたのではないかと疑っているのですよ」

「でもあなたはそう思っていない――そういうことですか？」

「あなたの考えをうかがえればと思いましてね」

ポアロは思慮深くいった。

「彼は具合が悪くなりました、まったく急に――じつに、まったく急に」

「まったくそのとおり」

サタースウェイトは自殺説とカクテルグラスを分析させるという自分の提案について説明した。

ポアロはうなずいて同意した。

「それは、とにかく、やって害になることではないでしょう。人間の性質を判断してみますとね、害のない優しい老紳士を殺したいと思う人などいそうにない、とわたしにはそう思えます。まして自殺という解釈も、気に入りませんね。しかし、カクテルグラスの分析で、なんらかのことがわかるはずです」

「それで分析結果は、あなたの考えでは——どうなるでしょうか？」

ポアロは肩をすくめた。

「わたしの？　わたしには推測しかできません。分析の結果を推測してくれということですか？」

「いかがでしょう——？」

「そうですね、わたしの推測では、極上のマティーニの飲み残ししか見つからないでしょうな」彼はチャールズに会釈をした。「トレイにはたくさんのカクテルがのっていましたからね、狙って毒殺するのは——そのう、むずかしいテクニックが必要なはずです、ひじょうに——ひじょうに——むずかしいテクニックが。それに、もしもあの温厚な老牧師が自殺を願っていたならば、パーティーではしないと思いますよ。それは他の人たちへの配慮が決定的に欠けている行為です。バビントン氏はひじょうに思いやりのある人だという印象を、わたしは受けました」彼は間をおいた。「訊かれたので申し上げましたが、それがわたしの意見です」

一瞬、沈黙が流れた。チャールズは深いため息をついた。彼は窓のひとつを開けて、外を見た。

「風向きが変わった」彼はいった。

彼は海の男にもどり、秘密検察局の捜査官は消え去った。

しかし見物人であるサタースウェイトにはこう思えた。チャールズが結局は演じ損なった捜査官役にかすかな憧れを持っているようだと。

4 現代のエレーン

「ええ、でも、サタースウェイトさんはどうお考えなの？　ほんとうはどう思っていらっしゃるの？」

サタースウェイトはあちこちに目を泳がせた。逃れようがない。エッグ・リットン・ゴアに桟橋の先端まで追いつめられたような気分だ。まったく容赦ないな、近ごろの若い女は――それにおそろしく元気がいい。

「チャールズに吹き込まれたね」彼はいった。

「いいえ、そんなことありません。わたしもそう思ってました。初めから。あまりにも突然の出来事でしたもの」

「彼はもう若くはなかったし、健康状態もあまりよくはなかったのだよ――」

エッグは、くり返そうとする彼をさえぎった。

「でもそれはたいした問題ではなかった。神経炎と、ちょっと慢性のリューマチを患ってはいたけど、発作を起こして倒れるようなものではなかったんです。発作を起こしたことはいままで一度もありませんし。いわば一病息災で、九十歳まで生きられたはずなのに。検死審問については、どうお思いですか？」

「そうだな、ごく――ええと――ふつうだったが」

「マクドゥガル先生の証言についてはどう思いましたか？　すごく専門的というかなんというか――臓器のいやに細かい説明とか――でもあんなふうに専門用語を羅列したのは答えが曖昧だからだと思いませんか？　先生がいったことは要するにこういうことですよね。バビントンさんの死因が自然死以外のものであることを示すものは何もない。でも、自然死だとはいいませんでした」

「それは少しばかりこじつけではないかな」

「問題はそこです、先生がこじつけたんです――おかしいと思いながらも、それを立証するものが何もなかった。だから医者として慎重にならざるを得ず、逃げの姿勢をとった。バーソロミュー・ストレンジ先生はどうお考えでしたの？」

サタースウェイトはバーソロミューの見解の一部をくり返した。

「鼻であしらったわけですね？」エッグはしみじみといった。「もちろん、先生は慎重ですもの――ハーレー街の先生ともなれば、その必要があるのでしょうね」

「カクテルグラスの中にはジンとベルモット以外に何もなかったのだよ」サタースウェイトは思い出させた。

「それで解決したようには見えますけど。でも、検死審問のあとで起きたことがどうしても気にかかって――」

「バーソロミューがきみに何かいったのかい？」

サタースウェイトは好奇心をおぼえはじめた。

「わたしにではなく――オリヴァーに。オリヴァー・マンダーズです――あの晩、ディナーに来てましたわ、覚えていらっしゃらないでしょうけれど」

「いや、よく覚えているよ。きみの親しい友達かね？」

「以前はそうでした。でも、いまはほとんどいつも口論ばかり。彼はシティにある叔父さんの事務所に入って、それから、あのう――勘違いしてしまったというか、少し偉そうになってきましたの、おわかりになるかしら？　その仕事をやめてジャーナリストになるんだなんて、そんなことばかりいって――文才はあるんです。でもいまのところは口先ばっかり。要するにお金持ちになりたいのよ。世の中の人たちったら、みんな、お金のしがらみにがんじがらめ、違いますか、サタースウェイトさん？」

彼女はまだまだ幼いんだなと痛感させられた――露骨で傲慢なのは子供っぽさのあらわれだ。「お嬢さん」彼はいった。「しがらみにはいろいろなものがあるんだよ」

「ほんとうに、欲に駆られた人ばかり」エッグは機嫌よく同意した。「それだから、バビントンさんのことにはほんとうに胸が裂ける思いなんです。なぜって、ほら、牧師さまはほんとにみんなに愛されていましたもの。わたしの堅信式やなんかの準備をしてくれましたし。そういうことのほとんどは決まりごとなのに、とっても親切にしてくださったわ。おわかりいただけます、サタースウェイトさん？　わたしはほんとキリスト教を信じてはいます――ただ母とは違って、祈禱書とか早朝の礼拝とかそういうことではなく――知的なものとして、そして歴史上の事柄として。教会は聖パウロの伝統に凝り固まっています――まったくのところ、教会はめちゃくちゃ――でもキリスト教そのものは正しいんです。それだからわたしはオリヴァーのように共産主義者にはなれない。

実際には、どちらの信念もいっていることはほとんど同じで、すべての人が物をわかちあい、共有するべきだといっているわけだけれど、でも、違いは——まあ、わたしなんかがいうまでもありませんわね。でもバビントン夫妻は真のキリスト教徒でした。おふたりは詮索や非難をしなかったし、人間にもその他のものにもいつも思いやりを欠かさなかった。愛すべき人たちでした——それにロビンのこともあって……」

「ロビン？」

「バビントンさんの息子さんです……インドへ行って、向こうで亡くなったんです。わたしは——わたしはロビンが好きで……」

エッグは目をしばたいた。その視線は海に向けられ……。

やがて彼女は注意をサタースウェイトと現在にもどした。

「おわかりいただけたでしょう、わたしはこの件にとても強い思い入れがありますの。自然死でなかったと仮定すると……」

「きみ！」

「だって、すごく変なのですもの！　サタースウェイトさんも、変だということは認めていらっしゃるはず」

「しかしね、きみ自身が、バビントン夫妻の敵などこの世にはいないと認めたばかりじゃないか」

「それがこの事件のとても奇妙な点なのです。どう考えても動機を思いつかなくて……」

「たしかに！　カクテルには何も入っていなかったし」

「誰かが彼に皮下注射をしたのではないかしら」

「南米のインディオが毒矢に使う毒をね」軽くからかう口調でサタースウェイトがいった。

エッグはにやりと笑った。

「そのとおり。古き良き、あとを残さない毒ですわ。ええ、ええ結構です、そうやって、動じないお偉方みたいにしていらっしゃれば。そのうち、きっと、わたしたちが正しいとわかるでしょう」

「わたしたちというと？」

「チャールズさんとわたし」彼女の顔がかすかに赤らんだ。

ヴィクトリア朝世代のサタースウェイトの頭に詩が浮かんだ。かつては『常用引用句辞典』がどこの家の書棚にも置かれていたものだ。

二倍以上も年上の男、
頬に古い刀傷の痕がある、
傷つき、日焼けした男を、
彼女は見上げて、愛した、
宿命的な愛で
（「ランスロットとエレーン」）

彼は思わず知らず詩など引用している自分に少し照れた。しかもテニスンは近ごろではほとんど思い出されることもない。その上、チャールズは日焼けはしているが、傷痕はなく、エッグ・リットン・ゴアは間違いなく健康的な情熱を持ってはいるものの、恋で命を失い、船で川面を漂うことなどまったくありそうもなかった。アストラットのゆりの花の乙女（エレーンの別名。アストラット出身のため）とは似ても似つかない。

〝ひとつだけ、若いってことは同じか……〟サタースウェイトはそう思った。若い娘というものは興味深い過去を持つ中年男に魅力を感じるものだ。エッグも例外ではないらしい。

「あのかたはなぜ一度も結婚しなかったのですか？」唐突に彼女が訊いた。

「それは……」率直に答えれば〝慎重だから〟となるが、それではエッグ・リットン・ゴアが納得しないのはわかっていた。

チャールズ・カートライトにはこれまでに女優やら何やら、女性関係が多数あったが、いつもなんとか結婚をまぬがれてきた。とはいえ、エッグがもっとロマンチックな説明を求めているのは明らかだ。

「肺病で亡くなったあの女の人――女優さんで、Mではじまる名前でしたけど――その人を愛しているからでは？」

サタースウェイトはその女性のことを思い出した。チャールズ・カートライトの名前とその女性の名前を結びつける噂はあったが、それはまったく取るに足らないもので、チャールズが彼女の思い出に誠実であるために結婚せずにきたとは、サタースウェイトは露《つゆ》ほども思っていない。彼はそのことを巧みに伝えた。

「あのかたは恋愛経験が豊富なんでしょうね」エッグはいった。

「ああ――うん――たぶん」自分はヴィクトリア朝生まれの古い男だと感じつつ、サタースウェイトは答えた。

「男性が恋愛を経験するのはいいことですわ。同性愛者や何かでない証拠ですもの」

サタースウェイトのヴィクトリア朝気質は、ますます衝撃を与えられた。なんと返答してよいものかと困ったが、エッグはそんなことはおかまいなしで、うれしそうに話をつづけた。

「よろしくて、チャールズさんはあなたが考えていらっしゃるよりもっとずっと賢いかたです。あのかたは格好つけたがりです、もちろん。芝居がかっていますわ。でもその陰に知性があります。あのかたはあなたが思っていらっしゃるよりも、ご自分でいうよりも、船の操縦がはるかにお上手です。話を聞いていると、また格好つけているんだなって、思うでしょうけど、違います。この件についても同じです。自分を演出しているだけだって、思っていらっしゃるわね——偉大な探偵の役を演じたいのだと。いわせてもらえれば、彼はほんとうに上手に演じるでしょう」

「たぶん」サタースウェイトは同意した。

その声の抑揚に、彼の気持ちがはっきり示されていた。エッグはそれに飛びつき、彼の代わりに言葉にした。

「でもあなたは〝牧師の死〟はミステリーではないって思っているのでしょう。単なる〝ディナー・パーティーでの遺憾な出来事〟にすぎない。まったくのところ、社交の場で起きた惨事にすぎない、と。ポアロさんはどう考えているのですか？　彼ならわかるはずよ」

「ポアロさんはカクテルの分析結果を待つようにと忠告してくれた。しかし彼の意見では、何もかもまったく問題ないということだ」

「あら、まあ。彼も年をとってきているし。もう過去の人なのね」エッグの言葉にサタースウェイトはひるんだ。エッグは自分の言葉の残酷さに気づかずに、つづけた。「うちにいらして、母とお茶をごいっしょしてくださいな。母はあなたのことが好きなんです。そういってましたわ」

巧妙におだてられて、サタースウェイトはその招きを受け入れた。

家につくとすぐに、エッグは自分から進んでチャールズに電話をかけ、彼の客の姿が〈カラスの巣〉にない理由を説明した。

サタースウェイトは、色あせたチンツと磨きあげられた家具のある小さい居間に腰をおろした。それはヴィクトリア朝様式の部屋でサタースウェイトは心中ひそかに〝婦人の部屋〟と呼び、ことのほか気に入った。

レディ・メアリーとの会話ははずんだ。丁丁発止というわけではなく、楽しく打ち解けたものだった。ふたりはチャールズのことを話した。サタースウェイトさんはあのかたのことをよくご存じですの？　親密というほどではありませんが、とサタースウェイトはいった。数年前にサー・チャールズの芝居に資金を投資しましてね。それ以来友達付き合いをしています。

「あのかたはとても魅力がありますわ」レディ・メアリーは微笑んだ。「エッグと同じように、わたくしもそう感じますの。エッグときたらあのかたを崇拝していますのよ、お気づきだと思いますけれど？」

娘が年上の男に熱を上げているのを見るのは、母親としては少し不安ではないかと、サタースウェイトは思ったが、そうでもなさそうだ。

「エッグはあまり世間を見ていませんから」彼女はため息をついた。「うちは何かと不自由しておりまして。わたくしのいとこのひとりがあの子を社交界にデビューさせ、ロンドンで数回パーティーを開いてくれましたけれど、それ以後はあの子はほとんどここから出たことがありませんの、ときたま誰かを訪ねる以外は。若い人はいろいろな人や場所を見るべきだと思いますのよ——特にいろいろな人を。近くにあるものだけしか知らないというのは、危険なことになりかねませんもの」

サタースウェイトはエッグがチャールズと船遊びをしていることをいっているのだろうと考えて同意したが、レディ・メアリーは問題はそのことではないのだということを、少し間をおいてから示した。

「チャールズさんとお知り合いになって、エッグはたくさんの影響を受けましたわ。視野が広がりました。ほら、ここには若いかたはほんの少ししかおりませんでしょう――特に若い男性は。わたくし、いつも恐れておりましたの。エッグがたったひとりの男性としかお付き合いしないまま、それ以外の誰ともめぐりあう機会がなかったというだけで、その人と結婚してしまうのではないかと」

サタースウェイトは直感でわかった。

「オリヴァー・マンダーズ青年のことですね？」

レディ・メアリーは率直に驚いて顔を赤らめた。

「まあ、サタースウェイトさん、どうしておわかりになったの！　確かに彼のことを考えていました。エッグはいっときはよく彼といっしょにいましてね、わたくしは自分が旧式なのは承知しておりますけれど、彼の考え方には好きになれないところがありまして」

「若い人の好きなようにさせてあげたらいかがです」サタースウェイトはいった。

レディ・メアリーは首を振った。

「わたくし、とってもおそれておりますのよ――もちろん、ひじょうにふさわしいお相手ではありますし、彼のことはよく知っています。彼の叔父にあたる人は、近ごろ彼をご自分の事務所に入れたのですが、ひじょうに裕福です。そういうことではなくてわたしが愚かなのですけれど――でも――」

彼女はそれ以上は自分の考えを言い表わせなくて、首を振った。

サタースウェイトは奇妙に親しみを感じた。彼は静かにはっきりと訊いた。

「それでも、お嬢さんが二倍も年上の男と結婚するのは、おいやでしょう、レディ・メアリー」

彼女の返事に、彼は驚いた。

「いいえ、そのほうが安全かもしれません。そうすれば、少なくとも娘は自分がどんな状況に置かれているのか承知していられますもの。その年齢になれば、男性にありがちな愚行や罪は、この先に起きることではなくて、きっぱりと過去のものになっていますし……」

サタースウェイトが口を開く前に、エッグがふたりのところにもどってきた。

「ずいぶん長くかかったのね」母親はいった。

「チャールズさんと話していたのよ。あのかたはあの館にひとりぼっちなの」彼女はとがめるようにサタースウェイトのほうに向いた。「ハウスパーティーが解散したことを、教えてくださらなかったんですね」

「みんなは昨日帰っていったよ――バーソロミュー・ストレンジは別だけど。彼は明日まで残るはずだったが、今朝、緊急の電報がきて、ロンドンに呼び戻された。彼の患者のひとりが危篤状態になったとかで」

「残念だわ」エッグはいった。「みなさんをじっくりと観察するつもりでいたのよ。手掛かりをつかめたかもしれないのに」

「なんの手掛かりを？」

「サタースウェイトさんはご存じのはずよ。まあ、でも、かまいません。オリヴァーがまだここにいる。彼を誘いこみます。彼は気が向けば、頭が働くから」

サタースウェイトは〈カラスの巣〉にもどると、その家の主はテラスにすわり、海を眺めていた。

「やあ、サタースウェイト。リットン・ゴアの家でお茶を飲んでいたんだって？」

「そうだよ。かまわないね？」

「もちろん、かまわない。エッグが電話をよこした……変わった娘だよ、エッグは……

…」

「魅力がある」サタースウェイトはいった。

「ああ、まあね、そんなところだ」

チャールズは立ち上がり、なんとなく二、三歩ほど歩いた。

「失敗だった」彼は急に苦々しくいった。「こんな忌まわしい場所に来なければよかった」

5 エッグからの逃亡

サタースウェイトはひそかに思った。〝ひどくやられたな〟

彼はこの家の主が急に気の毒になった。陽気で人当たりのよい女たらし、チャールズ・カートライトは五十二歳にして恋に落ちたのだ。そして彼自身わかっているように、この場合は失恋する運命にあった。若い者は若い者に惹かれるものだから。

〝若い女は自分の気持ちをあらわに示したりはしない〟とサタースウェイトは思った。〝エッグはチャールズへの気持ちを大っぴらにしている。本気ならば、そんなことはしないはずだから、若いマンダーズが本命なのだ〟

サタースウェイトはふつうはかなり洞察力が鋭い。

それでも、自分では気づかないために考慮に入れることができない要素がひとつあった。彼は年をとったせいで、若さというものを過大評価しているのだ。それなりの年配であるサタースウェイトは、エッグが若い男より中年の男を好むかもしれないとは、正直なところ、思えなかった。彼にとって若さとはそれほどにあらゆる資質の中で最高に魅力的なものだった。

夕食後にエッグが電話をかけてきて、オリヴァーを連れて「相談」をしにくるのを許してほしいとせがまれ、彼はその思いを強くした。

マンダーズは確かにハンサムで、ぽってりした瞼《まぶた》の黒い目をし、身のこなしは優雅で滑らかだ。彼は、エッグに強硬に説得されてやってきたらしい。態度はだいたいにおいて物憂げで懐疑的だった。

「ばかなことを考えるなと彼女にいってやってくれませんか？」彼はチャールズにいった。「健全で牧歌的な暮らしをしているおかげで、エネルギーがありあまってるらしくって。いいかい、エッグ、きみは憎らしいほど活発だ。そしてきみの好みは子供じみている――犯罪――センセーション――まったくくだらないことばかり」

「きみは懐疑主義者なのかい、マンダーズ？」

「ええ、まあ。あの親愛なる老牧師は弱ったヤギみたいでしたからね。あれが天の思し召しじゃなかったと考えるなんて、まったく途方もない」

「まあそうだな」チャールズはいった。

サタースウェイトは彼をちらりと見た。今夜のチャールズ・カートライトはどんな役を演じているのだろう？　元海軍士官ではない。国際的捜査官でもない。違う、どうやらいままでとは違う新しい役だ。

その役がなんだかわかったとき、サタースウェイトはショックを受けた。チャールズは脇役を演じているのだ。オリヴァー・マンダーズの助演をしている。

彼は薄暗がりに顔を隠して深くすわり、そのふたり、エッグとオリヴァーが口論するのをじっと見ていた──熱くなるエッグと、冷めたオリヴァーを。

チャールズはいつもより老けて──老いて疲れてみえた。

エッグは一度ならず彼の注意を引こうとした──勢いこんで、そして自信をもって──しかし彼はそれに乗らなかった。

若いふたりが立ち去ったのは十一時だった。チャールズはふたりを送ってテラスへ出ると、砂利道を歩くのに懐中電灯を貸してあげようといった。

しかし懐中電灯は必要なかった。美しい月夜だからだ。ふたりは並んで歩きだし、小径をくだっていくにつれ、声も遠ざかっていった。

月明かりがあってもなくても、サタースウェイトは冷たい外気の中にとどまっているつもりはなかったので、すぐに室内にもどった。チャールズはそのあとしばらくテラスにいた。

チャールズは部屋にもどってくると、窓に掛け金をかけ、テーブルへ大股で歩いていき、自分でウィスキーソーダを注いだ。

「サタースウェイト、ぼくは明日、ここを永久に引き払うよ」彼はいった。

「なんだって?」サタースウェイトは驚いて叫んだ。

物悲しげという自己の演出に陶酔した表情が、チャールズ・カートライトの顔に一瞬だけあらわれた。

「それしかないんだ」彼はそう一字ずつはっきりといった。「ここを売るよ。それがぼくにとって何を意味しているかは、誰にもわからないだろう」彼は余韻を残すように声を落とした……演出たっぷりだ。

脇役としての一夜を過ごしたチャールズの自負心が雪辱を果たす時が来た。彼は思いを断ち切る場面を見事に演じた。いままでもさまざまな芝居で幾度となく演じてきたものだ。〝人妻を諦める〟場面。〝愛する女を断念する〟場面。

さらっと話しつづける声には気丈さがあった。

「喪失を食いとめる——それが唯一の方法だ……若者は若者同士……ふたりはまったくお似合いだ、あのふたりは。ぼくは立ち去る……」

「どこへ?」サタースウェイトが訊いた。

俳優は投げやりな仕草をした。

「どこでもいい。そんなことはどうでもいいじゃないか?」彼は声音を少し変えていそえた。「モンテカルロかな」それから自分の繊細な演出がどうも尻つぼみになってきたのに気づき、「砂漠のまん中であろうとも、群衆のただ中であろうともどこでもいい。男心の奥にあるもの、それは孤独なのだ——ただひとり。ぼくはいつだって——孤独だった……」

まさに幕切れの決め台詞だ。

彼はサタースウェイトにうなずき、部屋を出ていった。

サタースウェイトは立ち上がり、寝室へ向から家の主にならって歩きはじめた。

〝まあ、砂漠のまん中には行かないだろうな〟ひそかにそう思うと、かすかに忍び笑いをもらした。

チャールズは翌朝、自分が先にここを離れてしまうのを許してくれとサタースウェイトにいった。

「あなたは滞在を切り上げないでくださいよ。明日までいて、タヴィストックのハーバートン家へ行く予定になっているのは承知してます。車で送らせますよ。ぼくが思うにね、決断したからには、振り返ってはいけない。そう、振り返ってはいけないんだ」

男らしい決断をしたチャールズは背筋をのばして立ち上がると、熱意をこめてサタースウェイトの手を固く握り、有能なミス・ミルレーに彼の世話をゆだねた。

ミス・ミルレーはこれまでどんな状況にも対処してきたように、この状況にも対処する用意ができているようだった。彼女はチャールズの唐突な決断になんの驚きも感情も表わさず、サタースウェイトにも、彼女の調子を崩すことはできなかった。突然の死にも突然の計画変更にも、ミス・ミルレーは動揺することはなかった。彼女は何が起きようとも、それを現実として受け入れ、能率よく対処しはじめる。彼女は不動産屋に電話をかけ、海外に電報を打ち、せわしなくタイプをたたいていた。サタースウェイトは効率一点張りの光景にうんざりして、ぶらぶらと埠頭へ歩いていった。あてもなく歩いていると、背後から腕をつかまれた。振り向くと、蒼白の顔の娘が目の前にいた。

「いったいどういうことなのですか？」エッグが鋭く詰問した。

「どういうこととは？」サタースウェイトは受け流した。

「チャールズさんが出ていくってそこらじゅうの噂になってます——彼は〈カラスの巣〉を売ろうとしているとか」

「そのとおりだよ」

「彼は出ていくのですか？」

「もう行ってしまったよ」エッグはパッと彼の腕を放した。急に彼女はひどく傷ついた幼い子供のように見えた。

サタースウェイトはいうべき言葉が見つからなかった。

「どこへ行ってしまったのですか？」

「海外へ。南フランスへ」

「まあ！」

まだ彼はどういうべきかわからないままだった。明らかに、単なる崇拝以上のものをそこに感じたからだ……。

不憫に思い、頭の中でさまざまな慰めの言葉を考えていると、彼女がふたたび口を開き、その言葉に驚愕させられた。

「で、いったいどの女？」エッグは鋭く訊いた。

サタースウェイトは驚きのあまり、口を開けたまま彼女をじっと見た。エッグはふたたび彼の腕をつかみ、激しくゆすぶった。

「知っているんでしょう！」彼女は叫んだ。「どの女です？　銀髪、それとももうひとりのほう？」

「いったいなんの話だね？」

「わかってるくせに。そうでしょう。もちろん、女のせいだわ。あのかたはわたしを好きだったもの――あのかたがわたしを好きだってことは、わかってました。あの女たちのひとりもきっとそれに気づいて、わたしから引き離すことにしたんだわ。女なんて大嫌い。泥棒猫。あの服を見た？　あのグリーンの髪の女の？　羨ましくて歯ぎしりしてしまったわ。ああいう服装の女には魅力がある――あなたもそれは否定できないはず。もうお婆さんだし、醜くかった――でもそういうことは関係ない。ああいう女のせいで、他のみんなが野暮ったい副牧師の女房みたいに見えちゃうのよ。あの女なの？　それとももうひとりの銀髪の女のほう？　楽しい人だった――あなたもご存じのように。すごくセックスアピールがあったわ。しかも彼ったら、アンジーと呼んでいた。まさか、あの、しなびたキャベツみたいな女ではないでしょうね。しゃれた女のほう、それともアンジー？」

「ねえ、まったく途方もないことを考えているんだね。彼は――そのう――チャールズ・カートライトはあの女性たちのいずれにも、これっぽかりも興味がないのだよ」

「そんなことは信じられないわ。とにかく、あの女たちは彼に関心があった……」

「いや、いや、違う、きみは間違っている。みんなきみの想像だ」

「いやな女よ、あの女たちは！」エッグはいった。

「そんなことをいうものではないよ」

「もっとひどい悪口だって思いつけるわ」

「そうだろうな、たぶん、でも頼むからそんなことはやめなさい。きみは誤解しているだけだ。それは保証できる」

「それならなぜ彼は行ってしまったの――こんなふうに？」

サタースウェイトは咳払いをした。

「たぶん――ええと――それが最善だと思ったのだろうな」

エッグは射るような目で彼を見つめた。

「ということは――わたしのせいということ？」

「まあね――そんなところだよ、たぶん」

「それであのかたは逃げてしまった。わたしは手の内をはっきり見せすぎてしまったのかもしれない……男の人って追いかけられるのが嫌いですものね？　結局、母のいったとおりだったのだわ……母が男の人について話すとき、ほんとうにうっとりさせられちゃう。いつも三人称を使うんです――とてもヴィクトリア朝風で、丁寧で。『殿方は追いかけられるのがお嫌いよ。女性はいつも殿方を走らせるようにしなくては』すてきな表現でしょう、『走らせる』なんて？　意味が反対みたいないいかたでしょう。実際は、それがまさにチャールズのしたことだった——走らせる。あの人はわたしから逃げている。恐れているんです。しかも悪いことに、わたしのほうから追いかけるわけにはいかない。もしそんなことをしたら、船に乗ってアフリカの未開の土地かどこかへ行ってしまうと思うわ」

「ハーマイオニー」サタースウェイトはいった。「チャールズのことは本気なのかね？」

娘は苛立った目をぱっと彼に向けた。

「もちろんです」

「オリヴァー・マンダーズのことはどうなんだい？」

エッグは苛立たしげに頭を振ってオリヴァー・マンダーズのことを否定した。そして自分自身の一連の思いをたどった。

「あのかたに手紙を書いてもいいかしら？　何も警戒させるようなものでなくて。ただおしゃべりな女の子らしいもの……ほら、気を楽にさせるような、それで不安を乗り越えられるようなものを？」

彼女は眉をひそめた。

「わたしは、なんて愚かだったのかしら。お母様ならずっとうまくやったでしょうに。あの時代の人たちは目的を達成させる方法を知っているんですもの、ヴィクトリア朝の人たちは。ただ恥ずかしそうに一歩下がっていなさいって。わたし、まったく間違っていましたわ。あのかたにはちょっとした刺激が必要だと、ほんとうに思ったの。だって、あとちょっとの一押しが必要に見えたのですもの。あのう」彼女は急にサタースウェイトに向いた。「あのかたは昨夜、わたしがオリヴァーとキスしているのを見たのでしょう？」

「わたしの知るかぎりでは見ていない。いつ？」

「すべてはあの月明かりの中でのことよ。わたしたちが小径をくだっていったとき。あのかたがまだテラスから見ていると思ったのです。だからわざとオリヴァーと――いい刺激になるかもしれないと思ったの。あのかたはわたしのことを絶対に好きだわ。誓ってもいい」

「そんなことして、オリヴァーが少し気の毒ではないかい？」

エッグはきっぱりと首を振った。

「ちっとも。オリヴァーは、彼にキスしてもらえるのはどの女の子にとってもとても名誉なことだと思っているんです。自尊心を傷つけたかもしれないけれど。でもあらゆることにもれなく気を配るなんてできやしません。チャールズさんの気をそそりたかったの。あのかたは近ごろ違ってきていたから——前よりよそよそしくなって」

「お嬢さん」サタースウェイトはいった。「きみはチャールズがこんなに急に去っていった理由をよくわかっていないようだね。彼はきみがオリヴァーを好きなのだと思った。それでこれ以上の苦痛を味わうことがないようにと去っていったんだよ」

エッグはさっと正面にまわってくるとサタースウェイトの両肩をつかみ、彼の顔をのぞきこんだ。

「ほんとうなの？　それはほんとにほんとうなの？　もうまったく！　信じられない！　ああ——！」

彼女はサタースウェイトをパッと突き放すと、軽い足取りで彼の周りをまわった。

「それならあの人はもどってくるわ」彼女はいった。「あの人はもどってくる。もしもどってこなければ——」

「ほう、もしもどってこなければ？」

エッグは笑った。

「わたしがなんとしてでももどってこさせます。見ていてください」

言葉の違いはあるにしても、エッグとアストラットのゆりの花の乙女には共通点が多くあるようだとサタースウェイトは思った。ただし、エッグのやりかたのほうがエレーンのよりも実にかなっており、エッグは失恋で死ぬようなことはないだろう。

第二幕　確信

1 チャールズ、手紙を受け取る

サタースウェイトは、その日、モンテカルロに来ていた。あちらこちらのハウスパーティーにひととおり顔を出し終えたところで、九月のリヴィエラはお気に入りの土地だった。

公園に腰をおろし、陽光を浴びながら、二日前のデイリー・メール紙に目を通していた。

不意に、ある名前が目に飛び込んできた。「ストレンジ」、「サー・バーソロミュー・ストレンジ逝去」彼はその記事を最後まで読んだ。

まことに遺憾ながら、卓越した神経科医サー・バーソロミュー・ストレンジが逝去された。ヨークシャーの自宅で開いたパーティーで友人たちをもてなしている間の出来事だった。サー・バーソロミューは心身ともにまったく健康であったにもかかわらず、ディナーの最後に急死した。友人たちと歓談し、ポートワインを飲んでいたときに、突然発作に襲われ、医師を呼ぶ間もないうちに息を引き取ったのである。サー・バーソロミューの死はきわめて大きな損失である……

これにバーソロミューの経歴と仕事についての記述がつづいている。

サタースウェイトの手から新聞がすべり落ちた。気分が悪くなってきた。最後に会ったときの彼の姿が頭をよぎった――大柄で、快活で、いかにも元気そうだった。それがすでに――この世の人ではないとは。切れ切れの文章が記事から離れて、目の前に不気味にちらついた。「ポートワインを飲んで」、「突然発作に襲われ……医者を呼ぶ間もないうちに息を引き取り……」

カクテルではなくポートワインだが、それ以外の点では、奇怪なことにあのルーマスの死亡事件とそっくりではないか。サタースウェイトの瞼に、穏やかな老牧師の痙攣する顔がふたたび浮かんできた……。

もしかすると、あれはやはり……。

彼が顔を上げると、チャールズ・カートライトが芝生を横切ってやってくるのが見えた。

「サタースウェイト、ちょうどよかった！　あなたに会いたいと思っていたところだよ。気の毒なトリーの記事を見ましたか？」

「いまちょうど読んでいたところだよ」

チャールズは彼のわきの椅子にどっかりと腰をおろした。上から下までヨット遊びのための装いだ。もうグレーのフラノ地のズボンと着古したセーターではない。いまのチャールズは南フランスの洗練されたヨットマンだった。

「いいですか、サタースウェイト、トリーはとても健康だった。何ひとつ具合の悪いところはなかった。途方もなくばかげた連想かもしれないが、あなたも思い出したのでは――あの――？」

「ルーマスでのあのことかね？　ああ、思い出したよ、確かに。でも、もちろん、関係ないかもしれない。似ているのは表面的なことだけかもしれんぞ。なんといっても、突然の死はいつもさまざまな原因で起きるからね」

チャールズはもどかしそうにうなずいた。それからいった。

「ちょうど手紙をもらったところだったんです――エッグ・リットン・ゴアから」

サタースウェイトは笑みを嚙み殺した。

「彼女から手紙がきたのは初めてかね？」

チャールズはその問いの真意には気づかなかった。

「いや。ここに着いてすぐに一通もらいました。次々と転送されてやっと届いたようです。ちょっとした近況報告の手紙だった。返事は出さなかった……まったくね、サタースウェイト、あえて返事を出す勇気がなくて……もちろん、彼女が気づいているはずはないが、醜態をさらしたくはないですからね」

サタースウェイトは笑みがまだ残っている口元に手をあてた。

「そしてこの手紙は？」彼は訊いた。

「これは違う。助けを乞う手紙だった」

「助けを？」サタースウェイトの眉が上がった。

「彼女もいたんだよ、ほら、あの家に、それが起きたときに」

「バーソロミュー・ストレンジの家にいたということかね、彼が亡くなったときに？」

「そうです」

「それで、なんと書いてきたんだね？」

チャールズはすでにポケットからその手紙を取り出していた。彼は一瞬だけためらい、それからサタースウェイトにそれを手渡した。

「自分で読んでください」

サタースウェイトは興味津々で便箋を開いた。

親愛なるチャールズ様

これがいつあなたのお手元に届くかは、わかりません。すぐ届くようにと願っております。とても心配で、どうすればよいかわからないのです。サー・バーソロミュー・ストレンジのご逝去を、新聞でお知りになったことと思います。そのことなのですが、バーソロミューさんはバビントンさんとまったく同じ経過でお亡くなりになりました。偶然の一致のはずがありません、ありえません……わたしは死ぬほど心配です……。

お願いがあります。どうかこちらにおもどりになってくださいませんか？　こんないいかたは無躾と思われるでしょうが、あなたは以前の件について疑いを持っていらっしゃいましたが、誰もそれに耳を貸そうとしませんでした。でも、今回殺されたのはあなたのご友人です。もしあなたがもどっていらっしゃらなければ、真実は誰にも見つけられないのではないでしょうか。あなたならきっとおできになるはずです。わたしは心から信じております……。

それにまだあります。わたしはある人のことをとても心配しているのです。彼は絶対にまったく関係なかったのは、わたしにはわかっております。でも状況的に、疑わしく見えるかもしれないのです。ああ、手紙では説明できません。もどってきてくださいませんか？　あなたなら真実を見つけられるはずです。あなたならできるとわかっています。

取り急ぎ、
〈エッグ〉

「どう思います？」チャールズはじれったそうに意見を求めた。「もちろん、ちょっととりとめのない手紙だが、急いで書いたせいでしょう。考えを聞かせてください」

サタースウェイトはのろのろと手紙をたたみ、答えるまでの時間を稼いだ。

その手紙がとりとめないという点には同感だが、急いで書かれたとは思わなかった。

彼の見解では、それはひじょうによく考えて書かれたものだ。そしてチャールズの虚栄心、騎士道的精神、冒険好きの本能に訴えるようにもくろまれている。

サタースウェイトの知っているチャールズが引っかかりそうな仕掛けだった。

「彼女のいう〝ある人〟と〝彼〟は誰のことだと思う？」

「マンダーズでしょう」

「すると、彼は現場にいたのか？」

「きっとね。理由はわかりません。トリーが彼に会ったのは、ぼくの家のあのパーティーのとき以外に一度もない。なぜ彼を招待したのか、ぼくには想像もつかない」

「バーソロミューはこういう大きなハウスパーティーをよく開いていたのかね？」

「年に三、四回かな。そのうちの一回は、いつもセントレジャー競馬にあわせてました」

「彼はヨークシャーにいることが多かったのかね？」

「大きなサナトリウムを持ってますからね――療養所というか、まあ、呼び方はどうでもいいが。トリーはメルフォート修道院《アビー》を買って――古い建物ですよ――それを修復して療養所にしたんです」

「なるほど」

サタースウェイトはしばらく口をつぐんでから、いった。

「ハウスパーティーには、他に誰が来ていたのだろう？」

チャールズは、他の新聞のどれかに出ているかもしれないといい、ふたりは早速、新聞探しにとりかかった。

「あった」チャールズがいった。

彼は声に出して読んだ。


サー・バーソロミュー・ストレンジは、セントレジャー競馬にあわせて恒例のハウスパーティーを開催する。招待客には、イーデン卿夫妻、レディ・メアリー・リットン・ゴア、サー・ジョスリンとレディ・キャンベル夫妻、デイカズ大尉夫妻、それに有名な女優ミス・アンジェラ・サトクリッフが含まれている。


チャールズとサタースウェイトは互いに顔を見合わせた。

「デイカズ夫妻とアンジェラ・サトクリッフか」チャールズはいった。「オリヴァー・マンダーズについては何も書いてない」

「きょうのコンチネンタル・デイリー・メール紙を買おう。そっちに何か出ているかもしれない」サタースウェイトがいった。

チャールズはその新聞をちらりと見て、急に顔をこわばらせた。

「なんてことだ、サタースウェイト、読むから聞いてください」

「サー・バーソロミュー・ストレンジ死亡事件」

本日、故サー・バーソロミュー・ストレンジの検死審問が行なわれ、死因はニコチン中毒によるものと確認された。その毒を誰がいかなる方法で投与したかは明らかではない。

チャールズは眉を寄せた。

「ニコチン中毒か。あまり激烈な感じはしないな——発作を起こして倒れるほどのものなのだろうか。まったくわからないな」

「どうするつもりだね？」

「どうするって？　今夜のブルートレインの寝台を予約しますよ」

「そうか。わたしも行くよ」サタースウェイトはいった。

「あなたも？」チャールズは驚いて、彼のほうにくるりと向きなおった。

「こういうことにはとても興味があってね」サタースウェイトは遠慮がちにいった。

「それに、そのう、ちょっとした経験もあるからね。その地域の警察署長をかなりよく知っているんだ、ジョンソン大佐だ。きっと役に立つだろう」

「よし！」チャールズは叫んだ。「ワゴン・リーへ列車の予約に行ってきます」

サタースウェイトはひそかに思った。

〝あの娘はうまくやったな。いっていたとおりに、彼を連れもどすことに成功した。手紙に書かれたことのどこまでが真実なのだ〟

どうやらエッグ・リットン・ゴアはどんなチャンスもためらわずに利用する女性らしい。

チャールズがワゴン・リーへ行ってしまうと、サタースウェイトはゆっくりと庭園をぶらついた。彼の頭はまだエッグ・リットン・ゴアのことで占められていて、それを楽しんでいた。彼女の機略と実行力に感嘆し、恋愛問題で女性が主導権を握るのをよしとしない自らのヴィクトリア朝気質をたしなめた。

サタースウェイトは観察力の鋭い男だ。女性問題全般と特にエッグ・リットン・ゴアについて熟考しながらも、ふと視線の先に気づき、思わずひとりごとをつぶやいた。

「あれ、あの変わった頭の形をした男、前にどこかで見かけなかっただろうか？」

その頭の主は椅子にすわり、前方を思慮深げに見つめていた。小柄な男で、その身体に不釣り合いなサイズの口髭をはやしている。

そのそばに、つまらなそうな様子のイギリス人の子供がいて、交互に片足で立ったり、ときどきむきになってロベリアの花壇の縁を蹴ったりしている。

「そんなことをしてはだめよ」その女の子の母親がファッション雑誌から目を離さずに、娘を注意した。

「だって、何もすることがないんだもん」その子がいった。

するとと小柄な男が女の子のほうに顔を向けた。サタースウェイトにも横顔が見えた。

「ポアロさん。これはまことにうれしい偶然ですね」

ポアロは立ち上がってお辞儀をした。

「こちらこそ、ムッシュー」

ふたりは握手をし、サタースウェイトは腰をおろした。

「誰もがモンテカルロにいるようですな。たったいま、チャールズ・カートライトに出くわして半時間たらずで、こんどはあなたにお会いするとは」

「チャールズさんですか、彼もここにいるのですか？」

「ヨットに乗っているようです。ご存じだと思いますが、彼はルーマスの家を引き払ったのですよ？」

「ほう、いいえ、知りませんでした。それは驚きです」

「わたしはそう驚きもしないかな。カートライトは永久に世捨て人の暮らしを好むタイプの男ではありませんからね」

「ああ、そう、それはわたしも同感ですとも。わたしが驚いたのは別の理由からですよ。チャールズさんにはルーマスにいる特別な理由があると、思ったもので――ひじょうにチャーミングな理由がね？　違いますか？　ひじょうに楽しい名前、〝卵《エッグ》〟と自称する可愛いマドモアゼルが？」

彼の目はキラキラと輝いていた。

「おや、お気づきでしたか」

「もちろんですとも。わたしは恋人たちのことには、きわめて敏感でしてね――あなたもそうだとにらみましたよ。それに若い女性、それはいつも感動的です」

彼はため息をついた。

「あなたは、チャールズがルーマスを離れた理由を当てましたよ。彼は逃げたのです」

サタースウェイトはいった。

「マドモアゼル・エッグから？　でも彼はすっかり彼女にまいっていたのに。なぜ、逃げるのです？」

「どうやらアングロサクソンのコンプレックスをおわかりでないようだ」サタースウェ

イトはいった。

ポアロは自分の考えをたどりはじめた。

「もちろん、追わせるにはよい方法ですな。女性から逃げる――たちまち彼女は追ってくる。確かに、経験豊富なチャールズさんはそれをご存じでしょう」

サタースウェイトはこの有名な探偵にささやかな優越感をおぼえ、気をよくした。

「いや、そういうわけではなかったと思いますよ。ところで、あなたはこちらで何をしておいでなのですか？　休暇ですか？」

「近ごろは毎日が休暇です。わたしは成功しました。お金もできた。引退して、いまは世界を見てまわっているのです」

「すばらしい」サタースウェイトはいった。

「ええ、まったく」

「マミー、何かすることないの？」イギリス人の子供がいった。

「いいこと」母親はたしなめるようにいった。「外国に来て、こんなに気持ちいい日向ぼっこができるなんてすてきでしょう？」

「うん、でも何もすることがないんだもん」

「駆けまわるなりして、遊んでなさい。海でも見にいったら」

「ママン」どこからともなくフランス人の子供が現われた。「いっしょに遊んで」

フランス人の母親は本から目を上げた。

「ボールで遊びなさい、マルセル」

フランス人の子供はいわれたとおりにボールをつきはじめたが、つまらなそうな顔をしている。

「わたしは楽しんでいますよ」エルキュール・ポアロはいい、その顔にひじょうに奇妙な表情を浮かべた。

それから、サタースウェイトの顔に浮かんだ表情を見て、それに答えるかのようにいった。

「しかし、ほんとうに、あなたには鋭い理解力がおありだ。そう、あなたが考えているように──」

彼はほんの少しの間だけ口をつぐみ、それからいった。

「おわかりのように、わたしは子供のころ貧乏でした。兄弟が大勢いました。自分の力でなんとかやってゆかねばならなかったのですよ。そこで警察に入り、一生懸命に働きました。昇進し、名を揚げたのです。国際的名声を得るようになりました。そして、引退しました。やがて戦争が起きました。わたしは負傷しました。悲しい疲れはてた難民として、イギリスに来ました。ある親切なレディがわたしによくしてくれました。彼女は亡くなりました――自然な死ではなくて、殺されたのです。ああ、わたしは自分の才知を働かせました。小さな灰色の脳細胞を使ったのです。犯人を見つけました。そして自分の役目がまだ終わっていないのに気づいたのです。ええ、確かに、わたしの能力はいままで以上に高くなっていました。それから、わたしの第二の人生がはじまったのです、つまりイギリスで、私立探偵の人生が。わたしは多くの興味深くて不可解な問題を解決してきました。ああ、ムッシュー、わたしは生きてきたのです！　人間の心理はじつにすばらしい。わたしは金持ちになりました。ある日、わたしは自分にいったものです、そのうち必要な金はすべて手に入る、そのうち夢のすべてを実現する、と」

　彼はサタースウェイトの膝に片手を置いた。

「いいですか、夢が実現する日に用心なさい。わたしたちのそばにいるあの小さな女の子、あの子も外国に行ってみたいと夢見ていたに違いありません。胸をときめかせ、あらゆるものがどんなに違うだろうかとわくわくしていた。わかりますか？」

「わかります」サタースウェイトはいった。「いまのあなたは楽しくないのですね」

　ポアロはうなずいた。

「そのとおり」

サタースウェイトは妖精パックのような表情をすることがある。今回もそうだった。彼の小さいしわだらけの顔がいたずらっぽくピクピクした。彼はためらった。いうべきか？　いわざるべきか？

彼はまだ手にしていた新聞をおずおずと広げた。

「これをご覧になりましたか、ポアロさん？」

彼は記事を人差し指で指し示した。

ベルギー人の小男はその新聞を手にとった。それを読む彼を、サタースウェイトは見ていた。その顔にはなんの変化もあらわれなかったが、テリア犬がネズミの巣を嗅ぎつけたときにするように、その身体が緊張したような気がした。

エルキュール・ポアロはその記事を二度読み、それからその新聞をたたんで、サタースウェイトに返した。

「これは興味深い」彼はいった。

「ええ、そう、まるでチャールズ・カートライトが正しくて、われわれは間違っていたみたいではありませんか」

「確かに」ポアロはいった。「わたしたちが間違っていたようです……それは認めます。あれほど無害で温厚な老人が殺されたなんて信じられませんでしたが……ところが、わたしは間違っていたのかもしれない……でも、このもうひとつの死は偶然の一致かもしれません。偶然の一致は起こるものなのです——もっとも驚くべき偶然の一致が。このエルキュール・ポアロはあなたも驚くような偶然の一致をいくつも見て知っています……」

彼はいったん言葉を切って、またつづけた。

「サー・チャールズ・カートライトの直感は正しかったかもしれません。彼は芸術家ですから、繊細で感受性が強い。物事を理論的に考えるよりも感覚でとらえます……そのような生き方は、しばしば悲惨な結果になります——でもそれが正しいとされることもあるのです。いまチャールズさんはどこにいるのでしょうか」

サタースウェイトは微笑した。

「それならお答えできますよ。ワゴン・リーで切符を買っています。今夜いっしょにイギリスへもどることにしたのですよ」

「ほう！」ポアロはその感嘆の声に測り知れない意味をこめていた。明るく詮索好きでいたずらっぽいその目は質問を投げかけている。「かなり情熱をお持ちのようですね、チャールズさんは。彼はこの役、素人探偵の役を演じることに決めたのですか？　それとも他に理由があるのですか？」

サタースウェイトは答えなかったが、その沈黙から、ポアロは答えを推理したようだ。

「なるほど。マドモアゼルの輝く瞳が関係あるのですね。チャールズさんを呼び寄せるのは犯罪だけではありませんから」

「彼女から手紙がきたのですよ」サタースウェイトはいった。「もどってきてくれと懇願する手紙が」

ポアロはうなずいた。

「どうも、わたしにはよくわからないのですが——」

そこでサタースウェイトが口をはさんだ。

「現代的なイギリス娘のことがわからない？　まあね、それには驚きませんな。わたし自身も彼女たちのことがわかるとはいいきれませんから。ミス・リットン・ゴアのような娘は——」

こんどはポアロが口をはさんだ。

「失礼ですが、誤解なさったようです。わたしはミス・リットン・ゴアをひじょうによく理解しています。あのタイプには他にも会ったことがあります——それも何人も。あなたは彼女のタイプを現代的と呼んでおいでですが、むしろ——なんというか——昔からいるタイプです」

サタースウェイトはいささか不快になった。自分が――自分だけが――エッグを理解していると感じていたのだ。この常識はずれな外国人に、若いイギリスの女性のことなどわかるものか。

ポアロはまだ話していた。まるで夢でも見ているような考えこむような様子だった。

「人間性についての知識は――危険なものにもなりえます」

「役に立つものですよ」サタースウェイトが訂正した。

「たぶん。それは見解によりますが」

「さて――」サタースウェイトはためらい――立ち上がった。彼は少しがっかりした。餌を投げたのに、魚がかかってこなかったからだ。どうやら彼の人間性についての知識は間違っていたようだ。「どうぞ楽しい休暇をおすごしください」

「ありがとうございます」

「こんどロンドンにおでかけの節は、ぜひお寄りいただきたい」彼は名刺を取り出した。

「これがわたしの住所です」

「なんとご親切な、サタースウェイトさん。よろこんで寄らせていただきますよ」

「ではさようなら、そのうちまた」

「さようなら、ボン・ボヤージュ」

サタースウェイトは去っていった。ポアロは少し彼の後ろ姿を見送ってから、もう一度前方を向いて、青い地中海を眺めた。

そのまま少なくとも十分はすわっていた。

イギリス人の子供がまた現われた。

「海を見てきたわ、マミー。次は何をすればいいの?」

「よい質問だ」エルキュール・ポアロはつぶやいた。

彼は立ち上がると、ゆっくりと歩きだした――ワゴン・リーの方角へ。

2 消えた執事

チャールズとサタースウェイトはジョンソン大佐のオフィスにすわっていた。この警察署長は大柄で赤ら顔、ガラガラ声の威勢のよい男だ。

彼は喜色満面でサタースウェイトに挨拶した。有名なサー・チャールズ・カートライトと会うことができて、いかにもうれしいといった様子だ。

「女房は芝居を観るのが大好きでしてね。ええと、アメリカ人のいいかたではなんというんだったか――ファンか――それだ。芝居のファンなんです。自分も、良い芝居は好きですよ――まともで品のある芝居は。近ごろの舞台は、ときどきなんともはやというものもあって――まったく！」

チャールズはこの点では健全な品性を持っており、一度も「大胆な」芝居に出演したことがないので、おっとりとした魅力的な態度で適切な応対をした。ふたりが訪問の目的に話題を向けると、ジョンソン大佐はすぐさまできるかぎりのことを話してくれた。

「おふたりのご友人でしたか？　気の毒に――ほんとに気の毒に。ええ、先生はこのあたりでひじょうに人気がありました。あの療養所はとても評判がよくて、あらゆる点で、バーソロミュー先生は第一級の人物で、医者としても第一人者でした。親切で、寛大で、人望があって。まさか、あのかたが殺されるとはとても考えられない――それでもこれは殺人事件のようなのです。自殺を暗示するものは何もないし、事故の可能性もないらしい」

「サタースウェイトとぼくは海外からもどったばかりで、新聞記事で断片的に読んだだけなんです」チャールズはいった。

「それで当然、すべてを知りたいわけですな。現状をお話ししましょう。執事こそが、探さねばならない人物です。この男は新顔でしてね――バーソロミュー先生に雇われてほんの二週間しかたっていなかったうえに、事情聴取の直後に姿を消してしまった——跡形もなく。まったく怪しい、そうじゃありませんか？　どうです？」

「どこへ行ったのか、まったくわからないのですね？」

ジョンソン大佐の生まれつきの赤ら顔がもっと赤みを増した。

「われわれの怠慢とお思いになりますか。そう見えても仕方ないでしょうな。当然、その男に監視をつけていました——他のあらゆる人物と同じように。男はわれわれの質問に対して、納得のいくように答えましたよ。彼を紹介したロンドンの職業斡旋所の名前もいいました。前の雇い主はサー・ホレス・バードだと。丁寧な話し方で、うろたえている様子もまったくなかった。ところがそのあとすぐに姿をくらました——しかも屋敷は監視していたのに。部下を呼びつけて、叱りとばしましたよ。やつらは誓って一瞬も目を離さなかったといってますがね」

「驚くべきことだ」サタースウェイトはいった。

「他のことはともかく」チャールズは考えながらいった。「ずいぶんばかなことをしたものだ。その男は自分でも、疑われていないとわかっていただろうに。逃亡したために、自分に注意を引きつけてしまったわけだからね」

「まさにそのとおり。しかも逃亡できる望みはない。人相書がまわってますからね。数日でとっつかまえますよ」

「まったく奇妙だ。理解に苦しむ」チャールズはいった。

「理由は明白です。怖じけづいたんだ。急に怖くなったんですな」

「殺人を犯す度胸のある男なら、その後も居座るだけの度胸もありそうなものだが」

「事情次第。事情によりけりです。犯罪者がどういうものかはわかっています。大半が臆病者です。自分は疑われていると思って、逃亡したんです」

「彼自身の陳述の裏付けはとったのですか？」

「もちろんですとも、チャールズさん。お決まりの手順ですから。ロンドンの斡旋所で、男の話が確かであることを確認しました。持参してきたサー・ホレス・バードからの身元証明の書状には、とてもすばらしい推薦の言葉が書いてありました。ホレスさん自身は、いまは東アフリカにいます」

「それでは、その身元証明書は捏造されたものかもしれないのですね？」

「そのとおり」ジョンソン大佐は、聡明な生徒を褒める校長のように、チャールズに向かってにっこりした。「無論、ホレスさんには電報を打ちました。しかし返事がくるまでには、まだ少し日数がかかる。狩猟旅行に行っているらしいから」

「執事はいつ姿を消したのですか？」

「事件の翌朝です。ディナーには学者が出席していましてね——サー・ジョスリン・キャンベル、毒物学者だそうです。彼と地元の医師のデイヴィスは、この事件について意見が一致して、われわれが即座に呼び寄せられたのです。その夜、われわれは全員から話を聞きました。エリスは——その執事ですが——その夜は自室へもどりましたが、朝には消えていたのです。ベッドには寝た形跡がありませんでした」

「暗闇にまぎれてこっそり逃げたのですね？」

「そのようです。屋敷に泊まっていたレディのひとり、ミス・サトクリッフの話では——女優の——彼女をご存じですね？」

「ええ、よく知っています」

「ミス・サトクリッフの話では、執事は秘密の通路を使って家から出たのではないかと」ジョンソン大佐は申し訳なさそうに鼻をかんだ。「エドガー・ウォレスの小説みたいな話ですが、そのようなものがあるんですよ。バーソロミュー先生はそれがかなりご自慢で、ミス・サトクリッフにあとで見せると約束していたらしい。出口は八百メートルほど離れた、崩れた石造りの建物の間にありました」

「確かにその可能性はありそうだ」チャールズは同意した。「ただ——執事がそんな通路の存在を知っていたのかな？」

「それが肝心な点です、もちろん。使用人はなんでも知っているものだと、女房は常々いってますが、おそらくそうなんでしょうな」

「毒はニコチンだそうですが」サタースウェイトはいった。

「そのとおり。これが毒として使われることはめったにありません。とても稀です。あの先生のように愛煙家だと、ややこしいことになりがちです。つまり、自然に、ニコチン中毒で死ぬ可能性もあるわけですからな。ただ、もちろん、この場合は、それにしてはいかにも突然すぎますが」

「どういう方法で投与されたのですか?」

「わからんのです」ジョンソン大佐は認めた。「それがこの事件の難点でしてね。医学的根拠によれば、死の数分前に口に入れたとしか考えられんそうです」

「みんなはポートワインを飲んでいたそうですね?」

「そのとおり。毒物はポートワインに入っていたかのようですが、そうではありませんでした。被害者のグラスを分析しましたが、グラスにはポートワイン以外のものは何も入っていなかった。他のグラスは、もちろんすでに片付けられていましたが、全部トレイにのせられて洗われずに配膳室に置いてありましてね。どれひとつとして異物の入ったものはありませんでした。被害者が食べたものも、他の誰もが食べたのと同じです。

スープ、ヒラメのグリル、キジとポテトチップ、チョコレートスフレ、キャビアをのせたトースト。料理人は先生のところで十五年も働いてます。毒を盛られた可能性はまったくないようにしか思えないのに、それでも胃からは検出されたのです。厄介な問題です」

チャールズはサタースウェイトのほうにくるりと向いた。

「まったく同じだ。前とそっくりだ」彼は興奮して叫んだ。

彼は申し訳ないというように警察署長のほうに向きなおった。

「聞いてください、コーンウォールのルーマスにあるぼくの家でも死亡事件が起きて——」

ジョンソン大佐は興味を持ったように見えた。

「その話なら聞きましたよ。若いレディ——ミス・リットン・ゴアから」

「ええ、彼女も現場に居合わせていました。彼女が話したんですね？」

「話してくれましたよ。たいへん一途に自分の推論を確信していましてね。でも、チャールズさん、彼女の推論が正しいとは思えません。執事が失踪したことの説明になりませんしね。ひょっとしてお宅の使用人の中に、姿を消した男がいますか？」

「男は使ってないので——接客係はメイドがひとりいるだけです」

「男が変装しているという可能性は？」

すんなりして、明らかに女らしいテンプルのことを思い描き、チャールズは微笑んだ。

ジョンソン大佐はバツが悪そうな笑みを浮かべた。

「いや、ただの思いつきです。だが、ミス・リットン・ゴアの推論には、あまり賛成できませんな。問題の死亡者は、年配の牧師とか。いったいどこの誰が年老いた牧師を亡き者にしたいなどと思うんです？」

「それがまさに事件の謎の部分です」チャールズはいった。

「そのうち単なる偶然の一致だったとわかるでしょう。まず間違いなく執事が犯人です。おそらく常習犯でしょう。ただ運悪く、指紋はひとつも見つかってない。指紋の専門家に執事の寝室と配膳室をよく調べさせましたが、残念ながら」

「執事だとすると、動機は？」

「それが、もちろん、むずかしいところです」ジョンソン大佐は認めた。「もともと盗みを働くつもりで入り込み、バーソロミュー先生がその意図を見破ったのかもしれない」

チャールズとサタースウェイトは、礼儀として沈黙したままでいた。ジョンソン大佐自身、その説明は説得力に欠けると感じているようだ。

「じつのところ、いまのところは推測することしかできません。ジョン・エリスをつかまえれば、やつの正体も、前科があるかどうかもわかる――動機も明々白々になるでしょう」

「バーソロミューの残した書類などは調べたのですか？」

「当然ですよ、チャールズさん。この事件のその面には、あらゆる注意を払いました。この事件の担当であるクロスフィールド警視にご紹介します。ひじょうに信頼できる男です。自分が彼に指摘し、彼もすぐに同意したことですが、バーソロミュー先生の職業がこの犯罪と何か関係あるかもしれません。医者は職業上、秘密をたくさん知ってますからね。バーソロミュー先生の書類はすべてきちんと整理され記載されていました――秘書のミス・リンドンがクロスフィールドといっしょに、それをよく調べました」

「そして何もなかった？」

「示唆するようなものは、何ひとつね、チャールズさん」

「何か紛失したものは――銀器とか、宝石類とか？」

「まったく何も」

「そのとき泊まっていた客はわかりますか？」

「リストがあります――さて、どこにあるかな？　ああ、クロスフィールドが持っているんだった。クロスフィールドにお会いください。実際のところ、もうそろそろ報告に来るはずですよ」——ベルが鳴った——「噂をすれば影だ」

クロスフィールド警視は、大柄のがっしりした体格の男で、話し方はゆっくりしているが、青い目は鋭い。

彼は上司に敬礼をしてから、訪問者ふたりに紹介された。

サタースウェイトひとりだったら、クロスフィールドを打ち解けさせるのはむずかしかっただろう。クロスフィールドはロンドンから来た紳士たちを——「思いつき」をたずさえてくる素人たちを——快く思わなかった。しかし相手がサー・チャールズ・カートライトとなると、事情は違ってくる。クロスフィールド警視は舞台の魅力に子供じみた憧れを抱いていた。チャールズの舞台を二度ほど観たことがあり、このスポットライトを浴びていたヒーローを生身の人間として目の当たりにすると、興奮して有頂天になり、そのためありがたいほど愛想よく多弁になった。

「ロンドンであなたの舞台を拝見しました、ほんとに。家内といっしょに観にいったんです。《エイントリー卿の悩み》——という芝居でした。座席は一階の後ろのほうでしたが。劇場は満員で、開場二時間前から並ばねばなりませんでしたよ。でも家内がどうしても観たがりまして。『《エイントリー卿の悩み》のチャールズ・カートライトを、どうしても観なくちゃ』といいはりましてね。あれはペルメル劇場でした」

「なるほど」チャールズはいった。「ご存じのように、ぼくはもう舞台をおりてますが、ペルメルの人たちにはまだ多少顔がききます」彼は、名刺を取り出して、それに何かを書き込んだ。「こんど奥さんとロンドンへ行かれるときは、これを切符売り場の係にわたしてください。入手できる最上席を二人分用意してくれるはずですよ」

「ご親切に感謝します、チャールズさん——ほんとにご親切に。このことを話してやれば、家内はすっかり興奮することでしょう」

このあとはもう、クロスフィールド警視は元俳優の思いのままだった。

「風変わりな事件です。これまでいろいろ経験しましたが、ニコチン中毒死には一度も出会ったことはありません。うちのデイヴィス医師にとっても初めてのことです」

「ニコチン中毒はたばこの吸い過ぎによるものだと常々思ってましたが」

「じつをいうと、自分もそう思ってました。しかし医者の話では、純粋なアルカロイドは無臭の液体で、数滴でほとんど即時に人間を殺せるそうです」

「強力だな」

チャールズは口笛を吹いた。

「そのとおりです。それに、いうなれば、誰でも使えます。溶液はバラに散布するのに使われます。そしてもちろん、普通のたばこからも抽出できます」

「バラか。はて、どこかで聞いたことが――？」チャールズはいった。

彼は眉をひそめ、それから首を振った。

「何か新たな報告事項は、クロスフィールド？」ジョンソン大佐が訊いた。

「明確なことは何もありません。われわれが追っているエリスなる男を見かけたという報告は来ております、ダラム、イプスウィッチ、バラム、ランズエンド、他にも十数カ所から目撃報告が来ています。それをすべてふるいにかけて信憑性を確かめねばなりません」彼は他のふたりのほうに向きなおった。「指名手配の人相書が配布されたとたんに、それを見たという報告がイギリス全土からくるものなのです」

「人相書の内容は？」チャールズが訊いた。

ジョンソンが一枚の紙を取り上げた。

「ジョン・エリス、中背、一七〇センチ、やや猫背、白髪まじり、頬髯、黒っぽい目、かすれた声、上の前歯が一本欠けていて、微笑するとそれが見える、特別な傷痕や特色なし」

「ふむ」チャールズはいった。「頬髯と欠けた歯の他には、特徴がない。しかも頬髯はいまごろは剃られているだろうし、そいつが微笑むのもあてにできない」

「困ったことに」クロスフィールドがいった。「誰も彼をよく見ていないのです。アビーにいるメイドたちのたいへん曖昧な証言以外に、何も得られないので困っています。いつものことなのですが。まったく同一人物の描写でも、背が高くて痩せているという者もいれば、背が低くて恰幅がよいとか、中背だとか、すごく太っていたとか、すらりとしていたなんてね——まったく五十人の中にひとりとして正しく目を使っている者はいないのです」

「警視、あなたはエリスが真犯人であるということに疑いを持ってはいないのですか？」

「他にどんな理由で彼は逃亡したというのです？　逃亡した事実を忘れるわけにいきませんよ」

「どうもそれが捜査のつまずきになりそうだ」チャールズは考え深げにいった。

クロスフィールドはジョンソン大佐のほうに向いて、目下とられている措置について報告した。大佐は納得したようにうなずき、それから事件当夜にアビーにいた人たちのリストを求め、これをふたりの来訪者に手渡した。そこには次のように名前が列挙されていた。

マーサ・レッキー、料理人
ベアトリス・チャーチ、家事係メイド
ドリス・コーカー、家事係メイド
ヴィクトリア・ボール、雑用係メイド
アリス・ウェスト、接客係メイド
ヴァイオレット・バシントン、台所の下働きのメイド
(上記の全員はしばらく前から故人に雇われており、性格はよい。ミセス・レッキーは勤続十五年)
グラディス・リンドン――秘書、三十三歳、故人の秘書歴三年、動機となりそうな情報は何もなし。
客たち
イーデン卿夫妻、カドゴン・スクエア一八七番地
サー・ジョスリン&レディ・キャンベル夫妻、ハーレー街一二五六番地
ミス・アンジェラ・サトクリッフ、S・W・三、キャントレル・マンションズ二八号室

デイカズ大尉夫妻、W・一、セント・ジョンズ・ハウス三号室（ミセス・デイカズはブルートン街のアンブロジン商会経営）
レディ・メアリー&ミス・ハーマイオニー・リットン・ゴア、ルーマス、ローズ・コテージ
ミス・ミュリエル・ウィルズ、トゥーティング、アッパー・キャスカート通り五番地
オリヴァー・マンダーズ氏、E・C・二、オールド・ブロード街、スパイヤー&ロス事務所

「ふうむ」チャールズがいった。「トゥーティングのことは新聞では省かれていたな。なるほど、マンダーズ青年もいたのか」

「たまたま事故を起こしたからですよ」クロスフィールド警視はいった。「このお若いかたはアビーの塀にオートバイをぶつけたのですが、バーソロミュー先生とは顔見知りだったとのことで、その夜は泊まるようすすめられたそうです」

「不注意なことをしたもんだ」チャールズは楽しそうにいった。

「そうですよ」警視はいった。「実際、自分が思うには、そのお若いかたは、一杯どこ

ろか何杯も引っかけていたんでしょう。だいたい、素面《しらふ》だったら、あんな場所にあんなふうに激突なんてしませんよ」

「いい気分だったんだろうな」チャールズはいった。

「いい気になっていたんでしょう、自分の見解ですが」

「いや、どうもありがとう、警視。アビーをちょっと見にいっても差し支えありませんか、ジョンソン大佐？」

「もちろん、かまいませんよ。ただし、お話しした以上のことがわかるとは思えませんし」

「屋敷にはまだ、誰かいますか？」

「使用人たちだけです」クロスフィールドはいった。「ハウスパーティーの客たちは検死審問のすぐあとで引きあげて、ミス・リンドンはハーレー街にもどりましたからね」

「もしかして会えますかな、医師の——ええと——デイヴィス氏にも？」サタースウェイトがいってみた。

「いい考えだ」

ふたりはその医者の住所を教えてもらい、ジョンソン大佐の親切に心から感謝を述べて、引きあげた。

3 いったい誰が

ふたりで通りを歩いている時、チャールズがいった。

「どう思います、サタースウェイト？」

「きみはどうだね？」サタースウェイトが訊き返した。自分の見解はできるだけ最後まで胸にしまっておくのが好きなのだ。

チャールズはそうではない。語気を強めていった。

「彼は間違っていますよ、サタースウェイト。誰も彼も間違っている。執事のことで頭がいっぱいだ。執事が逃げた——ゆえに、執事が犯人だと決めてかかっている。だがこの結論はしっくりこない。うん、腑に落ちない。もうひとつの死亡事件を無視してはいけないんだ——ぼくの家で起きたやつを」

「ふたつの事件は関連しているという意見は変わらないんだね？」

サタースウェイトはそう訊いたものの、内心ではすでに肯定の返事をもらった気になっていた。

「そうです、このふたつの事件は絶対に関連している。何もかもがそう示している……したがって共通の要素を見つけることが必要なんです。両方の集まりに出席していた人間をね――」

「そうだな」サタースウェイトはいった。「でも、思ったほど簡単ではないぞ。共通の要素が多すぎる。わかっているのかね、カートライト、実際には、きみの家に来ていた人々は、ほぼ全員が、今度のパーティーにも出ていたのを？」

チャールズはうなずいた。

「もちろん、それは承知してますよ。でも、それからどんな推理が引き出せるかわかるでしょう？」

「どういうことだね、カートライト？」

「まさか、それが偶然だったとは思っていないでしょう？　そういう意図だったんだ。なぜ最初の死亡事件に居合わせた全員が二度目にも居合わせたのか？　偶然？　とんでもない。これは計画だったんですよ。筋書きというか――トリーが計画したんだ」

「なるほど！」サタースウェイトはいった。「それはありえるな」

「間違いありません。あなたは、ぼくほどトリーのことを知らないだろうけどね、サタースウェイト、あいつは自分の意見を人に明かさないうえに、ひじょうに忍耐強い男だった。長い知り合いだが、トリーが軽率な意見や判断を口にするのを一度も聞いたことがない。

いいですか。バビントンは殺された。そうだ、殺されたんです——その言葉を避けたり婉曲にいったりするつもりはありません——あの晩、ぼくの家で殺された。彼の死に対するぼくの疑いをトリーはまともにとりあってないみたいだったが、あいつ自身ずっと疑いを持っていたに違いない。口には出さなかったですけどね——あいつはそういうタイプではないから。しかし、ひそかに、心の中で、事件を組み立てていた。何を基盤に組み立てたかは、ぼくにはわからない。ただし、誰か特定の人物に絞っていたわけではないと思います。彼らのひとりが犯罪にかかわったと信じて、ある計画を立てた。誰が犯人かを見つけるためのある種のテストを」

「今回だけの客たちについてはどうなんだ、イーデン夫妻とキャンベル夫妻は？」

「カモフラージュですよ。計画が見破られないために」

「どんな計画だったと思っているのかね？」

チャールズは肩をすくめた。外国人のように大袈裟な仕草だ。またしてもアリスタイド・デュヴァル、秘密検察局の大立者となり、左足を引きずりはじめた。

「わかるわけがない。ぼくは魔法使いじゃない。推測はできません。しかしとにかく何か計画があった。そしてそれが失敗した。殺人犯はトリーが考えていたよりも一枚上手だった。彼は先手を打ったんだ」

「彼？」

「あるいは彼女が。毒は男だけでなく、女も武器として使うし――いや、むしろ女が使うことのほうが多い」

サタースウェイトは黙っていた。チャールズがさらにいった。

「どうです、そう思いませんか？　あなたは紋切り型の意見に賛成ですか？　『執事こそ真犯人。あいつの仕業だ！』」

「その執事については、どう説明する？」

「彼のことは考えていなかった。ぼくの見るところでは、特に重要な人物ではないから……まあ、説明はできそうだが」

「どのような？」

「そうだな、警察がこれまでのところは正しいとする――エリスはプロの犯罪者で、強盗団の一味としようか。エリスは偽の身元保証書を使ってこの勤め口を得た。それからトリーが殺された。エリスの立場はどうなる？　人が殺され、その家に、ロンドン警視庁に指紋が記録されたやつがいるわけだ。当然、怖じけづいて逃亡するだろう」

「秘密の通路を使ってかね？」

「秘密の通路なんてばかげている。見張りの間抜けな巡査がうとうとしている間に、家からするりと逃げたに決まっているよ」

「確かにそのほうが可能性がありそうだ」

「よし、サタースウェイト、あなたの意見は？」

「わたしのかね？」サタースウェイトはいった。「ああ、きみのと同じだよ。最初からね。たまたま妙な執事が登場したものだから、すっかりそっちに目がいっているがね。バーソロミューと気の毒なバビントン老牧師は同一人物に殺されたに違いない」

「ハウスパーティーの客のひとりに？」

「ハウスパーティーの客のひとりにだ」

一、二分ほど沈黙があり、それからサタースウェイトがさりげなく訊いた。

「客たちのうちの誰がやったと思う？」

「やれやれ、サタースウェイト、ぼくが知ってるわけないでしょう？」

「そりゃ、知ってるわけはないがね、もちろん」サタースウェイトは穏やかにいった。

「ただ、これはと思っている相手がいるんじゃないかと思ってね――ほら、別に科学的根拠とか理論的にというのではなくて。ただ勘で」

「いや、あてはない……」彼はちょっと考えて、それから急に大声でいった。「しかし、サタースウェイト、考えれば考えるほど、あの晩の客の誰にもできなかったように思えてきた」

「容疑者たちが集められたという点では」サタースウェイトは考えながらいった。「いや、きみの推論は正しいだろう。でも、除外された人物がいたのを考慮する必要があるな。きみと、わたし、それにたとえば、ミセス・バビントン。若いマンダーズもだ、やつも圏外だ」

「マンダーズも？」

「そうだよ、あのパーティーに加わることになったのは、偶然のなせる技だった。彼は招待されていなかったし、来ると予想もされていなかった。となると彼は容疑者の圏内からはずされていたことになる」

「あの女流劇作家――アンソニー・アスターも」

「いや、違う、彼女は招待されていた。トゥーティングのミス・ミュリエル・ウィルズがそうだ」

「そうだった――彼女の本名がウィルズなのを忘れていたよ」

チャールズは顔をしかめた。サタースウェイトは読心術がかなり得意だ。この往年の名優が何を考えているかは手に取るようにわかった。まもなく彼が話しはじめ、サタースウェイトは心の中で自分に喝采を贈った。

「そうだね、サタースウェイト、あなたのいうとおりだ。トリーは決定的に疑わしい人たち以外も招待していた——なんといっても、レディ・メアリーとエッグも招ばれていたのだから。おそらく最初の事件の再現をするつもりだったのではないかな。誰かを疑っていて、そのことを確認する目撃者たちの同席を望んだ、とか……」

「そうだろうな」サタースウェイトは同意した。「この段階では漠然としかわからないな。いいだろう、リットン・ゴア母娘は除外、きみと、わたしと、ミセス・バビントンとオリヴァー・マンダーズも除外する。すると誰が残る？　アンジェラ・サトクリッフ？」

「アンジーだって？　おいおい。彼女はトリーの長年の友人だったよ」

「そうなると、デイカズ夫妻しかいなくなる……実際のところ、カートライト、きみはデイカズ夫妻を疑っているんだな。だったら、そういえばいいのに」

チャールズは彼を見た。サタースウェイトはかすかだが勝ち誇ったような表情をしている。

「そういうことになるかな」チャールズはゆっくりといった。「しかし、疑っている、とまではいかないんですよ。他の人よりは、夫妻である可能性が高いように思えるだけでね。ひとつには、ぼくはあの夫妻をあまりよく知らない。それに、どう考えても、ぼくにはわからないんだ、なぜ、フレディ・デイカズのように生活のほとんどを競馬場ですごし、シンシアのように日がな一日途方もなく高価な婦人服をデザインしているこのふたりが、愛すべきしがない老牧師を殺害しようと思ったりしたのか……」

彼は首を振ったが、表情が明るくなった。

「ウィルズという女がいるじゃないか。またあの女のことを忘れてしまった。どういうわけで、あの女のことをいつも忘れてしまうのだろう？　あれこそ、まったくもってつかみどころのない女だ」

サタースウェイトは微笑した。

「いや、彼女はロバート・バーンズ（十八世紀のスコットランドの詩人）の有名な詩の一節を体現しているかもしれんぞ。『人々の間で、子供はじっと観察し記憶にとどめている』だ。わたしはむしろ、ミス・ウィルズはまさに観察し記憶にとどめているのだと思うね。眼鏡の奥の彼女の目は鋭い。この事件で注目に値することはひとつ残らず、気づいていたのではないかな」

「そうかな？」チャールズは疑わしげにいった。

「とにかく」サタースウェイトはいった。「昼食にしようじゃないか。そのあとで、アビーへ行って、そこで何が見つかるかみてみるとしよう」

「あなたはこの件をずいぶんと楽しんでいるようですね、サタースウェイト」チャールズはからかった。

「犯罪捜査は初めてではないんだ。昔、車が壊れ、寂しい宿屋に泊まったことがあるんだが――」サタースウェイトはいった。

話はそれより先に進まなかった。

「思い出すな」チャールズが、台詞をいう時のはっきりした高い声音でさえぎるように話しはじめたのだ。「一九二一年に巡業していたときに――」

この勝負はチャールズの勝ちだった。

4　使用人たちの証言

これほど平和な眺めはないのではないか。その午後、九月の陽光に包まれたメルフォート・アビーの庭と建物を目にして、ふたりの男はそう思った。アビーの一部は十五世紀の建物だが、修復され、新たな棟が増築されていた。新しい療養所は屋敷からは見えず、専用の庭に囲まれていた。

チャールズとサタースウェイトは料理人のミセス・レッキーに迎えられた。ミセス・レッキーは喪中にふさわしく黒いワンピースに太った身体を包み、涙ぐみながら、よく話した。チャールズとは、前にも会っていたので、話すときはもっぱら彼のほうを見た。

「チャールズ様ならわたしがどんな気持ちかおわかりいただけると思います。旦那様がお亡くなりになったことや何やかやで、そこらじゅう警官だらけで、あちこちを嗅ぎまわっているのでございます——まさかと思われるでしょうが、ごみ箱の中まで調べたんですよ。それから、たくさんの質問——次から次へと質問責めで。ああ、これまで生きてきて、こんなことを見るはめになるとは——旦那様は、いつも物静かな紳士でいらしたし、ナイトの称号をさずかり、サー・バーソロミューにもなられて。あれはわたしども一同にとって、それはそれは誇らしい日でございました。ベアトリスとわたしはよく覚えておりますですよ。まあ、彼女がここに来たのは、わたしより二年あとでしたけれど。それなのにあの警察の男ときたら——あの男のことは紳士とは呼べません、紳士とはいかなるものか、どのように振る舞うものか、わたしはいつも見ておりますからね。ちゃんとわかるんですよ——警視だかなんだか知りませんけど、あの男と呼ばせてもらいます――」ミセス・レッキーは言葉を切って、大きくひとつ呼吸し、ややこしくもつれて脱線した話を本筋にもどした。「たくさんの質問、そう、その話をしていたのでございますよね。この家の全員について質問されました。みんないい娘たちなんですよ、どの娘もね。まあ、ドリスは起床すべき時間にちゃんと起きるとはいえませんけど。まったく、少なくとも週に一度は小言をいわなければなりませんですよ。それから、ヴィッキーは生意気な態度をとりがちでしてね。でも、まあ、若い子に躾を期待できませんからね――近ごろは母親たちが躾をしませんから。でも、みんないい娘たちですよ。警視さんといえども、違うことをわたしにいわせようとしても無理です。わたしは警視さんにいってやりました、『何かここの娘たちに不利になることを、わたしがいうと思ったら大間違いですよ。みんないい娘たちですから。そうですとも、あの娘たちがこの殺人と関係あるかなんて、そのようなことをほのめかすだけでも、まったく悪意のあることですわ』とね」

ミセス・レッキーは一拍、間をおいた。

「エリスさんとなると――事情が違ってきます。エリスさんについては何も知りませんので、何も答えられませんでした。ロンドンからやってきたばかりで、この土地の人間ではありませんでした。ベイカーさんがお休みを取っていたので」

「ベイカーとは？」サタースウェイトが訊いた。

「ベイカーさんは七年前から旦那様の執事をしています。ほとんどいつもロンドンに——ハーレー街にいたのです。覚えていらっしゃいますでしょう？」彼女に問いかけられて、チャールズはうなずいた。「旦那様はこちらでのパーティーの際には、いつもベイカーさんを連れてらしてました。でもこのところベイカーさんの健康があまり思わしくなかったそうで、旦那様は、二カ月の休暇を、有給休暇を、お与えになられたのです、南のブライトン近くの海辺の家で休むようにと——旦那様はほんとに親切な紳士でしたから。そしてその間の臨時の執事としてエリスさんを採用したのです。ですから、警視さんにもいったのですが、エリスさんについては何も知りません。ですが、あの人自身もいってましたけれど、上流家庭で働いていたようですし、確かに紳士らしい態度が身についていました」

「何か気づかなかったかな——何か変わったことを？」チャールズは期待をこめていった。

「そうでございますね、そう質問されますと、妙な感じなのですが、といいますのも、気づいたような、気づかなかったような感じでして——わたしのいっている意味がおわかりいただけますか」

チャールズが促す表情をすると、ミセス・レッキーはつづけた。

「はっきりこれ、とは指摘できないのですけれど、でも何かが――」

そりゃ、あっただろう――殺人事件があったんだから――サタースウェイトは意地悪くそう思った。ミセス・レッキーがどんなに警察を軽蔑していたとしても、水を向けられればその気になる。エリスが結局は犯人だったと判明すれば、ミセス・レッキーは何かに気づいていたというはずだ。

「ひとつには、あの人はよそよそしかったのです。いえいえ、ひじょうに礼儀正しくて、まったくの紳士でございましたよ――申し上げましたように、良家に慣れていたようでした。でも人付き合いを避けて、自分の部屋で時間を過ごすことが多くて、それに――あの、なんといったらよいのかわかりませんが、確かに――そうですね、あの、何かがありましたわ――」

「その男が――本物の執事でないかもしれないとは疑わなかったのかね？」サタースウェイトが訊いた。

「いえいえ、以前にも執事をしていたと思います、間違いありません。いろいろ知っていましたもの――社交界で有名なかたがたのことも」

「たとえばどんな？」チャールズが穏やかに訊いた。

ところが、ミセス・レッキーは言葉を濁した。使用人たちの内輪の噂話をいいふらすつもりはないのだ。そのようなことをしては、沽券にかかわる。

サタースウェイトがとりなすようにいった。

「人相なら、説明してもらえるかね？」

ミセス・レッキーの顔がぱっと明るくなった。

「ええ、もちろん。とても上品に見えました。頬髯をはやし、白髪まじりで、少し猫背、近ごろ恰幅がよくなってきたとかで――それを気にしておりましたですよ、じつのところ。手が震えていましたけれど、普通に想像するような理由ではございません。飲食はひじょうに節制していましたから――わたしが知っている殿方とは違いましてね。あと、目が少し弱かったようです。光に弱いとか――特に強い光に弱くて、涙目になりやすかったようです。わたしどもといっしょのときは、眼鏡をかけていましたが、勤務中はかけていませんでした」

「特に目立つ特徴はなかったかな？　傷痕とか？　指が曲がっているとか？　痣とか？」チャールズが訊いた。

「あら、ええ、そういうのは何もございませんでした」

「探偵小説は人生になんと優ることか」チャールズはため息をついた。「小説では、いつも何か目立つ特徴があるんだが」

「歯が一本欠けていたそうだね」サタースウェイトがいった。

「そうらしいですが、わたしは気づきませんでした」

「悲劇が起きた晩の彼の様子はどうだったのだろう？」サタースウェイトはほんの少し堅苦しい調子で訊いた。

「あの、それがわからないのです。調理場のほうが忙しかったもので。あれこれ気づく暇はありませんでした」

「まあ、無理もないな」

「旦那様がお亡くなりになられたとの知らせが伝わってきましたときは、わたしたち、みんな、すっかり驚いてしまって。わたしは泣きだしてしまって、涙が止まりませんで、ベアトリスも同じでした。若いメイドたちも、もちろん、同じように興奮して、とても取り乱しておりましたよ。エリスさんは、新顔ですから当然かも知れませんが、わたしたちのように動転することなく、ひじょうに思慮深く行動して、気を鎮めるためにポートワインを少し飲むようにと、わたしとベアトリスにもしきりにすすめてくれました。いまになって、あの男が犯人だったのかと思うと――あの悪党――」

憤りに言葉を失い、ミセス・レッキーは目をぎらつかせた。

「で、エリスはその夜に消えたのかね？」

「ええ、他の使用人と同じように部屋へもどりまして、朝になると、いなかったのです。ですから、警察はあの男が怪しいと思ったのですよ、もちろん」

「うん、うん、まったくばかなやつだ。どうやって家から出たか、思い当たることはないかね？」

「いいえ、まったく。警察は一晩中見張っていたそうですが、あの男が出ていくのに、気がつかなかったのでございますよ――でも、ほら、警察官といっても、普通の人間と変わりませんからねえ、あんな偉そうな態度をとって、人さまの家にずかずかと入り込んできて、嗅ぎまわるくせに」

「秘密の通路とやらがあるらしいね」チャールズがいった。

ミセス・レッキーは鼻を鳴らした。

「警察の人はそんなことをいっていますけど」

「そんなものがあるのかな？」

「話を聞いたことはございます」ミセス・レッキーは慎重に認めた。

「入り口がどこにあるか知っているかな？」

「いいえ、存じません。秘密の通路があるのは大いに結構、でも使用人はそんな話をするものではありません。メイドたちが知恵をつけてしまいます。通路を使って抜け出そうなんて考えたり。うちのメイドたちは裏口から出て、裏口から入ることになっています。身分をわきまえないといけません」

「立派だな、ミセス・レッキー。あなたはひじょうに賢い人だ」

チャールズに認められたのが光栄で、ミセス・レッキーは得意げに胸をはった。

「他の使用人たちに少し質問できないかな？」彼はつづけた。

「もちろんよろしゅうございます。でもわたしが申し上げた以上のことを話せる者はいないと思います」

「もちろんだとも。いや、エリスについてよりも、サー・バーソロミュー自身について聞きたくてね――あの晩の様子などを。彼はぼくの友人だからね」

「存じております。かしこまりました。ベアトリスがおりますし、アリスもおります。あの晩のお食事の給仕はもちろんアリスがいたしましたのですよ」

「そうか、アリスに会いたいな」

しかし、ミセス・レッキーは年功序列を重んじ、最初に送られてきたのは家事係では古株のベアトリス・チャーチだった。

長身の痩せた女で、ぎゅっと口を結び、いかにも堅そうに見える。

取るに足らないことをいくつか訊いてから、チャールズはあの運命の晩のハウスパーティーの客たちの様子へ、話をもっていった。客たちは、みんなひどく動転していたか？ どんな言動が見られたか？

ベアトリスの表情がかすかに活気づいた。彼女もやはり悲劇を好む残忍さを、普通の人と同じように持っているのだ。

「サトクリッフ様はすっかり取り乱しておられました。ひじょうに心の温かいレディで、前にもこちらにお泊まりになられたことがあります。ブランディか、紅茶でもいかがですかとおすすめしたのですが、お聞き入れになりませんでした。でも、アスピリンをお飲みになりました。きっと眠れないだろうからとおっしゃって。でも翌朝早くに紅茶をお持ちいたしましたときには、幼い子供のようにぐっすりとお休みになっておられました」

「そしてミセス・デイカズは？」

「あのレディは何事にもあまり動揺なさらないと思います」

そのベアトリスの声音には、シンシア・デイカズを好ましく思っていないことが表われていた。

「早く帰りたくてたまらないご様子でした。仕事に差し支えるとかで。ロンドンで大きなドレスメーキングの店をやっていると、エリスさんが教えてくれました」

大きなドレスメーキングの店とは、ベアトリスにとっては〝商売〟のことで、彼女は〝商売〟を見下していた。

「ご主人のほうは？」

ベアトリスは鼻を鳴らした。

「神経を鎮めようとブランディを飲んでいました。まあ、逆の目的のためと見えなくもありませんでしたけど」

「レディ・メアリー・リットン・ゴアはどうでした？」

「とてもすてきなレディです」ベアトリスの声音がやわらいだ。「わたしの大伯母がお城であのかたのお父上様に仕えておりました。とても可愛いお嬢様でいらした、といつもそう聞いておりました。あのかたは貧しいかもしれませんが、品のあるかただとよくわかります――それにとても思いやりがあって、無理はおっしゃいませんし、優しくお声をかけてくださいます。お嬢様もお若くてすてきなレディですよ。もちろん、おふたりは旦那様とそれほど懇意のお付き合いがあったわけではありませんが、とても悲しんでおられました」

「ミス・ウィルズは？」

ベアトリスはふたたび、厳しい表情になった。

「ウィルズ様が、何をお考えになっているのか、わたしにはまったくわかりませんでした」

「それより、きみは彼女のことをどう思った？」チャールズが訊いた。「さあ、さあ、ベアトリス、遠慮はなしだ」

ベアトリスは思わず笑みを浮かべ、こわばっていた頬にえくぼを見せた。チャールズには少年のような茶目っ気がある。夜ごと観客をとりこにしたその魅力に、彼女も逆らうことはできなかった。

「ほんとうです。なんとお答えしたらよいのかわかりません」

「ミス・ウィルズについて思ったり感じたことを話してくれないか」

「何もございません、ほんとにまったく何も。もちろん、あのかたは――」

ベアトリスはためらった。

「つづけて、ベアトリス」

「あのう、あのかたは、他のみなさまがたとは階級が違いますから。仕方ないとは思います」ベアトリスは気をよくしてつづけた。「でもほんとうのレディなら決してしないことをしました。のぞきまわったんです、意味はおわかりでしょう。うろうろと嗅ぎまわっていました」

チャールズはもっと詳しく聞き出そうと懸命になったが、ベアトリスはそれ以上ははっきりいわなかった。ミス・ウィルズがうろうろと嗅ぎまわったというのは、具体的には何を探っていたのか話すように頼んでも、ベアトリスは何もいわなかった。ミス・ウィルズは自分に関係のないことを嗅ぎまわったとくり返すだけだった。

ふたりはとうとう諦めて、サタースウェイトが口を開いた。

「マンダーズ君が思いがけなく合流したね？」

「はい、衝突事故を起こしたのです――お屋敷の門のすぐそばの塀でした。事故が起きたのがこの場所で、不幸中の幸いだったとおっしゃっていました。家はお客様でいっぱいでしたが、ミス・リンドンが小書斎にベッドを用意させたのです」

「彼を見て、みんなは驚いていたかね？」

「ええ、それはもちろん」

エリスについて意見を訊かれると、ベアトリスはあたりさわりのないことをいった。ほとんど顔を合わすことはありませんでした。あのような逃げ方をしたところを見ると、犯人としか思えませんが、どういうわけで旦那様にあんなひどいことをしようと思ったのか、想像もつきません。想像できる人なんているんでしょうか。

「彼はどんな様子だった、バーソロミューのことだが？　ハウスパーティーを楽しみにしているようだったかな？　何かたくらんでいた様子だった？」

「特に愉快そうでいらっしゃいました。ひとりでにこにこしたりして、まるでいたずらをたくらんでいらっしゃるみたいで。エリスさんに冗談さえおっしゃって。ベイカーさんに対しては決してそんなことはなかったのに。使用人には少し無愛想なおかたでしたから。いつもそれは親切にしてくださってましたけど、あまり話しかけてくださることはありませんでした」

「なんといったのかね？」サタースウェイトは熱心に訊いた。

「ええと、正確には覚えてません。エリスさんがやってきて電話の伝言を伝えると、旦那様がその名前に間違いないかと訊いて、エリスさんが確かですといったんです——もちろん、丁寧ないいかたで。すると旦那様は声を出してお笑いになって、『きみはいいやつだ、エリス、第一級の執事だ。なあ、ベアトリス、どう思う？』とおっしゃったんです。わたし、びっくりしてしまって、そんなふうに話すなんて——いつもの旦那様と違いすぎて——なんと答えていいかわかりませんでした」

「そしてエリスは？」

「気まずそうでした。そういうことには慣れていないといったふうで。ぶすっとしていました」

「電話の伝言というのは？」チャールズが訊いた。

「伝言ですか？　あの、療養所からでした。ある患者さんが到着した、遠路なにごともなかったという」

「名前を覚えてるかい？」

「奇妙な名前でした」ベアトリスはためらった。「ミセス・ド・ラッシュブリッジャーとか――そんなような」

「ああ、なるほど」チャールズが優しくいった。「その名前を電話で正しく聞き取るのはむずかしいな。どうもありがとう、ベアトリス。次はアリスを呼んでもらおうかな」

ベアトリスが部屋を出ると、チャールズとサタースウェイトは互いに顔を見合わせて、意見を交換した。

「ミス・ウィルズはうろうろ嗅ぎまわった、デイカズ大尉は酔っ払い、ミセス・デイカズはなんの感情も表に出さなかった。何か手掛かりがあるか？　ほとんどない」

「まったく、ほとんどない」サタースウェイトは同意した。

「アリスに望みを託そう」

アリスは黒い瞳をした、三十歳ぐらいのおとなしそうな女で、進んで話をした。

彼女は、エリスはサー・バーソロミューの死に関係ないと思っていた。犯人にしては紳士的すぎたからだ。警察はエリスはただの悪党だといったが、アリスはそうではないと確信していた。

「エリスは正真正銘ふつうの執事だと、ほんとうに信じているのかな？」チャールズは訊いた。

「ふつうではありませんでした。いままでにいっしょに働いたどの執事とも違っていて――仕事のやりかたが変わっていました」

「しかし、バーソロミューを毒殺したのはエリスだとは思っていないんだね」

「ええ、どうすればそんなことができたというのでしょう。わたしもいっしょに、お食事のお給仕をしていましたし、わたしに見えないようにして旦那様の食べ物に何かを入れることなどできなかったはずです」

「飲み物は？」

「エリスさんが注いでまわりました。最初はシェリー酒とスープ、それからライン産のホックハイマーの白ワインとボルドーの赤ワインです。でも、何ができたでしょうか？もしワインに何か入っていたなら、お客さま全員が毒殺されていたはずです――お飲みになられたかたがたはすべて。旦那様しかお飲みにならなかったというものはないと思います。ポートワインにしても同じです。殿方はみなさまがポートワインをお飲みになりましたし、ご婦人がたも何人かは」

「ワイングラスはトレイにのせて下げたのだね？」

「はい、わたしがトレイを持ち、エリスさんがそれにグラスをのせていき、わたしがトレイを配膳室へ運びました。警察が調べにきたときには、そのままそこにありました。ポートワインのグラスはまだテーブルの上にありました。警察の調べでも何もなかったのです」

「バーソロミューがディナーで、他の人が口にしなかったものを、飲んだり食べたりしなかったと確信を持っていえるかな」

「わたしの見たかぎりでは、ええ、確かに召しあがりませんでした」

「客のひとりが彼に何かを与えたなんてことは――？」

「まあ、いいえ」

「秘密の通路について何か知らないかな、アリス？」

「庭師のひとりからちょっと聞いたことがあります。出口は森の中の、古い壁が崩れたところにあるとか。でもお屋敷の中でその入り口を見たことは一度もありません」

「エリスがその話をしたことは？」

「いいえ、まったく。あの人は何も知らなかったはずです」

「ほんとうのところ、誰がサー・バーソロミューを殺したと思う、アリス？」

「わかりません。誰かが故意にしたとは思えません……きっと何かの事故に違いありませんわ」

「ふむ。ありがとう。アリス」

「バビントンのことがなかったら」アリスが部屋を出ていくと、チャールズがいった。

「彼女が犯人だと考えてもおかしくないな。美人だし……あの晩、給仕をしていたし……いや、でも違う。バビントンは殺害されたんだ。それにとにかく、トリーは美人に目をとめたことなど一度もなかったからね。彼はそういうタイプではなかった」

「しかし彼は五十五歳だったよ」サタースウェイトは考え深げにいった。

「どういう意味だい？」

「男が若い娘に夢中になる年齢だ――たとえそれまではそんなことはなかったにしても」

「よせよ、サタースウェイト、ぼくも――その――もうじき五十五歳になる」

「そうだよ」サタースウェイトはいった。

微笑ましげに見つめるサタースウェイトの視線を浴びて、チャールズは目を伏せた。

見逃しようもなく頰が赤くなった……。

5　執事の部屋

「エリスの部屋を調べてはどうかな？」チャールズの赤面ぶりを堪能してから、サタースウェイトが訊いた。

元俳優は新しい展開に飛びついた。

「すばらしい、ぼくもそう提案しようとしていたところです」

「もちろん、警察がすでに徹底的にそこを調べたが」

「警察か――」

〝アリスタイド・デュヴァル〟は警察を追い払うように手を振った。束の間でもうろたえてしまったので、面目を一新するため一段と演技に熱がこもっている。

「警察など、ばか者の集まりだ」そう、ばっさりといい放った。「エリスの部屋で何を探した？　有罪にするための証拠だ。われわれは無罪を証明するものを探す――まったく別の角度から取り組むんです」

「エリスは無罪だと心底確信しているようだね？」

「バビントンは殺されたというわれわれの考えが正しければ、彼は無罪にきまってます」

「そうだな、それに——」

サタースウェイトは途中で言葉を切った。エリスがプロの犯罪者でバーソロミューに正体を見破られ、その結果として彼を殺したのであれば、事件はうんざりするほどありきたりなものになってしまうといおうとして、間一髪、バーソロミューがチャールズ・カートライトの長年の友人だったのを思い出したのだ。思わず露呈しそうになった自分の無神経さに、当然ながら愕然とした。

ざっと見たところでは、エリスの部屋には手掛かりがありそうな感じはなかった。引き出しの中やクローゼットに吊るしてある衣類は全部きちんと整理してある。仕立てのよいものばかりだが、仕立て屋はどれも違う。明らかに、勤めた先々でお下がりをもらってきたようだ。下着も同じく上質だ。ブーツはきちんと磨いて、木型をはめてある。

サタースウェイトはブーツを取り上げ、つぶやいた。「サイズは九、そうだ、九だな」しかし、この事件では足跡がひとつもないので、これはなんの手掛かりにもならない。

執事の仕事服がなくなっているのは、エリスがそれを着たまま出ていったからだろうが、これはずいぶんとおかしなことだ、とサタースウェイトは指摘した。

「こういう場合は、どう考えても、普通の服に着替えそうなものだ」

「確かに、奇妙だな……こんなことはありえないが、まるで……この家から出ていっていないように見える……ナンセンスだが、もちろん」

ふたりは探索をつづけた。手紙もない、書類もない。あるのは、ウオノメの治療法と、公爵令嬢が近々結婚することに関する新聞記事の切り抜きだけだ。

サイドテーブルには小型の吸い取り紙のつづりと安物のインク瓶があった——筆記具はなかった。チャールズは吸い取り紙のつづりを鏡にかざしてみたが、なんの手掛かりにもならなかった。そのうちの一枚が何度も使われていて、無意味な跡が交錯している。インクの跡はずいぶん昔のものに見えた。

「ここに来てから一通も手紙を書かなかったか、あるいは、吸い取り紙を使わなかったのか」サタースウェイトは論理的に推理した。「この吸い取り紙は古いものだ。ふむ、おや——」やや満足げに、彼は重なりあったインクのしみの中にかろうじて判読できる〈L・ベイカー〉の文字を指し示した。

「エリスはこれをまったく使わなかったといったほうがよさそうだな」

「それはかなり奇妙だ、そうじゃないですか？」チャールズがゆっくりといった。

「どういう意味だね？」

「普通の人間なら手紙を書くでしょう……」

「犯罪者ならば書かないよ」

「そうですな、たぶんあなたのいうとおり……あのように逃亡したのは、何かうしろぐらいものがあったからに違いない。確かなのは、トリーを殺しはしなかったということだけだ」

ふたりはカーペットを持ち上げたり、ベッドの下をのぞいたりして、床を調べた。暖炉のわきにインクの飛び散った跡があったが、それ以外にはどこにも何も見つからなかった。その部屋には腹の立つほど何もなかった。

彼らはいくぶん落胆して部屋を出た。ふたりの探偵熱は一時的に冷めた。現実より探偵小説のほうがうまくできている、との思いが頭をよぎっていたのであろう。

残りの使用人たちとも少し言葉をかわしたが、ミセス・レッキーとベアトリス・チャーチを畏れている若い使用人たちは緊張した表情を見せるだけで、新たなことは何も聞き出せなかった。

そこでふたりは屋敷をあとにした。

「さてと、サタースウェイト、何か思いついたことはありますか――どんな小さなことでもいいけれど？」庭園をゆっくり歩きながら、チャールズがいった。サタースウェイトの車が門のところでふたりを待っているはずだった。

サタースウェイトは考えた。よく考えてから答えるつもりだった――思いつくべきだったという気がするだけになおさら性急な答えはしたくない。わざわざ遠出をしてきたのが時間の無駄だったと認めるのは、おもしろくない。そこで使用人たちの証言を次々と頭の中で振り返ってみたが、なんといっても得た情報が乏しすぎる。

チャールズが要約したように、ミス・ウィルズはうろうろ嗅ぎまわり、ミス・サトクリッフはひじょうに取り乱し、ミセス・デイカズはまったく動揺せず、デイカズ大尉は酔っ払った。それだけだ。フレディ・デイカズの泥酔が良心の呵責のためであったのならば、別だが。サタースウェイトも知ってのとおり、フレディ・デイカズは、しょっちゅう酔っ払っているのだ。

「どうです？」チャールズが待ちかねて、くり返した。

「何も思いつかないな」サタースウェイトはしぶしぶと認めた。「ただし――見つかった新聞の切り抜きから察するに、エリスはウオノメで困っていたようだが」

チャールズは苦笑した。

「きわめて妥当な推理だ。それで――その――それが何かの糸口になりますか？」

サタースウェイトは自分の発言が役に立たないことを認めた。

「他にひとつだけ――」彼はいいかけて、やめた。

「なんです？ 話してください。どんなことでも役に立つかもしれない」

「バーソロミューが執事をからかった話は少し奇妙な感じがした――ほら、家事係のメイドがいってただろう。なんだか彼らしくない」

「確かにあいつらしくない」チャールズは強調した。「トリーのことはあなたよりもよく知っているつもりだが、あいつは冗談をいうタイプじゃなかった。そんな話し方をするやつじゃない――まあ、なんらかの理由で、その時普通の精神状態ではなかったとすれば別ですが。あなたのいうとおり、サタースウェイト、それは重要な点だ。問題は事件とのかかわりですね」

「ええと」サタースウェイトは答えをいおうとしたが、チャールズの質問は答えを求めてはいなかった。サタースウェイトの見解を聞くよりも、自分自身の見解をひけらかしたくてうずうずしていた。

「トリーが軽口をたたいたという話を覚えてますか、サタースウェイト？ エリスがあいつに電話の伝言を伝えた直後に？　トリーがそんなふうに突然珍しくはしゃいだ原因は、その伝言にあったのだろうと見なすのは、当然ですよね。どんな伝言だったかを、ぼくがメイドに訊いたのを覚えてますか」

サタースウェイトはうなずいた。

「ミセス・ド・ラッシュブリッジャーという女性の患者が療養所に到着したという伝言だったね」サタースウェイトはそういって、自分もその点に注意を払っていたことを示してみせた。

「ええ、確かに。「特に心が躍るようなことでもなさそうだが」でも、もしわれわれの理論が正しければ、その伝言にはきっと重要な意味があるはずです」

「そう、かな」サタースウェイトは疑わしげにいった。

「疑う余地はない」チャールズはいった。「その重要な意味を、突きとめる必要があります。ちょっとひらめいたんですが、何かの暗号だったのかもしれません。ごくありふれた害のないものに聞こえるけれど、じつは何かまったく別の意味が隠されていた可能性も考えられる。もしトリーがバビントンの死について調査をしていたのなら、その調査と関係があったのかもしれない。たとえば、ある事実を明らかにするために私立探偵を雇っていて、そしてその疑惑を裏づける証拠が見つかったら電話をくれ、ただし電話に出た人間に真相のヒントを与えないようにああいってくれ、と指示していたのかもしれない。だとしたら、あいつがいつになくはしゃいだことの説明にもなるし、エリスにその名前で間違いないねと訊いたことの説明にもなりそうだ——そのような人物が実在しないのをちゃんと承知済みでね。実際、いちかばちかの博打みたいなことをやってのけると、人はいささか精神のバランスが崩れるものだから」

「ミセス・ド・ラッシュブリッジャーという人物はいないと思うんだね？」

「そうだな、それを確認しようじゃありませんか」

「どうやって？」

「いまから療養所へ行って、婦長に訊くんです」

「おかしいと思われるんじゃないか？」

チャールズは声をたてて笑った。「任せてください」

ふたりは車道からそれて、小道を療養所の方向へ歩いていった。

サタースウェイトがいった。

「きみはどうなんだ、カートライト？　何か思いついたことはあるのかね？　彼の屋敷を訪ねたことで、という意味だが」

チャールズはゆっくりと答えた。

「ええ、あったことはあったんですが——ただ、厄介なことに、それがなんだったか思い出せなくて」

サタースウェイトにあきれたようにまじまじと見つめられ、チャールズは顔をしかめた。

「なんと説明すればいいかな？　何かがあったんです——変だと感じたことが。これはありそうもないと思った。ただ——そのときは、それについて考える暇がなくて、それを頭の隅によけておいた」

「そしていま、それがなんだったか思い出せないのだね？」

「ああ——『これは変だ』と思ったことだけしか」

「使用人に質問していたときのことかね？　どの使用人のときだった？」

「思い出せないんですよ。それに考えれば考えるほど、思い出せなくなる……放っておけば、ひょっこりと思い出すかもしれない」

ふたりは療養所が見えるところまで来た。白くてモダンな大きな建物で、屋敷の庭園とは柵で仕切られている。門を通り抜け、玄関のベルを鳴らして、婦長に面会を求めた。

出てきた婦長は、背が高い知的な顔立ちの中年女性で、いかにも有能そうだった。彼女はチャールズの名前を知っており、故バーソロミュー・ストレンジの友人だということも知っていた。

チャールズは、自分が海外からもどったばかりで、友人の逝去と、おそろしくもそれが殺人の疑いがあることを聞いてたいへん心を痛め、詳しい事情が知りたくて屋敷のほうへ行ってきたところだと説明した。婦長は、バーソロミュー先生の死を一同が痛ましく思っていること、その生涯で医者としての立派な業績を残したことなどを、心をこめて口にした。チャールズがこれから療養所がどうなるのかがとても心配だと告げると、バーソロミュー先生にはふたりの共同経営者がいてどちらも有能な医師であり、そのひとりは療養所に住み込んでいるのだと説明した。

「バーソロミューがここをひじょうに誇りにしていたのは、よく知っています」チャールズはいった。

「はい、先生の行なった数々の治療はとてもすばらしい成功を収めました」

「ほとんど神経疾患の患者ですね？」

「はい」

「それで思い出したが——モンテカルロで会った男の親類がここに入院しているとか。名前は覚えてないが——変わった名前で——ラッシュブリッジャーとか——ラッシュブリッガーとか——そんな名前だったのだが」

「ミセス・ド・ラッシュブリッジャーのことでしょうか？」

「そう、その人だ。入院してますか？」

「ええ、はい。でも面会はどうかと思います——まだここしばらくは。絶対安静という治療方針ですから」婦長はちょっといたずらっぽく微笑んだ。「手紙もだめ、刺激的な面会人もだめです……」

「まさか、重症ではないのだろう？」

「かなりひどい神経衰弱で——記憶障害、それに極度の神経疲労が見られます。でも、わたくしどもがちゃんとお世話いたしますよ」

婦長はご安心くださいというふうににっこりと微笑んだ。

「そうだ、トリーから——バーソロミューから——彼女のことを聞いたような気がするな。彼女は患者であり、友人でもあったんだよね？」

「いいえ、チャールズ様。少なくとも、先生がそうおっしゃられたことは一度もありません。その患者さんは西インド諸島《ウエストインディーズ》から、つい先ごろ到着したばかりなのです。実際、おかしなことがあったのですよ。使用人が覚えるにはかなりむずかしいお名前なので——

——まあ、ここの接客係のメイドは少しばかり頭が悪いものですから——わたしのところへ、『ミセス・ウェストインディーが到着しました』といってきましてね。もちろん、ラッシュブリッジャーはウェストインディーのように聞こえないでもありませんけれど。その患者さんが実際にウェストインディーズから来たのは偶然の一致ですわね」

「おやおや、それはひじょうにおもしろい話だ。ご主人もいっしょに？」

「ご主人はまだあちらです」

「ああ、なるほど――なるほど。誰か別人と混同しているのかな。彼女の症例は、医者が特に関心を持つようなものかな？」

「記憶喪失はかなりよくあるものですが、医師にとっては常に興味深いものでして――多様ですからね。同じ症例はめったにありません」

「とても奇妙な話だ。いや、ありがとう、婦長さん。話ができてよかった。トリーはあなたのことを高く買っていましたよ。よく話していました」チャールズはお世辞をでっちあげて話を終えた。

「まあ、それはうれしゅうございます」婦長は顔を赤らめ、姿勢を正した。「あんなに立派なかたを――ほんとにわたしたちみんなにとって大きな損失です。一同、ショックを受けて――いえ、唖然としてしまったというほうがよいでしょうね。殺人だなんて！バーソロミュー先生を殺す人間なんているものですかと警察のかたに申し上げました。信じられません。執事はまったくひどいやつです。あの男、警察が早くつかまえてくれるといいのですが。動機など何もないのに」

チャールズは悲しげに首を振り、ふたりはそこを出て、車が待っている場所へと歩きはじめた。

婦長と会っているあいだ沈黙を強いられた反動で、サタースウェイトはオリヴァー・マンダーズの事故現場に旺盛な関心を示し、頭の悪そうな中年の門番に質問を浴びせた。

はあ、ここがその場所です、その塀が崩れたところがそうです。オートバイには若い男が乗ってました。いや、ぶつかるとこは見てません。音が聞こえたんで、出てきたんです。若い男はそこに立ってました——ちょうど、お連れさんがいま立ってるとこに。怪我はしてないようでした。残念そうにオートバイを見てました——めちゃめちゃでしたからね。そしてここが誰の家かとたずねて、サー・バーソロミュー・ストレンジのお屋敷だと知ると、「不幸中の幸いだ」といって、お屋敷のほうへ行きました。静かなちゃんとした感じに見えました——疲れてるみたいでしたが。どうしてそんな事故を起こしたのかは、門番にもわからなかったが、何かがうまくいかなかったのだろうと思ったとのことだった。

「奇妙な事故だな」サタースウェイトは考えこんだ。

屋敷の前は幅広い直線道路で、カーヴも危険な十字路もなく、オートバイに乗っている者が急にハンドルを切り、三メートルの塀にぶつかる原因となるものは何もない。ひじょうに奇妙な事故だ。

「何がひっかかってるんです、サタースウェイト？」チャールズが詮索するように訊いた。

「別に」サタースウェイトがいった。「なんでもない」

「奇妙だな、確かに」チャールズも首をひねりながら事故現場をじっと見た。

ふたりは車に乗り込んだ。

サタースウェイトは考えにふけっていた。〝ミセス・ド・ラッシュブリッジャー〟は——チャールズの推理は外れ——暗号ではなかった。そういう人物が実在していた。それにしても、その女性は特別な存在なのだろうか？　何かの証人なのか、あるいはバーソロミュー・ストレンジが異様に気分を高揚させるくらい興味深い症例の患者なのか？　もしかすると魅力的な女性なのかもしれない。男は五十五歳恋愛症候群にかかると（サタースウェイトは何度もそういう例を見てきた）、性格がすっかり変わることもある。そんなわけで冗談もいうようになったのかもしれない。それまでは超然とした感じだったのに——

チャールズがぐいっと身を乗り出してきたので、考えは中断された。

「サタースウェイト、引き返してもかまわないかな？」

返事を待たずに、彼は伝声管を手にして、指示を出した。車は速度を落として停止すると、丁度よくあった細道にバックで入り、一、二分後には、いま来た方向へ速度を上げて引き返していった。

「どうしたんだね？」サタースウェイトが訊いた。

「思い出したんだ」チャールズがいった。「あの時おかしいと感じたものがなんだったのか。執事の部屋の床にあったインクのしみだ」

6　インクのしみを考える

サタースウェイトは驚いて友人をじっと見た。

「インクのしみ？　どういうことだね、カートライト？」

「覚えてますか？」

「インクのしみがあったのは覚えているが」

「どこにあったかも？」

「まあね——正確にではないが」

「暖炉のそばの幅木の近くです」

「ああ、そうだった。思い出したよ」

「あのしみはどうやってできたと思います、サタースウェイト？」

「大きなしみではなかった」答えるまで少し時間がかかった。「インク瓶がひっくり返ってできたものではないな。まあ、おそらく万年筆を落としたのだろう——部屋に万年筆はなかったけれどもね」わたしだって同じくちゃんと気がつくってことが、これでわかってもらえるだろう、とサタースウェイトは思った。「手紙を書くかどうかはともかく、万年筆を持っていたのは間違いないようだ——何かを書いていた形跡はないが」

「いや、ありますよ、サタースウェイト。インクのしみがある」

「何かを書いていたのではなかったかもしれないじゃないか」サタースウェイトはぴしゃりといった。「ただ床に万年筆を落としただけということもあり得る」

「でもキャップをはずしてなければ、しみがつくはずがない」

「確かにそのとおりだ。でも、それのどこが奇妙なのか、わからないな」

「別に奇妙なことは何もないかもしれない」チャールズがいった。「引き返して、もう一度この目で確かめるまではなんともいえない」

車はロッジの門を入っていった。数分後に、車は屋敷に着き、どうして引き返してきたのか好奇心にあふれた人々にいいつくろうのに、チャールズは執事の部屋に鉛筆を忘れてきたと嘘のいいわけをした。

「さてと」手伝うと言い張るミセス・レッキーを言葉巧みに断わって、エリスの部屋に入ると、ドアを閉めてから、チャールズはいった。「さあて、これが物笑いの種になるような愚かな真似か、それともぼくの思いつきに何かあるのか、みてみよう」

サタースウェイトは前者である可能性のほうがはるかに高いだろうと思ったが、もともと礼儀正しい紳士であるから、そんなことは口にしなかった。彼はベッドに腰かけて、友人を観察することにした。

「ここに問題のしみがある」チャールズはしみを足先で示した。「書き物テーブルとは反対側の幅木のすぐそばだ。こういう場所に万年筆が落ちるにはどういう状況が考えられる？」

「万年筆はどこでも落とせるぞ」サタースウェイトはいった。

「ええ、もちろん部屋の反対側から投げつけることもできる」チャールズは認めた。「でもふつうは万年筆をそんなふうには扱わない。いや、わからないぞ。万年筆はまったく面倒なものだからな。インクが切れていて、書きたいときに書けなかったとか。それが答えかもしれないな。エリスが短気を起こして、『こんちくしょう』とばかり、部屋の反対側から投げつけた」

「解釈はいろいろあると思う」サタースウェイトはいった。「エリスは単にそれを炉棚の上に置いておいて、たまたま転がり落ちたのかもしれん」

チャールズは鉛筆で実験してみた。炉棚の隅から転がり落としてみたが、しみから少なくとも三十センチ離れたところに着地し、暖炉の中のガスの炎のほうに転がっていった。

「うむ」サタースウェイトはいった。「きみの解釈はどうだね？」

「いま探してるんですよ」

サタースウェイトはベッドに腰かけたまま、ひじょうにおもしろい綿密な演技を見物した。

チャールズは暖炉のほうへ歩いていきながら、手から鉛筆を落とした。次にベッドの縁に腰かけて、そこで何か書いてから鉛筆を落とした。鉛筆が適切な場所に落ちるためには、ひじょうに無理な姿勢で壁に身体を押しつけて立つか座るかする必要があった。

「こいつは無理だ」チャールズが声に出していった。彼は立ったまま、壁と、しみと、ほどよいガスストーブの炎を見た。

「紙を燃やしていたとしたら」彼は考えながらいった。「でもガスストーブで紙を燃やすやつはいないよな」

彼ははっとして、息をのんだ。

そのすぐあとに、チャールズが俳優としての才能を最大限に発揮しはじめたことがサタースウェイトにもわかった。

チャールズ・カートライトは執事エリスになりきった。机に向かってすわり、何か書いている。彼の態度はうさんくさく、ときどき目を上げては、射るような目で左右を盗み見る。突然、何かが聞こえたようだ。サタースウェイトはその何かの正体を推測することさえできた――廊下から聞こえてくる足音だ。やましい気持ちのエリスは、その足音の意味を察してぱっと立ち上がる。片手にはこれまで書いていた紙を、もう一方の手には万年筆を持って。部屋をすばやく突っ切って暖炉へ向かう。びくびくして後ろを振り返りながら、耳をすまし警戒している。そしてガスストーブの下にその紙を押し込もうとする――両手を使おうとして、焦って万年筆を投げ捨てる。チャールズの鉛筆、つまり芝居での「万年筆」はちょうどぴったりインクのしみの上に落ちた……。

「ブラボー」サタースウェイトは大いに称賛した。

演技があまりにすばらしかったので、エリスはきっとこう行動したに違いないという印象を受けた。

「ほらね？」チャールズはふだんの自分にもどりながらも、ほどよく高揚した声でいった。「警察か、あるいはエリスが警察だと思ったものが近づいてくる音が聞こえ、書いていたものを隠そうとした。さて、どこに隠せるだろうか？　引き出しの中やベッドのマットレスの下ではだめだ――警察が室内を捜索すれば、すぐに見つかってしまう。床板を持ち上げる時間はない。だめだ、ガスストーブの後ろしかない」

「そうなると」サタースウェイトがいった。「ガスストーブの後ろに何かが隠されているかどうかを見る必要があるな」

「そのとおり。もちろん、警察だと思ったのは間違いだとわかり、すぐにまた取り出してしまったかもしれない。しかし、まあ、よい結果を期待しましょう」

チャールズは上着を脱ぎ、シャツの袖をまくりあげ、床に腹ばいになって、ガスストーブの下の隙間に目を凝らした。

「何かあるぞ。何か白いものだ。どうやれば取り出せるかな？　婦人帽の留めピンのようなものが欲しいな」

「いまどきの女性はもう留めピンなんか持っていないよ」サタースウェイトはがっかりした様子でいった。「ペンナイフ（折り畳み式小型ナイフ）ではどうだろう」

しかしペンナイフは役に立たなかった。

結局、サタースウェイトは部屋を出ていって、ベアトリスから編み棒を借りてきた。どうしてそんなものが必要なのかと、彼女は好奇心でいっぱいだったが、礼儀正しくしなければという強い自制心が働いていたので、訊けなかった。

編み棒は目的にかなった。チャールズは、急いで丸めて押し込まれたらしいくしゃくしゃの紙を何枚か引っぱり出した。

彼とサタースウェイトはますます興奮しながら紙を広げてしわをのばした。便箋だった。手紙の下書きで何度も書きなおされたのは明らかだった。細かく、丁寧な、事務員が書きそうな几帳面な筆跡だ。

あらかじめ断わっておきますが（一枚目の書き出しだ）、この手紙の発信人は不快な状況を引き起こすことを望んでいるわけではありません。今晩発信人が目撃したと思った事柄は、見間違いだったかもしれませんが――

ここまで書いて気に入らなかったらしくて、急にやめて、新しく書きはじめている。

執事ジョン・エリスは、今晩得たある情報を持って警察へ行く前に、悲劇的事件について短時間の話し合いを行なうのをいとわず――

まだ気に入らなくて、またも書きなおしている。

執事ジョン・エリスは医師の死亡に関してある事実を知っている。彼はこの事実をまだ警察に伝えていないが――

次の下書きでは、三人称を使うのをやめている。

わたしはぜひとも金が必要だ。千ポンドあれば、大いに助かる。あることを警察に話すこともできるが、面倒を起こしたくは――

最後のはさらに遠慮がない。

わたしは医師がどのように死亡したかを知っている。警察には何もいっていない

　――いまはまだ。もしわたしに会う気があれば――

　この終わりのほうの文字は他とは違っている――「あれば」のあとは、ぐしゃぐしゃになり、最後の文字はにじんで、しみだらけだ。これを書いているときに、エリスを警戒させる音が聞こえたようだ。彼は紙をくしゃくしゃに丸めて、あわててそれを隠そうとした。

　サタースウェイトは深く息を吸った。

「おめでとう、カートライト。インクのしみについてのきみの直感は正しかった。よくやったよ。さて、ええと、これまでの情報を検討してみよう」

　彼はちょっと間をおいた。

「エリスは、われわれが思っていたとおり、悪人だ。殺人犯ではなかったが、誰が殺人犯だか知っていて、犯人を強請《ゆす》ろうとしていた、男か女かわからないが――」

「男か女か」チャールズが口をはさんだ。「どっちかわからないのはじれったい。なぜこいつは書き出しでそれがわかるようにしなかったんだろう、そうすれば、これからの方針が立てやすいのに。エリスは美的感覚にこだわるやつだったらしい。脅迫状を書くのにもひじょうに手間をかけている。やつがひとつでも手掛かりを残していればなあ―

――その手紙が誰に宛てたものかとか」

「まあ、嘆くなかれ」サタースウェイトはいった。「快調な滑りだしだよ。きみ自身、この部屋でわれわれが見つけたいのはエリスが無罪だという証拠だといってただろう。それは見つけたじゃないか。この手紙が彼の無罪を示している――殺人に関しては、ということだが。他の点では、彼は年季の入った悪党だよ。しかしサー・バーソロミュー・ストレンジは殺してはいない。殺ったのは他のやつだ。バビントン牧師のことも殺したやつがね。警察でさえ、こんどはわれわれの見解に同意せざるをえなくなると思うよ」

「このことを警察にいうつもりですか？」

チャールズは不満そうな声でいった。

「そうしないわけには、いかないじゃないか。何か支障があるのかね？」

「まあね――」チャールズはベッドに腰をおろした。眉を寄せて考えている。「どういえばいいかな？　いま、われわれは、他の誰も知らないことを知っている。警察はエリスを探している。やつが殺人犯だと思ってね。警察がやつを犯人だと思っているのはみんなが知っていることです。真犯人はきっと胸をなで下ろしているはずだ。彼――あるいは彼女――はすっかり油断してはいないまでも、まあ、わりと気を楽にしているでしょう。その状態をくつがえすのは遺憾なことじゃありませんか？　これはわれわれにはまさに絶好のチャンスです。つまり、バビントンと関係のあった招待客が誰かを探るには良いチャンスなんです。今回の死とバビントンの死を結びつけている人間がいるとは思っていないだろうから。不審に思われることもない。千載一遇のチャンスですよ」

「きみのいいたいことはわかる」サタースウェイトはいった。「そして同意するよ。こいつはまたとないチャンスだ。しかし、それでも、そのチャンスを理由にするわけにはいかない。発見したことをすぐさま警察に報告するのは、市民としての義務だ。警察に隠しておく権利はない」

チャールズはやれやれとからかうような目で見た。

「まったく、あなたは善良な市民の見本ですね、サタースウェイト。正しいとされることがなされるべきであるということには反対しません。でもね、ぼくはあなたほど善良な市民であるとはいいがたい。ぼくならこの発見を一日や二日は内緒にしておいても良心がとがめない。たったの一日か二日ぐらい――どうです？　だめですか？　まあいいか、譲るとしましょう。法と秩序の礎とでも化しますか」

「いいかね」サタースウェイトは説明した。「ジョンソン大佐はわたしの友人だし、しかもこの件に関してはひじょうに好意的にしてくれた。警察の動向すべてを知らせてくれて――情報や何かを全部教えてくれた」

「ええ、あなたのいうとおりです」チャールズはため息をついた。「まったくそのとおり。ただ、結局、ガストーブの下をのぞくことを思いついたのは、ぼく以外には誰もいなかったけどね。あの愚鈍な警官どもは、ひとりとしてそんな名案を思いつかなかった……でも、あなたのいうとおりにしましょう。さて、サタースウェイト、エリスはいまどこにいると思います？」

「わたしの推測では」サタースウェイトはいった。「彼は姿を消せと金をもらい、欲しいものを手に入れたので、姿を消した――ひじょうに手際よくね」

「そうだ。そういうことだと思う」チャールズはいった。

彼は身震いをした。

「この部屋はどうも虫が好かないな、サタースウェイト。早く出ましょう」

7　活動計画

翌日の夕方、チャールズとサタースウェイトはロンドンにもどった。

帰路につく前のジョンソン大佐との面談には、ひじょうに気をつかわなければならなかった。クロスフィールド警視にとって、自分と自分の部下が見落としたものを、「ただの紳士」が見つけたことは、あまりよろこばしくなかった。警視は面目を取りもどそうと一生懸命だった。

「これは一本取られましたな。正直なところ、ガスストーブの下を見ることなどまったく思いつきませんでしたよ。いったいどうしたらそこを見ようなんて思いつけるのか」

ふたりは、インクのしみからどういう推理をして例の発見にいたったかの経過は説明しなかった。「ただあちこち探っただけです」とだけ、チャールズはいった。

「それでも、まあとにかく」警視はつづけた。「労力にみあう発見をした。あなたがたの見つけたものは、さして驚くべきものではありませんでしたがね。まあ、道理にかなっていますから。エリスが殺人犯でないなら、姿を消したのには何か他の理由があったに違いない。やつが恐喝を専門にしていたかもしれないということは、はじめからこちらも考えていましたから」

ふたりの発見の結果として、ジョンソン大佐はルーマス警察と連絡をとることにした。スティーヴン・バビントンの死は当然捜査の対象となるべきだと。

「そしてもし死因がニコチン中毒だったということになれば、クロスフィールドといえども、二件の死亡が関連しているのを認めざるをえないはずです」ロンドンへ急行する途中で、チャールズがいった。

彼は自分の発見を警察に伝えなければならなかったことでまだ多少拗ねていた。サタースウェイトは、その情報が公表されず、マスコミにも伝えられない点を指摘して、彼をなだめた。

「犯人が気づくはずはないよ。エリスの捜索はまだこれからもつづけられるのだからね」

チャールズは、そのとおりだと認めた。

ロンドンに着いたらエッグ・リットン・ゴアに連絡をとるつもりだとチャールズはサタースウェイトに説明した。彼女の手紙はベルグレイヴ・スクエアの住所から届いていた。彼女がまだそこにいればよいが。

それはよいことだ、とサタースウェイトは重々しく賛成した。彼自身もエッグに会うのがひじょうに楽しみだった。ロンドンに着き次第、チャールズが彼女に電話をかけることになった。

エッグはまだロンドンにいた。彼女はまだあと一週間ほどは母親とともに親戚の家に滞在して、そのあとルーマスにもどる予定だった。エッグはふたりから食事に誘われると簡単に承知した。

「ここに来てもらうわけにはいかないでしょう」チャールズは、自分の豪奢なマンションの部屋を見まわしながらいった。「母上がきっとよく思わないだろうから。もちろん、ミス・ミルレーを同席させてもいいが――それは気がすすまない。じつはね、ミス・ミルレーがいると、少し窮屈なんです。彼女は有能すぎるので、どうも劣等感を持ってしまってね」

サタースウェイトが自分の家ではどうかといった。結局、バークレーで食事をすることにした。そのあとで、エッグがかまわなければ、他に席を移すこともできる。

サタースウェイトは一目見て、エッグが痩せたことに気づいた。彼女の目は以前より大きく熱っぽくなり、顎の線がもっとはっきりしている。顔色は冴えず、目の下に隈ができていた。しかし彼女の魅力は相変わらずたいしたもので、子供みたいな熱心さも衰えてはいなかった。

彼女はチャールズにいった。「いらしてくださるのは、わかっていました……」

その声音は〝あなたが来たからには、何もかもうまくいくはず……〟とほのめかしていた。

サタースウェイトはひそかに思った。〝でもこの娘は彼が来るかどうか不安だったのだろう——確信が持てなかったに違いない。それでやきもきしていた。長い間、死ぬほど焦れていたようだ〟さらに思った。〝この男は彼女の気持ちがわからないのか？　俳優というものは普通に自惚れが強いのに……この娘が自分に首ったけなのがわからないのか？〟

奇妙な状況だ、と彼は思った。チャールズはこの娘に夢中だ。それは間違いない。娘のほうも同じぐらい愛している。ところがこのふたりをつなぐもの、それぞれがむしゃらにしがみついているものは犯罪なのだ。それも忌わしいふたつの犯罪だ。

ディナーの席ではあまり話がはずまなかった。チャールズは海外での体験を話し、エッグはルーマスについて話した。会話が途切れそうになるたびに、サタースウェイトが話を盛り上げた。ディナーが終わると、一行はサタースウェイトの家へ向かった。

サタースウェイトの家はチェルシー・エンバンクメントにあった。大邸宅で、すばらしい美術品が多数所蔵されていた。絵画、彫刻、中国磁器、有史前の陶器、象牙製品、細密細工、それに本物のチッペンデールとヘップルホワイトの家具がある。豊かさと造詣の深さを感じさせる屋敷だった。

しかしエッグ・リットン・ゴアはそのようなものには目もくれず、気をとられることもなかった。イヴニングコートを椅子の上に脱ぎ捨てていった。

「やっと周りの目を気にする必要がなくなったわ。さあ、わかったことを全部話してください」

彼女はチャールズのヨークシャーでの冒険に熱心に耳を傾け、書きかけの脅迫状を発見したくだりでは大きく息をのんだ。

「そのあとのことは、推量することしかできないが。おそらくエリスは口止め料を受け取り、逃亡の用意が整えられた」チャールズは話を終えた。

しかしエッグは首を振った。

「いいえ、違います。わかりませんか？　エリスは死んでるんだわ」

男ふたりはびっくりしたが、エッグは自分の主張をくり返した。

「もちろん、もう死んでいるのよ。それだから、鮮やかに消えてしまって、誰も彼の足取りを見つけられないんです。知りすぎたから殺された。エリスは殺人の第三の被害者ですわ」

ふたりの男はいずれも、この可能性を考えたことはなかったが、まったくの見当違いではないことは認めざるをえなかった。

「でもいいかい、エッグ」チャールズがいった。「エリスが死んでいるというのはいいが、死体はどこにあるんだい？　体重七十六、七キロの、がっしりした執事の死体なんだよ」

「そんなことはわかりません。きっと隠し場所はたくさんあるでしょう」エッグがいった。

「いや、ほとんどない」サタースウェイトがつぶやいた。「ほとんど……」

「たくさんあります」エッグがくり返した。「ええと……」彼女はいったん口をつぐんだ。「屋根裏部屋――誰も行かない屋根裏部屋がたくさんあるもの。トランクに詰められて屋根裏部屋に隠されているのでは」

「それはどうかな」チャールズがいった。「でも可能性はある、もちろん。それなら発見されにくいかもしれないし――ええと――しばらくは」

エッグは言い争いを避けるタイプではない。彼女はチャールズの考えていることを見抜いて即座に説得にかかった。

「においは上にいくもので、下にはきません。腐った死体は屋根裏にあるより地下室にあるほうがずっと早く気づかれます。それに、とにかく、しばらくの間は、ネズミでも死んだにおいだと思われるでしょう」

「もしきみの推理が正しければ、殺人犯は確実に男だということになる。女なら家の中を死体を引きずっていけないはずだ。実際、男でもかなりの力がないとできない」

「でも、他の可能性もあります。ほら、秘密の通路があるんですもの。ミス・サトクリッフもそんなことをいっていたし、バーソロミューさんも見せてくれるといってました。殺人犯はエリスにお金をわたして、家から出る通路を教えた——そしてその通路にいっしょに行って、そこで殺したのかもしれませんわ。それなら女でもできるはずです。背後から刺すとか何かできるでしょう。そのあと死体を置き去りにして、家にもどれば、誰にもわかりませんわ」

チャールズは疑わしげに首を振ったが、もうエッグの推理に反論しなかった。

そういわれてみれば、サタースウェイトは、エリスの部屋で手紙を見つけたときに、一瞬、自分も同じ疑念を持ったような気がする。あのとき、確かチャールズも身震いしていた。エリスが死んでいるかもしれないという考えが、あのとき彼の頭をよぎったのでは……。

〝エリスが死んでいるなら、犯人はひじょうに危険な人物だ……そう、ひじょうに危険な人物……〟サタースウェイトはそう考え、ふいに恐怖で背筋がぞくっとするのを感じた。

もし三度も人殺しをした人物なら、さらに殺すのもいとわないだろう……。

みんなが危険にさらされている。この三人全部が——チャールズ、エッグ、それに自分も……。

もし三人が知りすぎてしまったとすれば……。

チャールズの声に、彼は我にかえった。

「きみの手紙でわからなかったことがひとつあるんだよ、エッグ。きみはオリヴァー・マンダーズが危険な状態にあると書いてきた——警察が彼を疑っているとか。でも、ぼくには特に彼が疑われているとは思えなかった」

サタースウェイトの目に、エッグがごくわずかだが動揺したように映った。彼女の頰が赤くなったような気がした。

〝ふむ〟サタースウェイトは心の中でつぶやいた。〝どうやって切り抜けるか、お手並み拝見といこうじゃないか、お嬢さん〟

「ばかでしたわ」エッグがいった。「混乱してしまって。オリヴァーがあんなふうにやってきたので——わざといいわけをでっちあげてやってきたみたいに——それできっと警察は彼を疑うに違いないと思ってしまったのです」

チャールズはその説明をいともすんなり受け入れた。

「そうか、なるほど」彼はいった。

サタースウェイトが話に入った。

「そのいいわけはでっちあげだったのかい？」彼はいった。

エッグは彼のほうを向いた。

「どういう意味ですか？」

「奇妙な事故だったからね」サタースウェイトはいった。「でっちあげたのかどうか、きみなら知っているかもしれないと思ったんだ」

エッグは首を振った。

「知りません。そのことについては考えもしませんでした。でも事故でなかったとしたら、なぜオリヴァーは事故にあったふりをしたのでしょう？」

「何か理由があったのかもしれない。きわめて正当な理由が」チャールズはいった。笑みを浮かべたチャールズに見つめられて、エッグは真っ赤になった。

「あら、違います。違いますわ」

チャールズはため息をついた。サタースウェイトはふと、友人が彼女の赤面の意味をまったく誤解したことに気づいた。チャールズがふたたび言葉を発したが、悲しげで、年老いてすら見えた。

「さて、われわれの若い友人が危険な立場にはいないとなったら、ぼくはもう不要かな？」

エッグはさっと前に出て、彼の上着の袖をつかんだ。

「また行ってしまわないで。諦めたりしないでしょう？　あなたなら真実を見つけられる——ほんとうのことを。あなた以外に真実を見つけられる人はいないと信じています。あなたならできます。そうしてくださるはずです」

彼女は異常に熱心だった。彼女のエネルギーが、その部屋の古めかしい空気の中に波のように押し寄せ、渦巻くように思えた。

「ずいぶんぼくを買ってくれているんだね」チャールズが心を動かされたことがサタースウェイトにはよくわかった。

「ええ、ええ、そうですわ。いっしょに真実をつかみましょう。あなたとわたしで、いっしょに」

「それにサタースウェイトも」

「もちろん、サタースウェイトさんも」エッグはどうでもよさそうにいった。

サタースウェイトはひそかに微笑んだ。エッグが彼を仲間に入れるつもりか否かにかかわらず、彼は仲間外れになるつもりはなかった。彼はミステリー愛好家で、人間を観察するのが好きで、特に恋人たちには目がないのだ。この事件には、自分の好きな要素が三つともそろっているのだ。

チャールズは腰をおろした。声色がいつもと違う。芝居の演出をする命令口調になっていた。

「最初に、状況を明確にしなくてはならない。バビントン牧師とバーソロミュー・ストレンジを殺したのが同一人物であると、思うか思わないか？」

「思います」エッグがいった。

「思うよ」つづいてサタースウェイトがいった。

「第二の殺人事件は最初の事件があったために発生したと思うか？　つまり、バーソロミュー・ストレンジが殺されたのは、最初の殺人事件に関するある事実を、あるいは疑問を彼が明らかにするのを防ぐためだったと思うかい？」

エッグとサタースウェイトが、こんどは声を合わせて同意した。

「それなら、われわれが調査すべきは、最初の殺人事件だ。第二のではなくて――」

エッグがうなずいた。

「ぼくの考えでは、最初の殺人事件の動機がわからないことには、殺人犯人を探し出すのはむずかしいと思う。動機を見つけるのはひじょうに困難だ。バビントン牧師は無害な、愛すべき温厚な老人で、この世にひとりでも敵がいたとは考えられない。それでも彼は殺された――殺害には何か理由があったに違いない。その理由を見つけなければならない」

彼は間をおき、それから普通のいつもの声でいった。

「それにとりかかろう。殺人の理由はどんなものがあるだろう？　真っ先に頭に浮かぶのは、利得かな？」

「復讐もあります」エッグがいった。

「殺人狂」サタースウェイトがいった。「急に殺人の衝動に駆られたというのは、この事件ではあてはまらないだろう。だが、恐怖に駆られての犯行ならあり得る」

チャールズ・カートライトはうなずきながら、メモをとった。

「これでほぼ出そろった。まずは、利得についてだ。バビントンの死により、得をする人間がいるか？　彼には金が――あるいは金の入る見込みが――あったのか？」

「ほとんどなかったと思います」エッグがいった。

「わたしも同感だ。でもその点についてはミセス・バビントンに当たってみたほうがいい」

「次は復讐だ。バビントンは誰かの恨みを買ったことはないだろうか――若いころにでも？　他の男が結婚したかった娘と結婚したとか？　その点も調べなければならない。次に殺人狂。バビントンとトリーのふたりは狂人に殺されたのか？　その推理は理屈にあわないと思う。狂人といえども、自分の犯罪には何か筋のとおったものを持っているはずだ。狂人は神に命じられたと思いこんで、医者を殺すとか、牧師を殺すことがあるかもしれないが、両方を殺せと命じられたと思いこむケースはないだろう。殺人狂説は除外できるんじゃないかな。そこで残るは恐怖に駆られてということになる。

さて、正直なところ、ぼくには、これはもっともありそうな解釈に思える。バビントンはある人物に関するある事実を知っていた――あるいは誰かとばったり出くわした。そしてそのことを他人に話すのを防ぐために殺された」

「バビントンさんのような人が、あの夜にあそこにいた誰かのダメージになるようなことを知っていたとは思えませんわ」

「おそらく」チャールズは咳払いをした。「彼自身も、自分がそのことを知っていることを知らなかったのではないかな」

彼は自分のいう意味をはっきりさせようと、さらにいった。

「ぼくのいいたいことを正確に伝えるのはむずかしいな。そう、たとえば――これは一例にすぎないが――バビントンがある人物を、ある場所で、ある時刻に見たとする。その人物がそこにいるはずがなかったとしても、バビントンはそれを知らない。しかし、じつはその人物は、その特定の時刻に、どこか百六十キロメートルも離れた場所にいたことを示す巧妙なアリバイを、なんらかの理由で、でっちあげていたとする。さて、バビントン牧師のまったく悪気がない一言で、そのアリバイが、いつなんどきぶちこわしになるかもしれないとなると」

「ああ」エッグはいった。「つまり、ロンドンで殺人があり、その犯人を、バビントンさんがパディントン駅で見かけたとする。でも、その犯人は無実を証明するものとして、その時刻にリーズにいたことを示すアリバイを用意していた。そうなると、バビントンさんがそのアリバイをぶちこわしにするかもしれないってことですね」

「まさにそういう意味だよ。もちろん、それは一例にすぎない。どんなことでもあり得る。彼があの夜に会った男の中に、じつは偽名を使っていた人がいたとか」

「結婚と関係あることかもしれませんわ」エッグがいった。「牧師さんというのは、結婚式をたくさん挙げるから。誰か重婚をした人とか」

「あるいは誕生か死亡と関係あるかもしれない」サタースウェイトが提案した。

「範囲が広すぎますわ」エッグが顔をしかめた。「別の角度から取り組まないと。あそこにいた人たちを調べ直しましょう。まずリストを作りましょう。あなたのパーティーに出席した人と、バーソロミューさんのパーティーに出席した人のリストを」

彼女はチャールズから紙と鉛筆を受け取った。

「デイカズ夫妻は両方にいらしたわ。それからあのしなびたキャベツみたいな人、名前はなんだったかしら――ミス・ウィルズね。それにミス・サトクリッフ」

「アンジェラは除外していいよ。彼女とは長年の知り合いだ」チャールズがいった。

エッグは反抗的に顔をしかめた。

「そういうわけにはいきませんわ」彼女はいった。「知り合いだからといって除外するなんて。私情を混じえてはダメです。それに、実際、わたしはアンジェラ・サトクリッフについては何も知りません。わたしの目からは、彼女が犯人だという可能性は他の人たちと同じくらい――いいえもっとあるかも。女優には過去がありますもの。わたしは、彼女が一番あやしいと思います」

彼女は挑むようにチャールズを見た。それに応えるように、彼の目にも火花が散った。

「その場合、オリヴァー・マンダーズも除外するわけにはいかないな」

「オリヴァーのはずがありません。バビントンさんには、それまでにも何度も会ってるのに、どうしてわざわざパーティーで殺さなくてはならないの」

「彼は両方の場所にいたし、到着の仕方にちょっと――疑わしいものがあった」

「確かに」エッグはちょっと間をおき、それからいいそえた。「母とわたしも同じようにリストに入れないと……これで疑わしいのは七人になりました」

「その必要はないと——」

「どうせやるならきちんとやりましょう」彼女の目が光った。

サタースウェイトは二人に飲み物をすすめて仲裁に入った。そしてベルを鳴らして酒を持ってくるように命じた。

チャールズは離れた隅のほうへ歩いていき、黒人の胸像を鑑賞した。エッグはサタースウェイトのほうに来て、彼の腕に手をからませた。

「わたしってなんて、ばかなんでしょう、癇癪を起こしたりして」彼女はつぶやいた。「まったくばかだわ。でも、いったいなんだってあの女を除外しなくてはならないの？　あのかたったらどうして、あの女をあんなに熱心に弁護するのかしら？　こんなに嫉妬するなんて、わたし、どうしちゃったのかしら？」

サタースウェイトはにっこり笑って、彼女の手を軽くたたいた。

「嫉妬なんてしても得はないよ」彼はいった。「嫉妬を感じても、見せてはいけない。ところで、マンダーズ君は疑わしいと、本気で思ってるのかい？」

エッグはにこっと笑った——親しみやすい子供っぽい笑いだ。

「まさか。リストに入れたのはあのかたの警戒心を解くためです」彼女は振り向いた。チャールズはまだむっつりとした表情で黒人の胸像を見ている。「わかるでしょう——

わたしがオリヴァーに夢中になっていると思われたくなくて――まったく違うのですもの。でも何もかも、なんてむずかしいのかしら！　あのかたときたら、またしても善意あふれる牧師さんみたいな態度になってしまって。わたしが欲しいのはそんな彼じゃないのに」

「辛抱強くね」サタースウェイトは助言を与えた。「最後にはすべてよくなるとも」

「わたし、辛抱強くなんかないんです。なんでもすぐに、その場で欲しいの」エッグはいった。

サタースウェイトが声を出して笑ったので、チャールズが振り返って、ふたりのほうにもどってきた。

三人は、グラスを片手に活動計画を立てた。チャールズは〈カラスの巣〉にもどる。それにはまだ買い手がついていなかった。エッグと母親は予定より早くローズ・コテージにもどる。ミセス・バビントンはまだルーマスに住んでいるから、彼女からできるかぎりの情報を得て、それをもとに活動を進める。

「うまくいくわ。うまくいくのはわかってます」エッグはいった。

彼女は目を輝かせてチャールズのほうに身を乗り出した。そしてグラスを差し出し、彼のに合わせた。

「わたしたちの成功のために」

彼女を見つめたままチャールズはゆっくりと、とてもゆっくりと、グラスを唇まで上げた。

「成功のために。そして未来のために……」彼はいった。

第三幕　真相

1 ミセス・バビントン

ミセス・バビントンは港から遠くない所にある漁師の住居だった小さいコテージに居を移していた。六カ月後に日本からもどってくる妹を待っているのだ。今後の予定は、妹が帰ってきてから決めるつもりで、たまたま空き家になっていたコテージを、六カ月だけ借りたのだった。夫を急に失ったショックからまだ立ち直れず、ルーマスからは去りがたかった。スティーヴン・バビントンは十七年間ルーマスの聖ペトロッチ教会の牧師をつとめてきた。その十七年間は、息子ロビンの死という悲しみはあったが、総じて幸せで平和な年月だった。他の子供たちについては、エドワードはセイロンに、ロイドは南アフリカにおり、スティーヴン二世はアンゴリア号の三等航海士をしている。子供たちは頻繁に愛情のこもった手紙をよこしたが、母親を呼んで同居するとか、訪れて時間をともに過ごすことができる状態ではなかった。

マーガレット・バビントンはとても寂しかった……。

とはいえ、塞ぎ込んでばかりはいなかった。まだ教会区で活動していたし――新任の教区牧師は未婚だったから――コテージの前の狭い庭で庭仕事をしている時間も長かった。花を咲かせるのは彼女の人生の一部なのだ。

ある日の午後、彼女がその庭で働いているとき、門の掛け金がはずされる音がした。顔を上げると、サー・チャールズ・カートライトとエッグ・リットン・ゴアが目に入った。

エッグの姿には驚かなかった。リットン・ゴア母娘がじきにもどってくるのは知っていたからだ。けれどもサー・チャールズがそこに立っているのには驚いた。彼はこの村を引き払ったという噂がもっぱらだったからだ。南フランスにいる彼の写真が他の新聞から転載され、〈カラスの巣〉の庭には『売り家』の看板が立っていた。サー・チャールズはもどってこないとみんなが思っていたのだ。その彼が現われるとは。

ミセス・バビントンは頭を振って汗ばんだ額に落ちた髪を払いのけ、土まみれの自分の両手を残念そうに見た。

「これでは握手は無理ですね。土いじりには手袋をはめないとだめだということはわかってるんですよ。ときどきはちゃんとはめるんですけど。でも結局とってしまうんです。素手のほうが感触がつかめるものだから」

彼女が先に立って、一同は家の中に入っていった。小さい居間はチンツ地で整えられ、くつろいだ雰囲気で、写真と菊の鉢がいくつか置いてある。

「お姿を見てほんとに驚きましたわ、チャールズさん。〈カラスの巣〉は手放されたと思ってましたから」

「自分でもそのつもりだったのですが」元俳優は率直にいった。「でも、バビントンさん、ときには運命の力が強すぎて逆らえないこともある」

ミセス・バビントンは返事をせずに、エッグのほうを向いた。娘のほうが先に口を開いた。

「じつは、バビントンさん、チャールズさんとわたしは、ただなんとなくお訪ねしたわけじゃありませんの。とても重要なお話があって来たのです。ただ――奥様に――おつらい思いをさせると思うと、それがとてもいやで」

ミセス・バビントンは、さっと青ざめ、引きつったような表情でエッグからチャールズへ視線を移した。

「まず」チャールズがいった。「内務省から何か連絡があったかどうか、お訊きしたいのですが？」

ミセス・バビントンは目を伏せた。

「あったのですね――でしたら、この話もそれほどショックではないかもしれないな」

「あの件でおいでになったのですか――遺体掘り返し命令の件で？」

「そうです。あの――さぞ――おつらいことだろうけれども」

同情に満ちた声に、彼女の気持ちはやわらいだ。

「そうでもありません。人によっては掘り返すなんてとんでもないと思うでしょうけれど――わたしは違います。遺体は単なる抜け殻ですもの。わたしの大切な夫は他の場所におります――安らかに、安息を誰にも妨げられない場所に。いいえ、そのことではないのです。わたしにとってショックなのは、その理由なのです――スティーヴンの死が自然なものではなかったなんて、なんておそろしい。ありえないと思います――まったくありえないと」

「そうお考えになるのは当然です。ぼくも――ぼくたちも――同じ思いだったのですから――はじめのうちは」

「はじめのうち、というのはどういう意味ですの、チャールズさん？」

「ご主人の亡くなられた晩に、ひょっとするとという疑惑が頭をよぎったのですが、奥さんと同じように、そんなことはありえない、とその疑惑は追い払ったのです」

「わたしもです」エッグがいった。

「あなたも」ミセス・バビントンはエッグを不思議そうに見た。「誰かがスティーヴンを殺したと——思ったの？」

とても信じられないというその口調に、訪問者ふたりは、いったいどのように話をすすめたらよいかを計りかねた。やっとチャールズが言葉をつづけた。

「ご存じのように、バビントンさん、ぼくは海外へ行っていました。南フランスにいたときに、友人バーソロミュー・ストレンジが、ご主人とほとんど同じ状況で死亡したことを新聞で読んだのです。そして、こちらのミス・リットン・ゴアから手紙をもらって」

エッグがうなずいた。

「あの、そのとき、わたしもバーソロミューさんのお宅にいたのです。バビントンさん、まったく同じだったんです——それはもう、まるっきり。ポートワインを飲むと顔色が変わり、そして——そして——とにかく、まったく同じことが起こり、二、三分後に亡くなられたのです」

ミセス・バビントンはゆっくりと首を振った。

「わたしにはわかりません。最初は、スティーヴンが！　次に、バーソロミュー先生が――あんなに親切で賢明なお医者さんが！　あのふたりに危害を加えようとする人間などいるはずがありません。きっと何かの間違いですわ」

「しかし、バーソロミューの死が毒殺だったことは証明されました」チャールズはいった。

「だったら狂人の仕業に違いありませんわ」

　チャールズはつづけた。

「バビントンさん、ぼくはこの真相を究明したい。真実を見つけたいのです。しかも一刻も早く突きとめる必要がある。いったん遺体を掘り起こすというニュースが広まれば、犯人は警戒するに違いない。そこで時間の節約のために、遺体の検屍解剖の結果、とりあえず、ご主人もニコチンで毒殺されたと判明したことにさせてください。まず第一に、あなたかご主人は、純粋ニコチンの使い方について何かご存じでしたか？」

「ニコチン溶液なら、バラの殺虫剤に使っています。それが有毒だとは知りませんでした」

「昨夜ニコチンについて読んでいたのですが、おそらくどちらの事件もアルカロイドが生のまま使われたのではないかと思われます。ニコチンによる毒殺はひじょうに珍しいそうです」

ミセス・バビントンは首を振った。

「そういうことは、ほんとに何も知りません——ただ、たばこを吸う人はニコチン中毒になる、というぐらいしか」

「ご主人は喫煙されましたか？」

「はい」

「ところで、バビントンさん、ご主人を殺したいと思う人がいるなんて、とたいへん驚いておられたが、それは、あなたの知るかぎり、ご主人には敵がいなかったということですか？」

「スティーヴンには敵などまったくいませんでした。あの人はみんなに好かれていました。ときにはもっと発奮しなさいとせきたてる人もいましたけど」彼女は少し涙ぐんで微笑した。「あの人も年をとって、世の中が変わっていくことをおそれていましたが、みんなに好かれてました。スティーヴンを嫌いになることなど誰にもできませんわ、チャールズさん」

「バビントンさん、ご主人が大金を遺したということはないですか？」

「ええ。遺産はほとんどありませんでした。スティーヴンは蓄えるのが下手でしたから。

人にあげすぎたのです。よくそのことでは小言をいったものですわ」

「誰かから遺産が入る見込みは？　誰かの相続人に指定されていた、というようなことは？」

「いいえ。スティーヴンには親戚はあまりいませんでした。妹がひとり、牧師と結婚してノーサンバーランドにいますが、ひじょうに貧しいですし、彼の伯父伯母はみんな亡くなっています」

「となると、ご主人が亡くなられて得をする人はいないわけですね？」

「はい、まったく」

「さっき話した敵のことですが、ご主人に敵はいなかった、といわれたが、若いころはいたかもしれない」

　ミセス・バビントンは怪訝そうな顔をした。

「それもありえないと思いますわ。スティーヴンは争いを好みませんでした。いつも誰とでもうまくやっていましたわ」

「少々芝居がかって聞こえるかもしれませんが」チャールズは少し神経質に咳をした。

「しかし——その——たとえば、おふたりが婚約したときに、失望した求婚者がいたなんてことはなかったのかな？」

ミセス・バビントンの目が一瞬きらめいた。

「スティーヴンは父の副牧師でした。わたしが学校から家にもどって最初に会った若い男性です。わたしはあの人に恋をし、あの人もわたしに恋をしました。そして四年間の婚約の後に、あの人がケントで教区牧師に任命されたので、結婚することができたのです。ひじょうに単純な恋物語でしたの、チャールズさん――そしてひじょうに幸福な」

チャールズは頭を下げた。ミセス・バビントンの飾り気のない凛《りん》とした告白は魅力的だった。

エッグが質問する役目を引き継いだ。

「バビントンさん、あの晩にチャールズさんのお宅にいらしたお客様たちの中に、ご主人が以前に会ったことがあるかたがいたと思いますか？」

ミセス・バビントンは少し当惑して見えた。

「ええと、あのときにいたのは、あなたと、あなたのお母様、それオリヴァー・マンダーズね」

「ええ。他のお客さまには？」

「五年前にロンドンで、アンジェラ・サトクリッフさんのお芝居を拝見したことがあったのよ。それでスティーヴンもわたしも、実際にお会いできることに興奮してました」

「それまで直接会ったことはなかったのですね？」

「ええ。女優さんに会ったことは一度もありませんでしたよ――俳優さんにもね――チャールズさんがこちらにお住まいになるようになるまでは」ミセス・バビントンはさらにいった。「胸躍ることでしたわ。それがわたしたちにとってどんなにすばらしいことか、チャールズさんにはおわかりいただけないと思いますけれど。わたしたちの暮らしに、まったく新しい息吹を吹き込んでくださったんです」

「デイカズ大尉夫妻に会ったことは？」

「あの小柄な殿方と、すばらしい服を着た奥様？」

「ええ」

「いいえ、初めて。それから、もうひとりの女性ともお目にかかったのは初めてだったわ――お芝居を書くかた。お気の毒に、あのかたは孤立しているように見えたけど」

「誰にも会ったことがなかったのですね？」

「確かよ――スティーヴンも同じだったと思うわ。ほら、わたしたちはいつでもいっしょだったから」

「そして、牧師さまは奥様に何もおっしゃらなかった――まったく何も？」エッグは念を押した。「あの晩会うことになっていた人たちについて、あるいはその人たちに実際に会ったあとも、何もおっしゃらなかったのですね？」

「前には何も――楽しい夜になりそうだということぐらい。そしてパーティーに着いたあとは――まもなくあんなことになってしまって――」彼女はそういって急に顔をゆがめた。

　チャールズがすばやく口をはさんだ。

「つらい思いをさせて申し訳ありません。でも、きっと何かがあると思うものですから――それをつかむことさえできれば。どれほど残虐に見える殺人でも、何か理由があるに違いない」

「ええ、確かに」ミセス・バビントンはいった。「あれが殺人だとすれば、理由があるに違いありません――でもわかりませんわ――想像もできません――その理由がなんなのかはさっぱり」
　一、二分の沈黙があり、それからチャールズがいった。
「ご主人のお仕事の経歴を簡単に教えてもらえますか？」

　ミセス・バビントンは年月日をよく覚えていた。チャールズはこういうメモをとった。

〈スティーヴン・バビントン、一八六八年デヴォンのイズリントンで生まれる。セントポール学校、オックスフォード大学で教育を受ける。ディーコン（英国教会の執事）に命じられ、一八九一年にホクストンの教会区の聖職資格を受ける。一八九二年に司祭に命じられる。一八九四〜一八九九年、サリー、エスリントンでヴァーノン・ロリマー牧師の副牧師をつとめる。一八九九年、マーガレット・ロリマーと結婚、ケントのギリングで聖職禄を与えられる。一九一六年、ルーマスの聖ペトロッチ教会の聖職禄に転任〉

「これで多少のとっかかりができました」チャールズはいった。「何かが見つかるとしたら、ご主人がギリングの聖マリア教会の教区牧師だった期間の可能性が高い。あの晩にぼくの家にいた人たちの誰にしろ、それ以前にかかわりがあったとは思えないですから」

ミセス・バビントンは身震いした。

「ほんとにそう思うのですか——あのかたたちのひとりが——?」

「どう考えたらいいものか」チャールズはいった。「バーソロミューは何かを見たか、あるいは何かを推測したに違いない。その彼が殺されて〈カラスの巣〉に来ていた五人が——」

「七人よ」エッグが口をはさんだ。

「——七人がその現場にいた。そのうちのひとりが有罪に違いない」

「でもなぜ?」ミセス・バビントンは叫んだ。「なぜ? いったいどんな動機があるというんですか? スティーヴンを殺すなんて」

「それを見つけようとしているのです」チャールズはいった。

2 レディ・メアリー

サタースウェイトもチャールズとともに〈カラスの巣〉にもどってきていた。〈カラスの巣〉の当主とエッグ・リットン・ゴアが亡き牧師の妻を訪ねている間に、サタースウェイトはレディ・メアリーとお茶を飲んでいた。

レディ・メアリーはサタースウェイトに好感を持っていた。彼女はおとなしげな物腰に似合わず、人に対する好き嫌いがはっきりしていた。

サタースウェイトはドレスデンのティーカップで中国茶を飲み、驚くほど小さなサンドイッチをつまみ、おしゃべりをした。この前の訪問の際に、ふたりには共通の友人や知人が多数いるのがわかっていたので、今回もそういう話題からはじまったが、だんだんともっと個人的な話へ移っていった。サタースウェイトは思いやりがあり、他人の悩みに耳を傾けて、自分の悩みで相手の話の邪魔をするようなことはなかった。前回の訪問のときでさえ、レディ・メアリーは、ごく自然に娘の将来に関する気がかりを彼に話したものだったが、今回はもう既に年来の友人のように打ち解けている。

「エッグはとても思い込みが激しいのです」彼女はいった。「ひとつのことにすっかり打ち込んでしまいますのよ。ねえ、サタースウェイトさん、わたくしは娘のやっていることがどうも気に入りませんの——だって、こんな悲惨な事件にかかわったりして。こういういいかたはエッグに笑われるのは、わかっていますけれど——でも、レディのすることとは思えませんから」

彼女は話しながら顔を赤らめ、穏やかで率直な茶色の目で、子供が訴えるようにサタースウェイトを見た。

「おっしゃることはわかりますよ」彼はいった。「正直なところ、わたし自身もあまり感心できません。古くさい偏見にすぎないのはわかっていますが、どうしようもない。それでも」彼女にちらりと笑みを見せた。「この開けた時代に、若いレディに、家でじっとおとなしく縫い物をして、犯罪のことなど考えるだけで震えなさいというのは無理でしょうな」

「殺人のことなど考えるのもいやですわ」レディ・メアリーはいった。「そんなことにまさか自分が巻きこまれるとは、まったく夢にも思いませんでした。おそろしいことですわ」彼女は身震いした。「お気の毒なバーソロミューさん」

「彼とは、あまり親しくはなかったのですね？」サタースウェイトは当て推量でいってみた。

「あのパーティーの前には二回お会いしただけですわ。一回目は一年くらい前の週末に、チャールズさんのお宅に遊びにいらしていたときで、二回目はお気の毒なバビントンさんが亡くなられたあのおそろしい晩です。ですから、あのかたから招待状をいただいたときには、ほんとにとても驚きましたの。でも、エッグがよろこぶと思ったので、招待をお受けしました。可哀想に、エッグには楽しいことがあまりないし、それに——少し元気がなくて、まるで何にも興味が持てないみたいな感じでしたから、盛大なハウスパーティーにでも出かければ、気分が変わるかもしれないと思ったのです」

サタースウェイトはうなずいた。

「オリヴァー・マンダーズのことを話してくれませんか。あの若者には興味をそそられます」

「頭はいいのだと思います」レディ・メアリーはいった。「でもねえ、むずかしい事情がありましてね……」

彼女は顔を赤らめたが、サタースウェイトの問いたげな目に応えて、さらにつづけた。

「あのう、彼の父親と母親は結婚しておりませんの……」

「ほう？　それは思いもよらなかった」

「このあたりでは誰もが知っていることですわ。さもなければ、わたくしも決して口にしません。オリヴァーの祖母にあたるマンダーズ老夫人はダンボインに住んでいますのよ。プリマス・ロードにあるなかなか大きなお屋敷ですわ。ご主人は地元の弁護士でした。息子さんはロンドンの法律事務所に入って、とても出世しました。ひじょうに裕福ですのよ。娘さんは美人でしたが、既婚者にのぼせてしまって。まったく男性のほうが悪いと思いますわ。とにかく、さんざん噂になって、結局、ふたりは駆け落ちしたのです。その男性の奥さんは断固として離婚に応じませんでしてね。娘さんはオリヴァーを産んでまもなく亡くなりました。そこでオリヴァーはロンドンにいるオリヴァーの伯父に引き取られたのです。伯父さん夫婦にはお子さんがいませんでしたから。オリヴァー少年は伯父夫婦の家と祖母の家の二ヵ所で育てられたのです。夏休みには、いつもここに来ていました」

彼女は一息いれて、またつづけた。

「オリヴァーのことは可哀想とずっと思ってきました。いまでもそう思います。あの偉そうな態度だって、じつはうわべだけのものだと思いますわ」

「だとしても驚きませんね」サタースウェイトはいった。「ひじょうによくある現象ですな。自分のことばかり考えて、絶えず自慢している人間というのは、どこかに劣等感を潜ませているものです」

「妙なことですわね」

「劣等感はひじょうに複雑なものです。たとえばクリッペン（一八六二～一九一〇年、在英中に妻を毒殺して処刑された米国人医師、無線の利用で逮捕された最初の犯罪者）が劣等感のかたまりだったのは疑う余地がありません。多くの犯罪の根底に劣等感があるのです。自分の個性を主張したいという欲望です」

「とても不思議な気がしますわ」レディ・メアリーはつぶやいた。

彼女は少し気持ちが沈んだようだ。サタースウェイトは彼女をいとおしむような目で見た。なで肩の優雅な身体つきで、柔和な茶色の瞳、化粧っけのまったくない素顔は好ましかった。そして思った。

〝若いころは、さぞきれいだっただろう……〟

派手な美人ではない。バラではなく――そう、つつましい、甘さを隠した可憐なスミレ……。

彼の心は青春時代の、のどかな記憶の中を駆けめぐった……。

若かったころの出来事が蘇ってきた。

いつのまにか、彼は自分自身の恋愛のことをレディ・メアリーに話していた——彼が経験したただ一度の恋愛。現代の基準で見れば、ささやかな恋愛だが、サタースウェイトにはとても大切なものだ。

彼はその相手の娘のことを——彼女がどれほど美しかったか、そしていっしょにキューー国立植物園へブルーベルの花を見にいったときのことを話した。その日、彼はプロポーズするつもりでいたのだ。彼女にも想いは伝わっていると想像していた。やがて、ふたりでブルーベルを眺めていたときに……彼女から別の男を愛していると打ち明けられた。彼はこみあげる想いを胸に秘めて、誠実な友人の役割をつとめたのだった。

それはたぶん、熱烈なロマンスではなかったが、レディ・メアリーの居間のいくらか色あせたチンツと上質で薄手の磁器のかもしだす雰囲気の中では、すてきなロマンスに聞こえた。

そのあと、レディ・メアリーは自分自身の人生、あまり幸せでなかった結婚生活について話しはじめた。

「わたくしはほんとに愚かな娘でしたの——若い娘というのは愚かなものですのよ、サタースウェイトさん。自分に自信があり、自分が一番正しいと思い込んでいるのです。

〝女性の直感〟について、いろいろ書かれたりいわれたりしていますけれどね。わたしはそのようなものはないと思いますの、サタースウェイトさん。あるタイプの男性が危険だと警告して思いとどまらせるものなどないと思います。つまり本人の中にそういう警告を発する本能はないという意味です。親は警告しますけれど、それも無駄ですわ――若い娘は信じませんから。まったくこう申し上げるのもなんですが、あの人は悪い人だなどといわれると、より魅力を感じてしまうものなのですよ。自分の愛をもってすれば男性を改心させられるなんて思ってしまいましてね」

サタースウェイトは穏やかにうなずいた。

「ろくにものを知りませんし、いろいろなことがわかるようになったときは、遅すぎるのです」

彼女はため息をついた。

「すべてわたくしが悪いのです。わたくしの家族は、ロナルドとの結婚には反対でした。あの人は生まれは良かったのですが、評判が悪くて。父ははっきりとあいつはおまえにはふさわしくないといいました。でも、わたしは信じなかったのです。わたしのために心を入れ替えてくれる、そう信じていました……」

彼女はしばし沈黙して、過去に思いを馳せていた。

「ロナルドはとても女性を引きつける人でした。でも、父がいったことは、まったく正しかったのです。わたくしにもじきにそれがわかりました。昔風のいいかたをいたしますと――あの人はわたくしの胸を引き裂いたのです。ええ、胸が張り裂けましたとも。いつも不安でしたわ――次は何が起こるかと」

常に他人の人生にひじょうな関心を寄せる男、サタースウェイトは、同情を示す控えめな声を発した。

「こんなことをいうと、とてもひどいと思われるでしょうけれど、サタースウェイトさん、あの人が肺炎にかかり、亡くなったときは、ほっとしましたの……あの人を嫌いになったのではありません。最後まで愛していました。でももうあの人に期待していなかったのです。それに、エッグがいましたし――」

彼女の声が柔らかくなった。

「エッグはほんとにおかしな、可愛い子でした。まるで小さな起き上がりこぼしのような子で、立ち上がろうとしては転んで――ちょうど卵《エッグ》のように。それでこんなおかしなニックネームがついたのですわ……」

彼女はまた間をおいた。

「この何年かの間に読んだ本には、たいへん慰められましたわ。心理学の本なのですが。

みたいなものです。ときにはどんなに大切に育てられても、これが生じてしまうのです。ねじれどうやら人間には自分でもどうにもできない部分がたくさんあるらしいのです。ねじれ

少年のころ、ロナルドは学校でお金を盗みました――お金が必要だったわけではなかったのに。自分でもどうにもできなかったのだろうといまは思います……あの人はねじれを持って生まれてきたのですわ」

レディ・メアリーは小さいハンカチで、そっと瞼をぬぐった。

「そんなこと、誰も教えてくれませんでしたもの」彼女は弁解がましくいった。「誰にだって善悪の区別はつけられると教えられていました。でもなぜか必ずしもそうではないとは思っていましたけれど」

「人間の心というものは大きな謎ですよ」サタースウェイトは穏やかにいった。「それでも理解しようと手探りで進んでいくしかない。著しい精神障害ではなくても、なんというか、自分にブレーキをかけるとかそういうことができない人間はいるものです。もしあなたとか、わたしとかが、『あの男は大嫌いだ――死んでしまえばいいのに』といったとしても、その考えは言葉に出すとすぐに頭から消えてしまいます。自然と自分にブレーキをかけているのです。しかし、人によっては、その考え――というか妄執――にとりつかれることもある。そうなると、生じてしまった欲求を即座に充足すること以

外は目に入らなくなるのです」

「申し訳ありませんが、そのお話はわたくしにはむずかしすぎますわ」レディ・メアリーはいった。

「失礼。本で読んだことの受け売りです」

「近ごろの若い人たちは遠慮するところがないという意味でしょうか？　それには、わたくしも心配になることがありますの」

「いいえ、そういう意味でいったのではありません。遠慮がないということは、よいことだと思いますよ——健全です。あなたはきっと、ミス——エッグのことをお考えになっているのだろうと思いますが」

「エッグと呼んでくださって結構ですよ」レディ・メアリーは微笑んだ。

「それはどうも。ミス・エッグと呼ぶのはかえって滑稽ですからね」

「エッグは頭に血がのぼってしまうタイプで、いったんひとつのことに夢中になると、誰がなんといっても止められません。申し上げましたように、あの娘《こ》がこのことにかかわるのをわたしは良く思っておりませんが、聞く耳を持ちませんの」

　レディ・メアリーの嘆くような口調に、サタースウェイトは微笑した。そしてひそかに思った。〝エッグが犯罪に熱中しているのは、女が男を追いかけるという昔々からの駆け引きの変型にすぎないということに、このレディは気づいていないのだろうか。いや、そのようなことを考えるだけでもおそろしいと思うだろう〝

「エッグはバビントンさんも毒殺されたといっておりますのよ。ほんとうだと思いますか、サタースウェイトさん？　それともエッグのいつもの突拍子もない話のひとつにすぎませんかしら？」

「遺体を掘り返せば、確かなことがわかります」

「それでは遺体の掘り起こしが行なわれるのですね？」レディ・メアリーは身震いした。

「ああ、お気の毒なバビントンさんの奥様、なんておつらいことでしょう。女性にとって、これほどおそろしいことはないと思いますわ」

「バビントン夫妻とはかなり親しくなさっておられたのでしょうか、レディ・メアリー？」

「ええ、とても。おふたりは、わたくしたちにとってとても大切な友人です――でした」

「誰か牧師さんに恨みを抱いていた可能性のある人をご存じですか？」

「いいえ、まったく」

「バビントンさんはそのような人物のことを一度も話したことはないのですね」

「はい」

「そして、あのご夫婦はうまくいっていましたか？」

「まったくのおしどり夫妻でしたわ——お互いに満足して、そしてお子さんたちにも恵まれて。もっとも、暮らし向きは困窮しておいででしたし、バビントンさんは慢性リューマチにかかっておられましたけれど。おふたりのお悩みといったら、そのふたつだけでした」

「オリヴァー・マンダーズは牧師さんとうまくいっていましたか？」

「それが——」レディ・メアリーはためらった。「あまり仲良くありませんでした。バビントン夫妻はオリヴァーを気の毒に思っていて、休日になるとオリヴァーは牧師館に呼ばれて、バビントン家の息子さんたちと遊んでいましたけれど——でもあの一家とうまくやっていたとは思えませんわ。オリヴァーは、はっきりいって、好かれる少年ではなかったのです。自分が持っているお金や、学校へ持ち帰る甘いお菓子や、ロンドンでの楽しみとかを大げさに自慢しすぎました。男の子というものは、そういう点ではかなり非情ですから」

「そうでしたか。しかしその後——大人になってからは？」

「牧師館の人たちとは互いにあまり会わなかったと思います。じつをいうと、オリヴァーはわたしの家で、バビントン牧師にかなり失礼な態度をとったことがありましてね。二年ほど前のことです」

「何があったのです？」

「オリヴァーがキリスト教をかなり無作法に攻撃したのです。それがかえって、バビントン牧師はひじょうに忍耐強く、思いやりのある態度で応えました。オリヴァーの気持ちを逆なでしてしまったようです。オリヴァーは『あなたたちのように信仰を持つ人はみんな、ぼくの父と母が正式に結婚していなかったから蔑むんだ。ぼくのことを罪の子と呼んでるんだろう。ところがね、ぼくは勇気を持って自己の所信を主張する人を称賛し、大勢の偽善者や教区牧師が何をいおうと気にかけない』なんていいました。バビントン牧師は答えませんでしたが、オリヴァーはさらにいいつのりました。『ほうら、あなたは答えない。全世界を現在のように混乱させたのは教会万能主義と迷信だ。ぼくは世界中の教会をすみやかに駆逐したいね』。バビントンさんは微笑して『そして牧師もかね？』といいました。その笑顔に、オリヴァーは苛立ったのでしょうね。自分がまともに相手にされていないと感じたのでしょう。そして『ぼくは教会が是認するすべてを憎む。ひとりよがり、保身主義、そして偽善。もったいぶった連中全部をなくせ、そういわせてもらうよ！』といいましたの。するとバビントン牧師は微笑んで――とても優しく――そしていったのです。『これまでに建てられた、あるいはまた計画中の教会を一掃したとしても、神を無視することはできないよ』」

「それに対してマンダーズ青年はなんといいましたか？」

「めんくらったようでしたが、やがて平静をとりもどして、いつもの人をばかにしたような物憂げな態度にもどりました。

そして『ぼくの発言はかなり不適切でしたね、牧師さん、あなたたちの世代はついてこれないでしょう』なんていいましたわ」

「マンダーズ青年のことをお好きではないようですね、レディ・メアリー？」

「気の毒だとは思ってますわ」レディ・メアリーはいいわけするようにそういった。

「でもエッグと結婚してほしくない？」

「ええ、いやですわ」

「なぜでしょうか、正直なところ？」

「なぜなら――なぜなら、あの青年は親切ではありませんし……それに、なぜなら――」

「それに？」

「なぜならあの青年にはどうも、どこがと訊かれるとわからないのですが――何か冷たいものを感じて――」

サタースウェイトは考えを巡らしながら、しばらく彼女を見つめ、それからいった。

「サー・バーソロミュー・ストレンジはあの青年のことをどう思っていたのでしょう？　何か聞いてませんか？」

「そうですね。マンダーズ青年は興味深い研究対象なのがわかった、とおっしゃっていたのを覚えています。療養所で目下治療中の患者さんを連想させる、とも。オリヴァーはことのほか頑丈で健康に見えると申しましたら、『そうですね、身体は上々ですが、破滅的な性格だ』とおっしゃいました」

彼女は間をおいて、それからいった。

「バーソロミューさんは優れた神経科医でいらしたと思っています」

「その分野の人々からひじょうに高く評価されていたのですよ」

「あのかた、好きでしたわ」レディ・メアリーはいった。

「バーソロミューさんはあなたにバビントンさんの死について何かいいましたか？」

「いいえ」

「その話題には一度も触れませんでしたか？」

「触れなかったと思います」

「あなたはどうお考えですか――いや、彼のことをよく知らなくては、むずかしいでしょうが――あの晩、何か考えていたように思いますか？」

「とっても上機嫌に見えました――何かにおもしろがっていたようにさえ――何か内輪の冗談でもあるかのようでした。あの晩のディナーの席で、わたくしたちをびっくりさせることがあるとおっしゃいましたよ」

「ほう、そんなことをいいましたか？」

帰る道すがら、サタースウェイトはその話についてじっくり考えた。

バーソロミューがいった客たちをびっくりさせることとは、いったいなんだったのだろうか？

それは実際、彼の触れ込みどおりにおもしろいものだったのだろうか？

あるいは、そんな陽気な態度は、ひめやかな、しかし断固とした目的を隠すためだったのだろうか？　それを知っている者が、誰かいたのだろうか？

3　エルキュール・ポアロ再登場

「率直にいって、われわれは進展しているのだろうか？」チャールズがいった。

作戦会議である。チャールズ、サタースウェイト、それにエッグ・リットン・ゴアは、船室風の居間にすわっていた。暖炉では火が燃え、外ではこの季節特有の強風がうなっている。

サタースウェイトとエッグはその質問に同時に答えた。

「いないね」サタースウェイトはいった。

「います」エッグがいった。

チャールズはふたりを見くらべた。サタースウェイトは、レディからどうぞ、と奥ゆかしい態度で示した。

エッグはしばらく黙って、考えをまとめていた。

「進んでいます」彼女はやっといった。「まだ何も見つけていないのは、先に進んでいるということです。ナンセンスに聞こえるかもしれないけれど、違うわ。わたしがいいたいのは──当初は、漠然としたおおまかなことをあれこれ考えたわけだけど、その中のいくつかは、的外れだったということが、いまではわかったのですもの」

「消去法による前進か」チャールズがいった。

「そういうことですわ」

サタースウェイトは咳払いをした。彼は物事を明確にするのが好きなのだ。

「金目当てという説は、いまや確実に消去できる」彼はいった。「スティーヴン・バビントンの死により、恩恵を受けられる人物――探偵小説的表現をすればだが――そういう人物はひとりもいないようだからね。復讐説も同じく問題外だ。生まれつき人当たりがよく、温厚な性格だったことを別にしても、あの牧師が敵として人をおびやかすほどの存在になりえたとは思えない。そこで最後のかなりおおまかな説にもどる――つまり恐怖に駆られて犯行におよんだという説だな。スティーヴン・バビントンの死により、心の安らぎを得た人間がいる」

「とてもよくまとめてくださったのですね」エッグはいった。

サタースウェイトは控えめながら自分に満足しているようだ。チャールズは少し不快そうだった。主役は彼であって、サタースウェイトではないのだ。

「肝心なのは」エッグがいった。「次にわたしたちが何をするかですね――実際にどんな行動をとるか。探偵みたいなことをするのかしら？　変装して、あとをつけるとか？」

「おいおい、お嬢さん」チャールズがいった。「ぼくはひげ面の老人役は、いつも断固として断わってきたんだ。いまさらやるつもりはないよ」

「それなら――？」エッグがいいかけた。

しかしそこに邪魔が入った。ドアが開き、テンプルがとりついだのだ。

「エルキュール・ポアロ様がおいでになりました」

ポアロはにこやかな顔で入ってくると、とてもびっくりしている三人に挨拶した。

「よろしければ」彼は目をきらきらさせていった。「この会議のお手伝いをさせていただけますかな？　これは会議でしょう、違いますかな？」

「ようこそ、お会いできて、うれしいですよ」チャールズは驚きから立ち直り、客と温かく握手をして、大きな肘掛け椅子にすわらせた。「これはまた急に、どちらからおいでになったのですか？」

「ロンドンへ、よき友人のサタースウェイトさんを訪ねていったのです。すると、おでかけだといわれましてね――コーンウォールへと。ああ、なるほど、どこへ行ったか、すぐにわかりました。そこでルーマス行きの一番早い列車に乗って、こうしてここに来たというわけです」

「そうですか。でもどうして、こちらにいらしたのですか？」エッグがいった。

「つまり、ええと」彼女は自分の言葉が失礼だったかもしれないと気づき、少し顔を赤らめて、いいそえた。「何か特別の理由があっていらしたのですわね？」

「わたしが来たのは、間違いを認めるためです」エルキュール・ポアロはいった。

愛敬のある笑顔で、彼はチャールズのほうに向き、外国風の仕草で両手を広げた。

「ムッシュー、あなたはまさにこの部屋で、事件の結論には納得できないと、はっきりおっしゃいました。そしてわたしはこう思ったのですよ――そう思うのはあなたが役者だからだ。ムッシューは偉大な俳優だ、いつの場合でも、あらゆる出来事に芝居の要素を求めずにはいられない。それに、温厚な老牧師が自然死以外の原因で死んだとは、信じられなかったのですよ。いまでもどうやって毒を盛ることができたのか、わかりませんし、どんな動機かも推測できません。あれを殺人だと見なすのは、じつにばかげた突拍子もないことに思えます。それでも――あのあと、もうひとつの死亡事件が起きました。似たような状況の死亡事件、それを偶然の一致に帰することはできません。そう、この二件には繋がりがあるに違いありません。それで、チャールズさん、わたしはあなたにお詫びにきたのです――わたし、エルキュール・ポアロの間違いを認め、あなたの会議に加えていただきたいとお願いするために」

チャールズは困ったような咳をした。少し当惑しているようだ。

「それはどうもご丁寧に、ポアロさん。しかし――その――あなたの時間をこれに費やしていただくのは――」

彼は言葉につまり、助けを求めてサタースウェイトを見た。

「どうもご親切に——」サタースウェイトが受け継いだ。

「いえいえ、親切心からではありません。好奇心からです——それに、まあ誇りが傷ついた。自分の失敗は、自分で修復しなければなりません。わたしの時間——そんなものはなんでもない——結局のところ、あちこちを訪れる必要がどこにありますか？　言語は違うかもしれませんが、人間性はどこでも同じです。しかしもちろん、もし歓迎されないなら、もしお邪魔なら——」

ふたりの男は同時にいった。

「いいや、とんでもない」

「そんなことはありませんよ」

ポアロは娘に目を向けた。

「マドモアゼルは？」

エッグはすぐには答えなかった。三人の男はみんな、同じ印象を受けた。エッグはポアロの手を借りたくはないのだ……。

サタースウェイトにはその理由が想像できた。これはチャールズ・カートライトとエッグ・リットン・ゴアだけの、こういってはなんだが、楽しみのようなものなのだ。サおタースウェイトはいてもいなくてもよい第三者であるのをはっきりと理解した上で、お情けで参加を認められた。しかしエルキュール・ポアロとなると違ってくる。彼は主役級の参加者になるからだ。おそらく、チャールズでさえ、遠慮して引き下がるかもしれない。そうすればエッグの計画は失敗に終わる。

サタースウェイトは娘を見つめ、窮地に立たされたことに同情した。他の男たちはわかっていないが、彼には、女性的感受性もある彼には、この娘のジレンマがわかる。エッグは自分の幸せのために闘っている……。

この娘はなんというだろうか？

しかし、いったいどういえる？　自分の胸の思いを、言葉にすることなどできるのだろうか？　〝あっちへ行って――あっちへ行って――あなたが来たら何もかもぶちこわしになっちゃうわ――しゃしゃり出てこないで……〟

エッグ・リットン・ゴアも、結局は、次のようにしかいえなかった。

「もちろん」彼女はかすかな笑みを浮かべていった。「ご協力いただけるなら、とてもうれしいですわ」

4　状況報告

「よかった」ポアロはいった。「これでお仲間ですね。では、よろしければ、現在の状況を説明してください」

サタースウェイトが、イギリスにもどってからの行動を説明するのを、ポアロは熱心に聞いていた。サタースウェイトは話がうまい。雰囲気をつくり、具体的に説明する能力を備えていた。アビー、使用人たち、警察署長の描写もじつに見事だった。ガストーブの下にあった書き損じの手紙をチャールズが見つけたことを、ポアロは高く評価した。

「すばらしい！」ポアロは感動して叫んだ。「推理、そして再構成——完璧です！　あなたは名優ではなく、名探偵になるべきでしたよ、チャールズさん」

チャールズは謙虚な態度でこれらの称賛を受け止めた。この態度は彼独特のもので、長年にわたって、舞台の演技に対して賛辞を受けるうちに磨かれて、完璧なものとなっていた。

「あなたの観察力、それもまさに適確です」ポアロはサタースウェイトのほうに向いていった。「バーソロミューさんが執事に不意に見せた親しげな態度に注目した点など、じつに鋭い」

「このミセス・ド・ラッシュブリッジャーの件に何かあると思いますか？」チャールズは熱心に訊いた。

「そうですね。それが暗示するものは——まあ、いくつかあります、そうでしょう？」

誰も、その「いくつか」がなんであるのかはよくわからなかったが、そうはいわずに、曖昧に同意の言葉を口の中でつぶやいた。

チャールズが話を次にすすめ、エッグとともにミセス・バビントンを訪ねたが、実りのない結果だったことを説明した。

「さて、これが、これまでの状況のすべてです」チャールズはいった。「われわれが何をしているか、これでおわかりでしょう。教えてください。どう思います？」

彼は子供のような熱心さで身を乗り出した。

そのままポアロは数分間も黙っていた。他の三人は彼を見守っていた。

やっと彼が口を開いた。

「思い出せますか、マドモアゼル、バーソロミューさんがテーブルに置いたポートワインのグラスはどんなものでしたか？」

エッグが困ったように首を振ると、チャールズが口を出した。

「それならわかりますよ」

彼は立ち上がって、食器棚のほうへ行き、どっしりとしたカットガラスのシェリー用グラスを取り出した。

「もちろんこれとは少し形が違います――もっと丸みがあって――ポートワイン用ですから。あいつは老ラマーズフィールドのオークションで、テーブルグラスを一セット全部買ったのです。ぼくがそれを褒めると、こんなにたくさんはいらないからと、そのいくつかをくれたのです。見事なグラスじゃありませんか？」

ポアロはそのグラスを手に取り、まわしていろいろな角度から見た。

「ええ、見事です。こういう類いのものが使われたとは思っていました」

「どうして？」エッグが叫んだ。

ポアロは彼女に微笑んだ。

「ええ」ポアロはつづけた。「バーソロミューさんの死は容易に説明できます。でもスティーヴン・バビントンさんの死はむずかしい。まったく、順序が逆ならよかったのに！」

「どういうことです、順序が逆とは？」サタースウェイトが訊いた。

ポアロは彼のほうに向いた。

「よろしいですか。バーソロミューさんは有名な医者です。有名な医者の死には、理由がたくさんあるかもしれません。医者というものは、ほら、秘密を、重要な秘密を知っているものです。そして医者にはある種の権力がある。仮にある患者が正気と狂気の境目にいるとします。医者の一言で、その患者は社会から隔離されてしまうのです。医者さえいなければ――不安定な脳にはなんたる誘惑となることか！　また医者は自分の患者のひとりが急死した状況に疑惑を抱くかもしれない――ああ、そうです、医者の死には動機がたくさん見つかります。

さて、先程申し上げた、その順序が逆であれば、という意味は、もし、最初にサー・バーソロミュー・ストレンジが、次にスティーヴン・バビントン氏が殺されたのだとしたら。バビントンさんは何かを見た――最初の死に何か疑いを持ったということも考えられます」

彼はため息をつき、それから話をつづけた。

「でも事件というのはこちらの思いどおりにはなりません。ありのままに受け止めるしかない。ちょっとしたひとつの仮説ですが、スティーヴン・バビントン氏の死は事故であったと考えるのも、不可能ではないと思います。毒は、もしそれが毒のせいだったとしたらですが、サー・バーソロミュー・ストレンジに飲ませるつもりだったのが、なんらかの手違いで間違った人物が殺された」

「独創的な発想だな」チャールズはいった。一瞬表情がぱっと明るくなったが、すぐにまた暗くなった。「でも辻褄が合わない。バビントンさんはこの部屋に入ってきてから五分とたたないうちに気分が悪くなったのですよ。その間に彼が口にしたものといえば、わずかなカクテルだけ――しかもそのカクテルには何も入っていなかった――」

ポアロが口をはさんだ。

「そうあなたから聞いていますが――でも仮に、そのカクテルの中に何か入っていたとしましょう。それをバーソロミューさんに飲ませるはずだったのに、バビントンさんが誤って飲んだということがありえますかな？」

チャールズは首を振った。

「トリーをよく知っている人間なら、彼を毒殺するのにカクテルは使わない」

「とおっしゃると？」

「彼はカクテルを飲まないんです」

「決して？」

「ああ、絶対に」

ポアロは苛立たしげに手を動かした。

「まったく——この件は——すべてうまくいきませんね。道理に合わないし……」

「しかも」チャールズはつづけた。「どれにせよ特定のグラスを特定の人間が手に取るようにすることはむずかしい——そんなふうにできるとは思えません。テンプルはグラスをトレイにのせてまわり、めいめいが自分で好きにグラスをとったのですからね」

「そのとおり」ポアロがつぶやいた。「トランプを配るように、カクテルを配るわけにはいきません。お宅の、そのテンプルという使用人は、どんな娘ですか？　今晩わたしを中に入れてくれたメイド——ですね？」

「そうです。ぼくのところに来て三、四年になるが——しっかりしたよい娘で——自分の仕事を心得ている。その前はどこにいたのかは知らないが——ミス・ミルレーなら、すべて知ってますよ」

「ミス・ミルレーというのは、あなたのところのメイド頭ですね？　背の高い、近衛兵みたいな？」

「近衛兵とは、まさにそのとおり」チャールズは認めた。

「前にも何回かディナーに招んでいただきましたが、彼女に会ったのは、あの晩が初めてだと思いますが」

「ええ、普通は、ディナーには同席はしません。あの晩は十三人という数に問題があったので」

チャールズは事情を説明し、ポアロはそれをひじょうに注意深く聞いた。

「自分も出席すべきだと、彼女自身が提案したのですね？　なるほど」

それからちょっと思案を巡らし、ややあってこういった。

「そのメイドに、そのテンプルに話をさせてもらってもよろしいでしょうか？」

「ええ、もちろん」

チャールズは呼び鈴を押した。すぐさまテンプルが来た。

「お呼びでしょうか？」

テンプルは三十二、三歳の背が高い女だ。かなりきりっとしたタイプで、髪は丁寧にブラシをかけてあってつややかだが、美しい女ではなかった。態度は落ち着いていて有能そうだ。

「ポアロさんが質問なさりたいそうだ」チャールズがいった。

テンプルは動じることなく、視線をポアロに向けた。

「バビントンさんが亡くなった晩のことを話していたのですが」ポアロはいった。「あの晩のことをおぼえてますか」

「はい、もちろん」

「カクテルがどのようにサービスされたかを、正確に知りたいのです」

「どういうことでしょうか」

「カクテルについて知りたい。あなたがカクテルを作ったのですか？」

「いいえ、チャールズ様はご自分でなさるのがお好きなので。わたしはボトルをお持ちしました――ベルモット、ジンなど全部を」

「それをどこに置いたのかな？」

「そこのテーブルの上に」

彼女は壁際のテーブルを指し示した。

「グラスをのせたトレイはここにありました。チャールズ様がミキシングとシェーキングをなさって、カクテルをグラスに注がれました。それから、わたしがトレイを持ってまわり、お客様たちにお配りしたのです」

「トレイにのせたカクテルは、みなきみが配ったのかな？」

「チャールズ様が、リットン・ゴア様にひとつおわたしになりました。おふたりはお話しなさっておりまして、そしてご自分の分もお取りになられました。そしてサタースウェイト様が」――一瞬、目を彼のほうに向けて――「いらして、レディのためにおひとつお取りになりました――確かウィルズ様のために」

「まさにそのとおり」サタースウェイトはいった。

「その他のかたがたには、わたしがお配りしました。バーソロミュー様以外はどなたもお受け取りになったと思います」

「ひじょうに申し訳ないけれど、テンプル、協力してもらえますか、もう一度再現してほしいのだよ。あのときいた人々の代わりにクッションを置くとしよう。わたしはここに立っていた、それは覚えている――ミス・サトクリッフがそこにいて」

サタースウェイトも手伝って、場面が再現された。サタースウェイトは観察力が鋭く、誰がどこにいたかを、かなりよく覚えていた。用意が整うとテンプルが室内を一巡した。ミセス・デイカズからはじめて、ミス・サトクリッフとポアロのそばへ行き、それからバビントン牧師、レディ・メアリー、サタースウェイトがいっしょにすわっていた場所に来た。

これはサタースウェイトの記憶と一致する。

そうしてテンプルは退室を許された。

「ふむ」ポアロはいった。「道理に合いませんな。全員のカクテルに最後に触れた人物はテンプルだったが、彼女がカクテルに細工をするのは不可能だったし、それに、このカクテルがあなたのですと、特定の人物に強いるわけにもいきません」

「だいたいがふつうは、自分に一番近いのを取るものですよ」チャールズがいった。

「おそらく、目当ての人物に真っ先にトレイを持っていったのなら、それもうまくいったかもしれません。しかしそれでも、ひじょうに不確かです。グラスはトレイの上にまとまって並べられていますからね、どれが特に他のより近いとは見えません。いやいや、そのように偶然をあてにした方法が採られたはずがない。どうです、サタースウェイトさん、バビントンさんは自分のカクテルを下に置きましたか、それとも手に持ったままでしたか？」

「そういえばこのテーブルに置きましたね」

「そのあとで、誰かがテーブルのそばに来ましたか？」

「いや。わたしが一番近くにいましたが、わたしは細工などしませんでしたよ――たとえ誰にも気づかれずにできたとしてもね」

サタースウェイトがかなり硬い声でそういったので、ポアロはあわてて弁解した。

「いえ、いえ、あなたを疑ったりなどしていません――とんでもない。事実を充分に確認したいのです。分析によれば、そのカクテルには何も異物は入っていなかった――さて、その分析をさておいても、何かが入れられたはずがない。これでふたつの異なったテストから同じ結果が出たわけですが、しかしバビントン牧師は他に何も食べたり飲んだりしていない。それにもし純粋ニコチンを服毒したとすれば、死はひじょうに速やかに生じたはずです。これはどういう結論になりますかな？」

「残念だがどんな結論にも達しないな」チャールズがいった。

「いや、わたしは、そうは思いません――ええ、そうは思いません。とんでもなくおそろしい可能性が考えられます。ですが、それが真実でないことを望みます。ええ、もちろんそんなことが真実なわけはない――バーソロミューさんが亡くなったことがその証明だが……そうはいっても――」

ポアロは眉をひそめ、またも思案に没頭した。他の三人は、好奇の目で彼を見つめた。

ポアロが顔を上げた。

「わたしのいいたいことがおわかりになりませんか？　ミセス・バビントンはメルフォート・アビーにはいなかった、したがってミセス・バビントンの疑いは晴れています」

「ミセス・バビントンとは――でも誰も彼女のことは夢にも疑っていませんでしたよ」

ポアロは穏やかな笑みを浮かべた。

「そうですか？　それは奇妙だ。わたしはすぐにそれを考えましたよ――ほんの一瞬ですが。あの気の毒な牧師がカクテルで毒殺されたのでないとすると、家に入る直前に毒を飲まされたに違いありません。その場合、どんな方法がありえたか？　カプセルとか――たぶん、何か吸収を遅らせるものに入れられていたのでしょう。で、そういう細工ができた人間となると？　奥さんだけです。外部の人間にはまったくわかりえない動機を持っていたかもしれないのは誰か？　これも奥さんです」

「でも、おふたりは愛し合っていましたわ」エッグが憤然として叫んだ。「あなたはちっともわかっていない」

ポアロは彼女に優しく微笑した。

「ええ。そしてその点が貴重なのですよ。あなたは知っているが、わたしは知らない。わたしはどんな先入観にもとらわれずに事実を見ます。それにね、マドモアゼル、長年の経験では、妻が愛情深い夫に殺されたのが五件、夫が愛情深い妻に殺されたのが二十二件ありました。明らかに、女性のほうが体面をつくろうのがうまいのです」

「あなたはほんとうにひどい人ですわ」エッグはいった。「バビントン夫妻に限ってそんなことはありません。なんて――なんておぞましい！」

「殺人はおぞましいものですよ、マドモアゼル」ポアロは不意に厳しい口調になった。

それからふたたび軽めの口調に切り替えて、話をつづけた。

「しかしわたしは――この事実だけを見る男は――ミセス・バビントンの仕業ではなか

ったと認めます。なぜか? 彼女はメルフォート・アビーにいませんでしたからね。ええ、チャールズさんがすでにいわれたように、犯人は両方の集まりに出席した人物です——あなたがたのリストにある七人のひとりですよ」

沈黙が流れた。

「われわれは次に何をすればよいと思われますかな?」サタースウェイトが訊いた。

「すでに計画がおありなのでは?」ポアロがいった。

チャールズは咳払いをした。

「消去法でいくしかないと思います」彼はいった。「リストにある人物をひとりずつ取り上げ、無罪が証明されるまでは有罪と見なしてはどうだろう。つまり、その人物とスティーヴン・バビントンの間に関係があると仮定し、なんとかしてその関係がなんであるかを突きとめる。関係が見つからなかったならば、次の人物に移る」

「それはよい考えですね」ポアロは認めた。「それで、どういった方法で?」

「それについてはまだ話し合う時間がなかった。その点について、助言を歓迎しますよ。ポアロさん。おそらく、あなた自身も——」

ポアロは手をかかげた。

「いや、実際の調査ではわたしをあてにしないでください。どんな問題も思考によって解決するのが最善というのが、わたしの長年の信念なのです。顧問というか、そういう立場をとらせてください。チャールズさんのじつに巧みな指揮のもとで調査をつづけるのがよいでしょう――」

〝わたしはどうなるんだ？〟サタースウェイトは思った。〝まったく役者ときたら！いつもスポットライトを浴びて、主役を演じたがる！〟

「おそらく、ときどきは、顧問の意見とでも申しましょうか、そういうものが必要になるでしょう。そういうときに、わたしが意見をいわせていただきましょう」

ポアロはエッグのほうを見て微笑んだ。

「納得いただけましたか、マドモアゼル？」

「よろしいですわ」エッグはいった。「あなたの経験はきっととても役立ってくれるでしょうから」

彼女はほっとした表情になった。そして腕時計をちらりと見て、声をあげた。

「そろそろ帰らなくては。母が発作を起こしかねないので」

「車で送ろう」チャールズが申し出た。

ふたりは連れ立って出ていった。

5　役割分担

「結局、魚は餌に食いつきましたよ」エルキュール・ポアロはいった。

エッグとチャールズが出ていって閉まったばかりのドアを見ていたサタースウェイトは、びっくりしてポアロのほうに向きなおった。ポアロは冷やかすような笑みを浮かべている。

「ええ、ええ、否定してはいけません。あなたは、あの日、モンテカルロで、慎重にわたしに餌をまいた。そうじゃありませんか？　あなたは新聞の記事を見せてくれた。わたしが興味を持つことを願っていた――わたしがこの事件にかかわることを」

「確かに」サタースウェイトは白状した。「しかし、思惑どおりにはいかなかったと思っていたのですが」

「いえいえ見事に効を奏したのですよ。あなたは人間性を鋭く判断するかたです。わたしはすっかり退屈していました。そばで遊んでいた子供の言葉を借りれば『何もすることがなくて』。あなたは絶好の心理状態のときに来たのですよ。そしてついでにいうと、犯罪もそういう心理状態によっている部分が大きいのです。犯罪、心理状態、このふたつは切っても切れないものです。さて、本題にもどりましょう。これはひじょうに興味をそそる犯罪です——わたしにはまったくわけがわからない」

「どっちの犯罪ですか——最初のほうですか、二番目ですか？」

「犯罪はひとつしかありません——あなたが最初と二番目と呼ぶものは、同じひとつの犯罪の半分ずつにすぎません。後ろの半分は単純です——動機も、用いた手段も——」

サタースウェイトが口をはさんだ。

「手段は同じようにむずかしいと思うが。ワインには毒が見つからなかったし、料理も全員が同じ物を食べたんだ」

「いえ、いえ、手段はまったく違います。初めの事件では、誰であれスティーヴン・バビントンさんを毒殺することはできなかったように見えます。チャールズさんは、もしその気があれば、客のひとりを毒殺できたはずですが、特定の客は無理です。テンプルはトレイに最後に残ったグラスに、何かをこっそり入れることはできたでしょう——でもバビントン牧師が取ったのは最後のグラスではなかった。そうですとも、バビントン牧師を殺害するのは不可能としか思えない。いまだに、不可能だったと感じています——やはり彼の死は自然なものだったという気がしないでもありません……でも、それはまもなくわかるでしょう。第二の事件は違います。出席した客の誰でも、あるいは執事でも、メイドでも、サー・バーソロミュー・ストレンジに毒を飲ませることができたのです。それは少しも困難ではありません」

「しかし――」サタースウェイトがいいかけた。

ポアロはかまわずつづけた。

「そのうちちょっとした実験で、それを証明してさしあげます。もうひとつのきわめて重要な事柄に移りましょう。きわめて重大なことというのは、よろしいですか――あなたにはきっとわかりますよ。思いやりと、鋭敏な理解力がおありだから。つまり、わたしはいわゆる脚光を浴びてはいけないのです」

「それはつまり――」サタースウェイトはゆっくりと顔をほころばせた。

「チャールズさんが主役でなくてはならない！　彼はいつもそうでしたからね。それに、誰かさんがそう期待していますからね。そうではありませんか？　わたしがこの事件にかかわるのを、マドモアゼルは少しもよろこびませんでした」

「あなたはいわゆる〝飲み込みの早い〟おかたですな、ポアロさん」

「ええ、すぐ目につきましたよ！　わたしはとても感じやすい性質ですからね――恋の邪魔をしたくありません。むしろ援助したい。あなたとわたしは、その点では協力しなければなりません――サー・チャールズ・カートライトの名誉と栄光のために。そうじゃありませんか？　事件が解決されたとき——」

「されればね——」サタースウェイトは穏やかにいった。

「〝されたとき〟です！　わたしは自分に失敗を許しません」

「決して？」サタースウェイトは探るように訊いた。

「昔は」ポアロは威厳をこめていった。「ほんのみじかい間でしたが、あなたのお言葉を使えば、飲み込みが遅かったこともありました。わかってしかるべき真実がなかなか見抜けなかったことが」

「でもいままでに一度も失敗したことはない？」

サタースウェイトは純粋で単純な好奇心から重ねてたずねた。

「まあね《ビアン》」ポアロはいった。「一度。ずっと前に、ベルギーで過ちをおかしたことがあります。そのことを話すのはやめましょう……」

サタースウェイトは好奇心（と、いたずらな気持ち）が満足したので、急いで話をもどした。

「さて、話のつづきですが、事件が解決されたときには——？」

「それを解決したのがチャールズさんでなくてはならない。それが大切です。わたしは歯車の小さな歯になります」彼は両手を広げた。「ときどき、ところどころで、ちょっとした助言をします――ちょっと一言だけ――ヒントを与えるだけです。わたしは名誉はいりません――名声もいらない。欲しいだけの名声をすでに手にしましたからね」

サタースウェイトは興味津々でポアロをしげしげと見た。そして、この小男の無邪気な自負心、底なしの唯我独尊ぶりをおもしろがった。しかしそれを空威張りだと見なすような安易な間違いはおかさなかった。イギリス人は、ふつうは、自分がうまくできることでも謙虚になるし、ときには自分の不器用さを好ましく思ったりもする。しかしラテン系の人間は自分自身の力を正直に評価する。自分が賢ければ、その事実を隠す理由はないと考えるものなのだ。

「ぜひとも知りたいのだ」サタースウェイトはいった。「ひじょうに興味深いので――あなた自身は、いったいこの事件から何を得たいと思っておいでなのか？　追跡の興奮ですか？」

ポアロは首を振った。

「いいえ――いいえ――そうではありません。ええ、実際のところ、わたしは猟犬のように匂いをたどっていき、興奮して、いったんその匂いにたどりつくと、手を引けなくなる。それはほんとうです。でも、それ以上のものが……それは――なんといえばいいでしょう？――真実を知りたい情熱というか。この世の中で、真実ほど好奇心をそそり、興味深く、すばらしいものは他にありませんから……」

ポアロの言葉のあと、ほんのしばらく沈黙が流れた。

それから彼は、サタースウェイトが七名の名前を慎重に書き写した紙を手に取り、その名前を声に出して読みあげた。

「ミセス・デイカズ、デイカズ大尉、ミス・ウィルズ、ミス・サトクリッフ、レディ・メアリー・リットン・ゴア、ミス・リットン・ゴア、オリヴァー・マンダーズ。

なるほど」彼はいった。「暗示的ですね」

「何がですか？」

「名前を並べてある順序が」

「特に何かを暗示しているわけではないと思うが。別に順序のことは考えずに書いただけだからね」

「そのとおり。リストの最初の人物はミセス・デイカズにしてある。このことから推理しますと、彼女がもっとも犯人の可能性がありそうだと思われたのですね」

「もっともありそう、というわけではなくて」サタースウェイトはいった。「もっとも可能性がないとはいえない人物といったほうがいいね」

「あるいは、こういういいかたのほうが当たっているかもしれませんね。彼女がこの事件の犯人であればよいのにと、あなたがたみなさんが思っている人物です」

サタースウェイトは衝動的に否定しかけたが、ポアロの輝く緑色の目の穏やかでからかうような眼差しを見て、いおうとしていたことを変えた。

「そうかな――なるほど、ポアロさん、おっしゃるとおり――無意識に本音が出たのかもしれない」

「少し訊きたいことがあるのですが、サタースウェイトさん」

「いいですとも――どうぞ」サタースウェイトは慇懃に答えた。

「あなたの話から推測するに、チャールズさんとミス・リットン・ゴアはいっしょにミセス・バビントンに会いに行った」

「そうです」

「あなたは行かなかったのですね？」

「ええ。三人では多すぎるので」

ポアロは微笑した。

「それに、たぶん、あなたの好みで別の場所へ行かれた。あなたには、なんというか、別の目当てがあった。どこへ行ったのですか、サタースウェイトさん？」

「レディ・メアリー・リットン・ゴアのところでお茶を飲みました」サタースウェイト

はぎこちなく答えた。

「そしてどんな話をしたのですか？」

「彼女はすっかり打ち解けて、結婚生活の初めのころの悩みをいくつか打ち明けてくれた」

彼はレディ・メアリー・リットン・ゴアの話の内容をくり返した。ポアロは同情をこめてうなずいた。

「人生ではまさによくある話です。世間知らずな若い娘が悪い男と結婚して、誰の言葉にも耳を貸そうとしない。しかしその他には何も話をしなかったのですか？　たとえば、オリヴァー・マンダーズ青年のことなど話しませんでしたか？」

「じつをいうと、話しました」

「そして、彼についてどんなことを知ったのです？」

サタースウェイトはレディ・メアリーが話したことをくり返し、次いでこうたずねた。

「どうして彼について話したことがわかったのかね？」

「どうしても何も、あなたはあの青年の話を聞きたくて訪れたのでしょう。ええ、そうですよ、反論してもだめです。あなたはミセス・デイカズかその夫が殺人を犯したのであればよいと願っているかもしれませんが、あのマンダーズ青年がやったと思っているのです」

この指摘にサタースウェイトは反論をのみこんだ。

「はい、あなたには隠しておきたがる性質があります。あなたは自分の考えを持っているが、それをご自分の胸にしまっておくのが好きなのです。これには共感をおぼえます。わたし自身も同じで……」

「彼を疑ってなどいませんよ──そんなことはばかげている。ただ、あの青年についてもっと知りたかっただけです」

「わたしもそういっているのですよ。あなたは直感的に彼を疑っている。わたしもあの若者に関心があります。ここでのディナーの晩でも、彼に関心を持ったのですよ。というのは、じつは──」

「じつは、どうしたのです？」サタースウェイトは熱心に先を促した。

「役を演じている人が、少なくともふたりはいると思ったのです。ひとりはチャールズさんです」ポアロは微笑した。「彼は海軍士官を演じていた、そうじゃありませんか？きわめて自然なことです。名優は、舞台に立たなくなったからといって、演じるのをやめはしませんからね。けれどマンダーズ青年、彼も演じていたのです。彼は退屈した無感動な若者を演じていました──しかし現実には、彼は退屈でも無感動でもなかった。

彼はひじょうに活発でした。そういうわけで、わたしは彼に注目したのです」

「わたしが彼のことを気にしていることが、どうしてわかったのですか？」

「ちょっとしたことの積み重ねです。あの晩、彼がメルフォート・アビーに泊まるはめになった事故に、あなたは関心を持っていました。チャールズさんとミス・リットン・ゴアといっしょにミセス・バビントンに会いに行かなかった。なぜか？　あなたはひそかに自分の推理をたどりたかったからです。ある人物についてもっと知るために、レディ・メアリーの家へ行った。誰についてでしょう？　地元の人間しか知りえないとなると、オリヴァー・マンダーズだ。それから、ひじょうにおもしろいことに、あなたは彼の名前をリストの最後に書きました。あなたの頭の中で、もっとも容疑者である可能性が少ない人物は誰か——レディ・メアリーとマドモアゼル・エッグです。しかしあなたは彼女たちの後に彼の名前を書いた、それは彼があなたのダークホースで、自分がそう思っていることを人に知らせたくないからです」

「おやおや」サタースウェイトはいった。「わたしはほんとにそんなタイプの男なのかな？」

「違いますか？　あなたには確かな判断力と鋭い観察力があり、その結果を人に知らせたくないのです。人々についての意見は心の内に秘めておく。それを世間に披露したくないのです」

「わたしは――」サタースウェイトがいいかけたとき、チャールズがもどってきた。元俳優はうきうきした足取りで入ってきた。

「ああー、寒い。ひどい夜だ」彼はいった。

そして自分でウィスキーソーダを注いだ。サタースウェイトとポアロは、ふたりともそれを断わった。

「ええと」チャールズはいった。「これからの活動計画を綿密に立てようじゃありませんか。あのリストはどこです、サタースウェイト？　ああ、ありがとう。さて、ポアロさん、よろしければ、顧問としてのご意見を。この骨折り仕事をどのように分割したらいいでしょう？」

「あなた自身はどのようにお考えですか、チャールズさん？」

「そうですね、ここにある人たちを手分けして当たるのはどうだろう。仕事を分けるのですよ。まず、ミセス・デイカズだが――エッグがかなり熱心に、彼女を引き受けるといっている。あれほど完璧な外見の女性となると、並みの男は贔屓目《ひいきめ》で見てしまうとエッグは思っているらしい。ドレスメーキングの店のほうからミセス・デイカズに近づくのは、ひじょうによいアイデアだと思うね。その結果、必要になれば、サタースウェイトとぼくが、他の作戦で近づいてもいいし。それからデイカズ大尉だ。彼の競馬仲間を何人か知っているから、おそらく、その方面で何かつかめるだろう。アンジェラ・サトクリッフは？」

「それもきみのほうが向いているのではないかな、カートライト」サタースウェイトがいった。「彼女をよく知っているのだから」

「ああ。それだからむしろ誰か他の人に彼女のことは頼みたい……」彼はやれやれと苦笑をもらした。「第一、どれほど熱心に当たっても手加減しているとエッグに責められるだろうし――それに友人だから――わかるでしょう？」

「そうですとも、そうですとも――あなたが気後れするのは当然です。ひじょうによくわかります。この親切なサタースウェイトさんが代わりにしてくれますよ」

「レディ・メアリーとエッグ――このふたりはもちろん数に入れないとして、マンダーズ青年はどうしよう？　トリーの死の晩に彼があの場にいたのは偶然だった。しかし彼も含めるべきだと思うのだが」

「それもサタースウェイトさんが適任でしょうね」ポアロはいった。「ところで、チャールズさん、リストにある名前をひとつ見落としていると思いますよ。ミス・ミュリエル・ウィルズです」

「そうですね。ま、サタースウェイトがマンダーズを受け持つなら、ミス・ウィルズはぼくが受け持ちましょうか。それで決まりかな？　何か助言は、ポアロさん？」

「いえ、いえ――ないと思いますよ。あとは早く調査の結果が聞きたいものです」

「もちろん――それはいうまでもありません。もうひとつ。彼らの写真を入手して、ギリングで聞き込みをするのに使ってはどうだろう」

「すばらしい」ポアロが認めた。「まだ何かあったのですが――ああ、そうだ、あなたのご友人バーソロミューさんのことですが、彼はカクテルは飲まなくても、ポートワインは飲んだのですね？」

「ええ、あいつはポートワインには特別に目がなかったのです」

「味が違うと感じなかったのは、奇妙ですな。純粋ニコチンはひじょうに刺激的で不快な味がするのです」

「忘れないでください」チャールズがいった。「ポートワインにはおそらくニコチンは入っていなかったんですよ。グラスの中身は分析されたんだ」

「ああ、そうでしたね――わたしとしたことがばかなことを。でもどのように毒が盛られたにしてもニコチンはとても不快な味がしますよ」

「それは問題にはならないかもしれない」チャールズはゆっくりといった。「トリーはこの春ひどいインフルエンザにかかり、その後遺症で味覚と嗅覚がかなり鈍くなっていましたから」

「ああ、なるほど」ポアロは考え深げにいった。「それで説明がつくかもしれない。それで物事がかなり簡単になりますな」

チャールズは窓際へ行き、外を見た。

「まだ風が強いな。あなたの荷物を取りに行かせますよ、ポアロさん。ローズ&クラウンのような宿は熱心な画家には申し分ないでしょうが、あなたには清潔で心地よいベッドのほうがふさわしい」

「ご親切いたみいります、チャールズさん」

「ああ、いや。では早速手配してきますよ」

彼は部屋を出ていった。

ポアロはサタースウェイトのほうに向きなおった。

「ひとつよろしいですかな」

「なんです？」

ポアロは前に身を乗り出し、ひそひそ声でいった。

「マンダーズ青年に、どうして事故をでっちあげたりしたのか、その理由をお訊きなさい。警察が疑っているというのです。なんと答えるか見てみようじゃないですか」

6 シンシア・デイカズ

〈アンブロジン〉の店舗は、ほぼ一色に統一されていた。壁はオフホワイトで、分厚いパイル地のカーペットは色味を感じさせない中間色、布張りの椅子の生地も同じような色調にしてある。クロムがあちこちで光り、壁のひとつには、鮮やかなブルーとレモンイエローの巨大な幾何学模様が描かれていた。新進気鋭の若手インテリアデザイナー、シドニー・スタンフォードによるコーディネートだ。

エッグ・リットン・ゴアは、歯医者の椅子を思い出させなくもないモダンなデザインの肘掛け椅子に腰かけて、目の前を優雅な若い女たちが、麗しくも物憂げな表情で、蛇のように身をくねらせてとおりすぎていく様に目をやりながら、ドレス一着に五、六十ポンドくらい払ってもどうということないと思っているような演技に専念していた。

ミセス・デイカズは例によって――エッグにいわせれば感嘆に値するほど現実離れした容姿で――辣腕ぶりを披露した。

「で、こちらはいかがかしら？　この肩の結び目は遊び心があるでしょう？　それにウエストラインは〝突き抜けた感じ〟、あなたにお仕立てするなら、オレンジ色にはしないで――新色にしなくては――エスパニョールという色ですけれどね――とても魅力的なのよ――からし色に、少し赤唐辛子色がまざったような色。それともワインレッドなんていかが？　少しばかり強烈すぎるかしら？　まさに〝突き抜けた感じ〟で遊びすぎ。でもね、近ごろの服は堅苦しくてはだめなのよ」

「ひとつに決めるのは、むずかしいですわ」エッグがいった。「じつは」――打ち明け話をするような口調で――「いままでドレスを買う余裕などありませんでしたの。ものすごく貧乏でしたので。〈カラスの巣〉でのあの晩に、あなたがどんなにすばらしかったか忘れられなくて、『使えるお金ができたのだから、ミセス・デイカズのところへ行って、相談してみよう』と思ったのです。あの晩のあなたには、ほんとに感動いたしましたわ」

「まあ、なんて優しいことをいってくださるの。あたくしはただ若いお嬢さんにドレスを選んでさしあげるのが大好きなだけ。お嬢さんは『生』に見えるべきではないの、これはとても大事なこと――あたくしのいう意味がおわかりかしら」

〝あなたには『生』のところなんて、少しもないわね。すっかり焼き上がっているもの〟エッグはおもしろくなくて、心の中でつぶやいた。

「あなたは個性的だから」ミセス・デイカズはつづけた。「普通の服装ではもったいないわ。シンプルで、しかも〝突き抜けた感じ〟のものでなくては――そして目を引くもの。おわかりかしら？　何着か、ご入用なの？」

「イヴニングドレスを四着ぐらい、それに昼間の服を二、三着、それからスポーティーなスーツを一、二着――だいたいそんな感じです」

ミセス・デイカズの蜂蜜のように甘い態度は、さらにこってりとしてきた。エッグの現在の預金残高がきっかり十五ポンド十二シリングで、この残高で十二月までやりくりしなければならないのをミセス・デイカズが知らないのは、ありがたいことだった。ドレスを着たモデルたちがさらにエッグの前を列をなして通過していった。ドレスの話の合間を見ては、エッグは別の話題をちらちらとはさんだ。

「あれ以来、〈カラスの巣〉にはいらしていないのですか？」エッグはいった。

「ええ。行ってないわ。ひどい思いをしましたもの――いずれにせよ、コーンウォールは絵描きさんたちが多いでしょう……あたくし、画家にはどうにも我慢できなくて。あの人たちはおかしな格好なんですもの」

「ほんとうにつらい出来事でしたわね？」エッグはいった。「バビントンさんは愛すべきかたでしたのに」

「時代においていかれた人と思ったけど」ミセス・デイカズはいった。

「以前にもどちらかで、バビントンさんとお会いなさったことがあるんですよね？」

「あのおじいさんに？　あたくしが？　覚えてないわ」

「あら、バビントンさんがそうおっしゃっていたと記憶しているのですが」エッグがいった。「でも、コーンウォールでではなくて。ギリングとかいう場所だったと思います」

「あら、そう？」ミセス・デイカズはあやふやな目をしている。「違うわ、マルセル――プチ・スキャンダルを見せてほしいの――ジェニーのスタイルのよ――そのあとはパトゥのブルーのドレスをね」

「驚くべき事件でしたわね、バーソロミューさんが毒殺された事件は？」エッグはいった。

「ほんとうに、まったく〝突き抜けた感じ〟で、言葉にならないほどだったわ！　それがね、うちのビジネスにはとても役に立ったのよ。センセーショナルな話に釣られて、それはそれは場違いの女性たちがたくさん、ドレスを注文に見えたの。さあ、さあ、このパトゥのスタイルなんて、あなたにぴったりよ。まったく意味のない遊び心にあふれたフリルをごらんになって――そのおかげで、とても可愛らしく見えるのよ。うるさすぎなくて、若々しいでしょう。ええ、バーソロミュー先生の死はお気の毒でしたが、あたくしにはむしろ思いがけない幸運だったわ。ひょっとしたら、あたくしがあのかたを殺害したのかも、なんて思われたのでしょうね。でもね、かなりそれを活用させてもらいましたけど。驚くほど太ったご婦人たちが見えてね、あなたが犯人ねって顔であたくしをじろじろ見たのよ。あれはほんとう〝突き抜けた感じ〟でしたわ。それからね――」

そのとき大柄な典型的なアメリカ人が店にやってきたので、話が中断された。大事なお得意さんなのは明らかだ。

そのアメリカ人は、どんなドレスにしたいのか畳みかけるように注文をつけはじめた。盛りだくさんで、お金がかかりそうな話だった。その隙に、エッグはミセス・デイカズのあとを引き継いだ若い女性に、最終的な選択をする前によく考えたいと告げて、そっと店を出ることに成功した。

ブルートン街に出ると、エッグは腕時計をちらりと見た。十二時。そう待つことなく、次の計画も実行できそうだ。

バークレー・スクエアまで歩いて、それからまたゆっくりともどってきた。一時ちょうど、エッグは中国骨董品を飾ったショーウィンドーをのぞきこんでいた。

そこにミス・ドリス・シムズが足早に店から出てきて、ブルートン街からバークレー・スクエアの方向に向かおうとした。そのときエッグが声をかけた。

「失礼ですが、ちょっとよろしいでしょうか?」エッグがいった。

ドリスはびっくりして振り向いた。

「〈アンブロジン〉のモデルさんですよね? 今朝、あなたをお見かけしましたの。こんなことをいって、気を悪くなさらないといいんですけど、あなたほど完璧なスタイルのかたを見たことがなかったので」

ドリス・シムズは気を悪くなどしなかった。少し当惑しただけだ。

「どうもご親切に、ありがとうございます、お客様」彼女はいった。

「それにすごく性格のよいかたのようなので」エッグはいった。「ちょっとお願いしたことがあるんですけど。バークレーかリッツでランチをごいっしょして、その件についてお話しさせてもらえないかしら?」

一瞬ためらってから、ドリス・シムズは承知した。好奇心があったし、美味しい料理が好きだからだ。

テーブル席に落ち着き、ランチを注文すると、エッグはさっそく説明をはじめた。

「これは口外しないでもらいたいの。あのね、わたしの初めての仕事なの――女性のいろいろな職業について詳しく書く仕事よ。それで、ドレスメーキングの仕事について教えてもらえたらと思って」

ドリスはいささか拍子抜けしたように見えたが、愛想よく応じて、勤務時間、給料の額、彼女の仕事のいい面と悪い面などについて、率直に答えた。エッグはそれをこまごまと手帳に記入した。

「ほんとにご親切ね」エッグはいった。「なかなかこの仕事に慣れなくて。わたしにとっては、まったく新しいことなんですもの。じつはね、いやになってしまうほど、お金がないの。今回のちょっとした雑誌のお仕事で、大いに助かるのよ」

そしてこっそりと秘密を打ち明けた。

「かなり度胸が必要だったのよ、〈アンブロジン〉のお店に入っていって、ドレスをたくさん買えるふりをするのは。じつは、ドレスに使えるお金は、ほんの数ポンドしかないんですもの。それでクリスマスまでやりくりしなくちゃ。ミセス・デイカズが知ったら、カンカンになるだろうと思うわ」

ドリスはくすくす笑った。

「そうでしょうね」

「うまくやれてたかしら？」エッグが訊いた。「わたし、お金を持っているみたいに見えました？」

「お見事でしたわ、ミス・リットン・ゴア。マダムはあなたがたくさん買ってくださると思ってます」

「きっと、がっかりするでしょうね」エッグはいった。

ドリスはさらにくすくす笑った。ランチはおいしかったし、エッグに魅力を感じていた。〝この人は上流社会のお嬢様らしいけど、それをちっとも鼻にかけていなくて。じつにいい感じだわ〟ドリスは思った。

打ち解けた雰囲気がいったんできあがると、エッグはなんの苦もなく相手を誘導して、その雇い主に関してあれこれ聞きだすことができた。

「前から思っていたんだけれど、ミセス・デイカズって、きつそうな感じがしない？どう？」エッグはいった。

「ええ、確かにあの人を好きなスタッフなんて、ひとりもいません、ミス・リットン・ゴア。でもあの人は、もちろん、頭が良くて、ビジネスにはすばらしく鼻がきくの。上流社会のレディたちで、ドレスメーキングのビジネスをはじめる人は結構多いですけど、たいていは服を買ってくれたお友達から、代金をもらえずに破産してしまいます。でもマダムは違います。冷徹そのものですもの。でもインチキはしてないわ。それにほんとにセンスがいい――ファッションのことをわかっていて、しかも顧客に似合うスタイルを買わせるのが上手なのです」

「ずいぶんお金が儲かるでしょうね」

ドリスの目つきが、様子の違う、わけ知りめいたものになった。

「あたしは何かいう立場ではないし――噂話をするのもいやなの」

「それはそうでしょうけど、でも、それで？」エッグは促した。

「いってもいいのかどうか――会社の経営状態はかなり逼迫《ひっぱく》してるんですよ。この前なんかユダヤ人の紳士がマダムに会いにきたし、そう思わせるようなことが、他にもひとつふたつあったんです。あたしの考えでは、商売が立ち直ると信じて進みつづけるために、借金を重ねてきて、深みにはまったのではないかしら。ほんとに、ミス・リットン・ゴア、マダムはとってもつらそうに見えるときもあるの。死に物狂いといってもいいかも。お化粧をとったら、どんな顔をしているのやら。夜も眠れないのだろうと思います」

「ご主人はどんなかた？」

「変わった人です――あたしにいわせれば、悪いほうに。よく見かけるわけじゃありませんけど。他のモデルたちは賛成しないけれど、あたしはミセス・デイカズは、いまだにご主人に夢中だと思ってます。もちろん、ひどいことはいろいろいわれてますけれど――」

「どんなこと?」エッグが訊いた。

「あのう、そういう噂話をするのはちょっと……あたしはそういうのは昔から好きじゃないんです」

「もちろんわかってるわ。ねえ、教えて、何をいいかけたの――?」

「あのう、モデルたちの間で、ずいぶん話題になったの――ある若い男性のことです。とてもお金持ちで、とてもあたりが柔らかくて。頭が弱いわけでもないみたいだけど、どういう意味かおわかりになるかしら――普通なのかそうじゃないのか、どっちともいえないような。マダムはその若い男の人を思いどおりに操ってました。出資してもらえれば何もかもうまくいったのかもしれません――なんでも聞いてくれる人でしたから。でもいきなり、その男性は船旅を命じられたのです」

「命じられたって、お医者様に?」

「ええ、ハーレー街の先生に。ヨークシャーで殺されたお医者様――毒殺されたといわれているあのお医者様だったと思いますけど」

「サー・バーソロミュー・ストレンジ？」

「そういう名前でした。マダムはそのハウスパーティーに呼ばれていたので、わたしたちは仲間うちでいったんですよ——ふざけてですけど——マダムが復讐のために殺したんじゃないの、なんて！　もちろん、冗談にすぎませんけど——」

「ええ、そうでしょうとも」エッグはいった。「女同士のね。よくわかるわ。だって、ミセス・デイカズは、いかにも殺人を犯しそうなところがあるもの——とても厳しくて冷酷で」

「ほんとうに、すごく厳しいんですよ。それにとっても危ないところがあるの！　マダムがかっとなると、あたしたちは誰もそばに近寄りません。ご主人もこわがっていると聞きましたが——それも当然ですわ」

「ミセス・デイカズがバビントンという人のことや、ケントにある場所——たとえばギリングのことを話すのを聞いたことがある？」

「いいえ。聞いた覚えはありませんわ」

ドリスは腕時計を見て、びっくりした声をあげた。

「まあ、たいへん、急がなくては。遅刻してしまうわ」

「さようなら、つきあってくださって、ほんとにありがとう」

「楽しかったですわ、ほんとに。さようなら、ミス・リットン・ゴア、記事が成功するように願ってます。記事が出るのを気をつけて見てますわ」

〝見ても無駄よ、ドリスちゃん〟エッグは勘定書を頼みながら思った。

それから記事のための走り書きになるはずだったものに線を引いて消し、手帳には新たにこう記入した。

〈シンシア・デイカズ。財政難。『危ないところがある』と評された。不倫相手と思われる若い（金持ちの）男はバーソロミュー・ストレンジにより船旅を命じられた。ギリングに言及しても、バビントンが彼女を知っていたと述べても反応なし〉

「たいした収穫はないようだわ」エッグはひとりごとをいった。「バーソロミューさん殺害の動機の可能性はあるけれども、きわめて弱い。ムッシュー・ポアロならそこから何かつかむかもしれないけど、わたしには無理」

7 デイカズ大尉

エッグのその日の予定はまだ終了していなかった。次はデイカズ夫妻の住居、セント・ジョンズ・ハウスである。セント・ジョンズ・ハウスは新築の高級マンションだ。窓辺には豪華なプランターが飾られ、どこかの国の将軍かと見まがうような立派な制服姿の守衛がいる。

エッグはすぐには建物の中に入っていかずに、通りの反対側をぶらぶらと行ったり来たりしていた。一時間ほどそうして過ごし、五時半になるころには、数キロ分は歩いたに違いないとエッグは思った。

そのとき、タクシーがマンションの前に止まり、デイカズ大尉が降り立った。エッグは三分ほどそのまま待ち、それから道路を横切って建物に入っていった。

エッグが三号室のベルを押すと、デイカズ本人がドアを開けた。まだオーバーを脱ぎ終えていなかった。

「あの」エッグはいった。「ごきげんよう。おぼえていらっしゃいますか？　コーンウォールでお会いしましたし、そのあと、ヨークシャーでも」

「もちろん——もちろん。両方とも、亡くなった人が出たね、そうだったよね？　中へどうぞ、ミス・リットン・ゴア」

「奥様にお会いしたいのですけど。ご在宅ですか？」

「家内はまだブルートン街なんだ――ドレスメーキングの店があってね」

「存じてます。きょう、あちらにおうかがいしました。たぶん、もうおもどりになられたかと思って、そして、こちらにうかがっても、かまわないかと思ったのですが――きっとたいへんなお邪魔を――」

エッグは訴えるような間をおいた。

フレディ・デイカズは心の中でつぶやいた。

〝けっこう可愛いな。いやあ、なかなかの美人じゃないか――〟

彼は答えた。

「シンシアがもどるのは六時をすぎてからだ。わたしはニューベリー競馬場から帰ってきたばかりでね。まったくツイてなかったので、さっさと切り上げてきたところなんだ。セヴンティ・ツー・クラブに行って、カクテルでもどう？」

もうすでにたっぷり飲んできたんじゃないの、とエッグは思ったが、承知した。

地下にあるセヴンティ・ツー・クラブの薄暗い店内にすわり、マティーニをゆっくりと飲みながら、エッグはいった。「とても楽しいですわ。こういった場所に来たのは初めてです」

フレディ・デイカズは相好を崩した。若くてきれいな女は好きだった。それ以上に好きなものがいくつかある。でも若い女はかなり好きだ。

「驚いたね？」彼はいった。「ヨークシャーのことだよ。しかし、医者が毒殺されるってのは、おもしろい。わかるかな――ほら、逆さまじゃないか。医者っていうのは、患者に毒を飲ませる側なんだから」

そして自分の言葉に腹を抱えて笑うと、ピンクジン（ジンにビターズを混ぜた飲み物）のおかわりを注文した。

「なんて鋭いことをおっしゃるのでしょう」エッグがいった。「そんなふうに考えたことは一度もありませんでしたわ」

「ただの冗談だよ、もちろん」フレディ・デイカズはいった。

「妙だと思いません？お会いするときには、いつも誰かが亡くなるなんて」エッグはいった。

「確かに妙だ」デイカズ大尉は認めた。「じいさんの牧師のことだね、ええとなんて名前だったか――あの俳優だった彼の家で？」

「ええ。あんなに急に亡くなるなんて、とても奇妙でしたわ」

「ほんと、参った」デイカズはいった。「気分が滅入ったよ、こう、そこらじゅうで男があっさり逝っちまうとね。ほら、〝次は自分の番〟なんじゃないかって、鳥肌が立つ」

「バビントンさんとは、以前からお知り合いだったのでしょう、ギリングで？」

「それはどこだ？　いや、あのじいさんとあれ以前に会ったことはないよ。変だよねえ、あのじいさんもストレンジとまったく同じようにあっさり逝っちゃっただろう。ちょっと奇妙だ、あれは。あれも殺られたなんてはずはないと思うけどね」

「そのことですが、どう思われます？」

デイカズは首を振った。

「ありえない」彼は断固としていった。「牧師を殺す人間なんているわけがない。医者なら別だけど」

「ええ、お医者様は別だと思います」エッグはいった。

「もちろんそうだよ。理屈にかなっている。医者はおせっかいな人でなしだ」ろれつが怪しくなっていた。そして身を乗り出していった。「余計なことをする人種だ。わかるかい？」

「いいえ」エッグはいった。

「医者はね、他人の生活にちょっかいを出す。あいつらはだいたい権限がありすぎる。そんなことは許されるべきではない」

「どういうことか、よくわかりませんが」

「お嬢さん、いいかい、医者は患者を監禁する、地獄に落とすんだよ。やれやれ、医者は残酷だ。患者を閉じ込めといて、あれをくれないんだ——どんなに頼んで、懇願しても、くれないんだ。患者がどんなに苦しんでいるかなんて、かまやしない。医者っていうのはそういうものなんだ。よく聞くんだよ——おれは知ってるんだから」

彼の顔は苦しげに歪んだ。その針の穴のように小さい瞳孔が虚空を見つめた。

「あれは地獄だ、ほんとうにね——地獄。やつらはそれを治療だという！　正しい行為をしているふりをしやがって。畜生め！」

「バーソロミュー・ストレンジさんが何かを——？」エッグは恐る恐る切りだした。

彼は彼女がいい終える前に、話しはじめた。

「サー・バーソロミュー・ストレンジ。偽善者バーソロミュー。あいつのあの結構な療養所の中で何が行なわれているか知りたいもんだ。神経疾患。やつらはそういっているけどね。あそこに入ったら、もう出られない。しかもやつらは、患者は自分の意志で入ったというのだ。自分の意志だって！　人がちょっと弱気になると、捕まえるだけじゃないか」

彼はがたがたと震えだし、情けなく口を開けた。

「おれは、ばらばらになってしまった」彼は弁解がましくいった。「ばらばらにね」彼はボーイを呼び、エッグにもう一杯飲めとしつこくすすめたが、彼女が断わると、自分の分をもう一杯頼んだ。

「ああ、これでもう大丈夫」彼はグラスの酒を飲み干した。「もう、落ち着いたよ。神経が高ぶると、たまったものじゃない。シンシアを怒らせるわけにはいかないからね。あれに、人にしゃべるなって命じられているんでね」そして、こくこくとうなずいた。

「警察には、なんにもいわないさ。おれがストレンジを殺ったと思われるかもしれないし。な？　わかってるだろう？　誰かが殺ったってことは違いないんだ。客のひとりが殺したに間違いない。まったくおかしなことだ。われわれのうちの、誰が？　それが問題だ」

「もしかして、誰だかご存じなのかしら」エッグがいった。

「なんだってそんなことをいうんだ？　どうしておれが知ってるなんて？」

彼は怒りと疑惑をあらわにして、彼女を見た。

「いいかい、おれは、何も知らない。やつの忌まわしい〝治療〟とやらを受けるつもりなんてなかった。シンシアがどういおうと――受けるつもりはなかった。やつは何かをたくらんでいた――ふたりして、何かをたくらんでいたんだ。でもね、おれはだまされなかったぞ」

彼は背筋をのばした。

「おれはね、ちゅよい男なのだよ、ミシュ・リットン・ゴア」

「ええ、もちろんそうですとも」エッグはいった。「ねえ、教えてくださいな、療養所にいるミセス・ド・ラッシュブリッジャーについて何かご存じですか？」

「ラッシュブリッジャー？　ラッシュブリッジャー？　ストレンジのやつが何かいっていたが。なんだったかな？　何も思い出せない」

彼はため息をつき、首を振った。

「記憶力が低下してきた。そのうえ、おれには敵がいる――大勢の敵がね。やつらは、いまでもおれを見張っているかもしれない」

そしてあたりを不安げに見まわしてから、向かいあっているエッグのほうに身を乗り出した。

「あのとき、あの女はおれの部屋で何をしていたのだろう？」

「どの女の人のこと？」

「ウサギみたいな顔の女。芝居を書いてるやつ。次の日の朝のことだ——やつが死んだ次の日のね。朝食をすませてもどってくると、ちょうどあの女がおれの部屋から出てきて、廊下の突き当たりのベーズの仕切りカーテンに入っていった——使用人たちの部屋のほうへね。奇妙だろう？　なんだってあの女はおれの部屋に入ったんだ？　何があると思ったんだろう？　何を嗅ぎまわっていたんだろう？　あの女といったいなんの関係があるというんだ？」そして秘密を打ち明けるみたいに、顔を寄せた。「それとも、シンシアのいうことが正しいと思う？」

「奥様は、なんておっしゃったのですか？」

「おれの思いすごしだっていうんだ。『幻覚症状を起こしていた』って」彼は自信なさそうに笑った。「確かにときどき見えることがある。ピンクのネズミとか——蛇とか——そんな類いのものを。しかしねえ、女を見たとなるとそれは別の話だ——確かにあの女を見たんだよ。ありゃ、奇妙な女だ。いやな目つきをしてる。まるで人を見抜くようなな」

彼は柔らかい長椅子の背にもたれた。眠りに落ちかけているようだ。

エッグは立ち上がった。

「もう行かなくては。どうもありがとうございました。デイカズ大尉」

「どういたしまして。楽しかった。まったく楽しくて……」

彼の声は途中で消えた。

〝この人が完全に酔い潰れる前に、ここを出なくっちゃ〟エッグは思った。

そしてセヴンティ・ツー・クラブの煙のこもる空気から抜け出して、涼しい外の空気の中にもどった。

家事担当のメイドのベアトリスはミス・ウィルズがうろうろ嗅ぎまわっていたといっていた。そして今度はフレディ・デイカズのこの話。ミス・ウィルズは何を探していたのだろう？　そして何を見つけたのか？　ミス・ウィルズが何かを知っているという可能性は？

バーソロミュー・ストレンジがらみのこのぐちゃぐちゃした話に、何か意味があるのだろうか？　フレディ・デイカズはひそかにあの医者を恐れ憎んでいたのか？

その可能性はありそうだ。

しかしバビントン事件に関してはまるで後ろめたい表情は見せなかった。

「まったく妙な話だけれど」エッグはひとりごとをいった。「バビントンさんは結局のところただの自然死だったのかしら」

そこで彼女は急にはっと息をのんだ。数メートル先の新聞スタンドの看板にある見出しが目に入ったのだ。

「コーンウォールの遺体掘り返し終了す」

彼女は大急ぎで一ペニーを差し出して、新聞をひったくるようにつかんだ。そのはずみに、同じように新聞を手にした女にぶつかった。エッグは詫びたときに、相手がチャールズのメイド頭、有能なミス・ミルレーなのに気づいた。

ふたりは並んで立ったまま最新ニュースを探した。そう、これだ。

「コーンウォールの遺体掘り返しは終了し」

文字がエッグの目の前で踊った。胃の内容物の分析……ニコチン……。

「やっぱりバビントンさんは殺されたのだわ」エッグがいった。

「まあ、たいへん」ミス・ミルレーがいった。「なんておそろしい――まあ、おそろしい――」

彼女のいかつい顔が高まる感情に歪んだ。エッグはそれを見て驚いた。ミス・ミルレーには人間らしいところなどないと常々思っていたからだ。

「動転してしまって」ミス・ミルレーが説明するようにいった。「生まれたときから存じておりましたので」

「バビントンさんを？」

「ええ。母がギリングにおりますが、そこで昔、あのかたは教区牧師をなさっていたのです。当然、動転いたしますわ」

「ああ、そうですわね」

「どうすればよいのか、まったくわかりませんわ」ミス・ミルレーはいった。

エッグが驚いた顔になると、ミス・ミルレーは少し顔を赤らめた。

「ミセス・バビントンに手紙を書きたいのですが」ミス・ミルレーは早口でいった。「でも、それは違うかしら、あまりにも――ええ、あまりにも……どうしたらいいのか、わかりません」

なぜだかエッグは、その言葉に腑に落ちないものを感じた。

8　女優、アンジェラ・サトクリッフ

「で、いらしたのは、友人として、それとも探偵として？　はっきりさせていただかないと」

ミス・サトクリッフはからかうように目を光らせた。背もたれの真っすぐな椅子に脚を組んですわった彼女に、サタースウェイトは見とれていた。銀髪はよく似合うヘアスタイルにまとめられ、足はきれいに靴に収まり、ほっそりした足首も完璧だ。ミス・サトクリッフは何事につけめったに深刻な対応をしないところが、魅力だった。

「おっしゃいますな」サタースウェイトがいった。

「まあ、あなた、当然でしょう。フランス人じゃあるまいし、わたしの美しい瞳を見たくて来たとでもおっしゃるの？　それとも、あなたはいやな男で、殺人事件についてわたしにしつこく質問して情報を聞き出すためにいらしたの？」

「美しい瞳を見にきたに決まっているではありませんか。それを疑うのですか？」サタースウェイトは軽くお辞儀をして訊いた。

「ええ、そうよ」女優は勢いよくいった。「あなたはとても穏やかに見えるくせに、血を見てよろこぶような輩《やから》のひとりですもの」

「とんでもない」

「いいえ、そうよ。ただ、わたしとしても、殺人の容疑者と見なされるのが、侮辱ととるべきか、賛辞ととるべきかわからないのだけど。だいたいにおいて、賛辞のほうかしらね」

そして首を少し傾けて、笑顔を見せた。そのゆっくりと微笑むさまには、すべての人間が魅了されるだろう。

サタースウェイトはひそかに思った。

〝魅力的な女性だ〟

しかし、実際にはこういった。「サー・バーソロミュー・ストレンジの死に、かなり関心を持っていることは認めますよ。前にも――ご存じでしょうかねえ――そのような事件の解決にちょっとかかわったことがあって……」

ミス・サトクリッフが彼の活動について多少とも知っていることを願い、彼はそこで間をおいた。

しかし彼女はこう訊いただけだった。

「ひとつ教えてくださいな――あの娘のいったことには何か根拠があるの？」

「どの娘のことですか？　いったこととはなんです？」

「リットン・ゴアという娘よ。チャールズにすっかりのぼせてる娘。チャールズはまったく恥知らずね――でも彼ならやりかねない！　あの娘はコーンウォールのあのお年寄りの牧師も殺されたと思っているんでしょう」

「あなたはどう思いますか？」

「そうねえ、情況は確かにまったく同じようだったし……あの娘は聡明そうだし。ねえ、教えて――チャールズは本気なの？」

「その問題については、あなたの見解のほうが、わたしのよりも、はるかに価値があると思いますよ」サタースウェイトはいった。

「あなたときたら、なんとまあ、うんざりするほど慎重なかたなのね」ミス・サトクリッフは嘆くようにいった。「一方、わたしは」――彼女はため息をついた――「慎重とは無縁で……」

そして彼にぱちぱちとまばたきして見せた。

「チャールズのことはかなりよく知っているわ。というか、男性というものをかなりよく知っているつもり。彼は身を固めようとしている男の兆候がばっちり表われているわ。徳のある顔つきになってしまって。家庭を築き、あっという間に教会で募金の手伝いをしはじめるようになりそうね――それがわたしの見解よ。男は身を固める決心をすると、ほんとにつまらなくなるわ！　魅力をすっかり失くしてしまうんですもの」

「チャールズはなぜ一度も結婚をしなかったのだろう、とよく不思議に思ったものですがね」サタースウェイトはいった。

「あら、あなた、あの人が結婚したがる様子を見せたことは一度もなかったわ。いわゆる結婚に向かないタイプなのよね。でもひじょうに魅力的な人だったわ……」彼女はため息をついた。そしてサタースウェイトを見ながら、かすかにきらりと目を光らせた。

「彼とわたしは、かつて――まあね、誰もが知っていることを否定しなくてもいいわね？　つきあっていたときは、とても楽しかったし……いまでも最高の友達よ。あのリットン・ゴアという娘がわたしをすごい目でにらむのはそのせいなのでしょうね。あの娘は、わたしがいまだにチャールズに気があるのではないかと疑っているわ。気があるかって？　たぶんね。でもとにかく、わたしはまだ友人たちの大半と違って、自分の恋の遍歴を詳細に描写する回想録を書いていないけれど、もし書いたとしたら、あの娘はそれを読んで、むくれるでしょうね。きっとショックを受けるわ。近ごろの娘はたやすくショックを受けるから。あの娘の母親なら、ショックなど受けないはずよ。ヴィクトリア中期のおしとやかな女性たちにショックを与えるなんて、できないことですもの。彼女たちは口には出さないけれど、いつでも最悪の場合を考えているから……」

サタースウェイトはこういうだけに甘んじた。

「エッグ・リットン・ゴアがあなたに不信感を抱いているという想像は、あながち間違ってはいませんな」

ミス・サトクリッフは眉をひそめた。

「わたしも彼女に少しも嫉妬心を抱いていないとはいいきれない……わたしたち女というのは、猫みたいなところがあるでしょう？ ひっかいて、ひっかいて、ニャーニャー鳴いて、喉をゴロゴロ鳴らして……」

彼女は笑った。

「どうしてチャールズがここへ来て、あれこれ細かく訊く役目を受けなかったのかしら？ 思いやりがありすぎるんでしょうね。わたしが有罪だと思っているに違いないわ……わたしは有罪かしら、サタースウェイトさん？ どうお思い？」

彼女は立ち上がり、片手を突き出した。

「アラビアの香水すべてをもってしても、この小さな手を清めることはできない——」

彼女は急にやめた。

「だめ、マクベス夫人はわたしの役ではないわ。わたしはコメディ向きなの」

「動機もなさそうですな」サタースウェイトがいった。

「そのとおりよ。バーソロミュー・ストレンジのことは好きだったわ。わたしたちは友達だった。彼を殺したいと思う理由はないわ。むしろ、友達として彼を殺した犯人を見つけ出すのに積極的な役割を果たしたいくらい。何か手伝えるかしら」

「それでは、ミス・サトクリッフ、何かこの犯罪に関係あるかもしれないことを見たり聞いたりしてませんか？」

「警察に話したこと以上には、何もないわ。ハウスパーティーの客たちは着いたばかりでしたからね。そして彼が亡くなったのは最初の夜だったし」

「執事は？」

「ほとんど記憶にないわ」

「客たちに何か特異な行動は？」

「いいえ、何も。もちろん、あの青年——名前はなんでしたっけ？　マンダーズ青年の登場は思いがけないことだったけれど」

「バーソロミュー・ストレンジは驚いてましたか？」

「ええ、そうだと思うわ。ディナーの席に着く直前に、奇妙な事故だといってたわ。『新手の押しかけ客《ゲート・クラッシュ》だな。ただし、彼がクラッシュしたのは、うちの門《ゲート》ではなくて塀だが』といってたわ」

「バーソロミューさんは機嫌がよかったのですね？」

「それはもう上機嫌！」

「あなたが警察に伝えた、秘密の通路についてはどうです？」

「入り口は書庫にあると思うわ。バーソロミューは、見せてくれると約束したのよ——でももちろん、気の毒に、その前に亡くなってしまって」

「どういういきさつでその話題が出たのですか？」

「彼が買ったばかりのクルミ材の引き出し付き書き物机のことをあれこれ話していたときにね、それには秘密の隠し引き出しはあるのって、わたしが訊いたのよ。秘密の引き出しが大好きだって話したの。じつをいうと、わたしはそういうものに夢中になっちゃうのって。すると彼がいったの。『いや、わたしの知るかぎり秘密の引き出しはないよ——でも、この家には秘密の通路がある』」

「彼は自分の患者、ミセス・ド・ラッシュブリッジャーという人のことはいいませんでしたか？」

「いいえ」

「ギリングという場所を知っていますか、ケントにあるんですが？」

「ギリング？　ギリングね、いいえ、知らないと思うわ。なぜなの？」

「ええと、バビントンさんとは以前からお知り合いでしたね？」

「バビントンさんて、どなた？」

「亡くなった、というか殺された男性、〈カラスの巣〉で」

「ああ、あの牧師さんね。名前を忘れていたわ。いいえ、あの前に会ったことはないわ。わたしと彼が知り合いだなんて、誰が話したの？」

「誰だか知ってるはずの人が」サタースウェイトは大胆にいった。

ミス・サトクリッフはおもしろがっているようだ。

「まあ、あのおじいちゃんったら、わたしが彼と恋愛関係にあったと思う人がいるの？ たしかに大執事（主教を補佐し、教会教区司祭を管理する）でさえとても下劣になることもあるものね？ 教区牧師がそういうこと考えてもおかしくはないでしょうね？ それで馘になる人もいるわよ、そりゃ。でも、お気の毒なおじいさんの思い出をはっきりさせてもらうわ。あれ以前には一度も会ったことはないわ」

そういわれてしまったら、サタースウェイトはそれで満足する他になかった。

9　ミュリエル・ウィルズ

トゥーティングのアッパー・キャスカート通り五番地の家は、まったく風刺の効いた劇作家の家らしくなかった。チャールズが案内された部屋の壁はかなりくすんだベージュ色で、天井際にぐるりと金鎖の模様の帯状の壁紙が貼ってある。カーテンはバラ色のビロード、たくさんの写真と陶磁器の犬の置物があり、電話器は貴婦人人形のたっぷりとギャザーを寄せたスカートの陰にひっそりと隠され、いくつもの小テーブルがあり、実際はバーミンガム産ながらインド経由で入ってきた怪しげな真鍮製品がいくつか置かれていた。

ミス・ウィルズはあまりに静かに部屋に入ってきたので、ソファに寝そべっている滑稽なほどひょろ長いピエロ人形に気を取られていたチャールズには、彼女の足音が聞こえなかった。「こんにちは、チャールズさん。ほんとによくいらっしゃいました」という彼女のか細い声に、彼はくるりと振り向いた。

よれよれのジャンパースーツが、ミス・ウィルズの痩せぎすの身体を侘しげに包んでいる。ストッキングには少ししわが寄り、エナメルの部屋履きはヒールがたいそう高かった。

チャールズは握手をして、すすめられたたばこを受け取り、ソファのピエロ人形のわきに腰をおろした。ミス・ウィルズは彼の向かい側にすわった。窓から射しこむ光で、彼女の鼻眼鏡がキラリと光った。

「ここまで足を運んでくださるとは、光栄ですわ」ミス・ウィルズはいった。「母がさぞ興奮することでしょう。お芝居が大好きですから――特にロマンチックなものが。あなたが大学生の皇太子の役をなさったあのお芝居――母は今でもよくその話をしております。母はマチネーに行って、チョコレートを食べるような――そういうタイプです。ほんとうにあの芝居が大好きですの」

「それはなんともうれしいことだ」チャールズはいった。「おわかりにならないかもしれないが、覚えていてもらえるのはほんとうにありがたい。世間ではなんでもすぐに忘れられてしまうから！」彼はため息をついた。

「あなたにお会いしたら、母はきっと興奮に震えますわ」ミス・ウィルズはいった。「先日、ミス・サトクリッフがいらした際も、母は興奮に震えておりましたもの」

「アンジェラがここに？」

「ええ。彼女はもうすぐわたしが書いた芝居をやりますの。《子犬が笑った》を」

「もちろん」チャールズはいった。「それについて読みましたよ。かなり興味をそそる題名だ」

「そういっていただけて、とてもうれしいですわ。ミス・サトクリッフにも気に入っていただけました。現代版の童謡とでも申し上げましょうか――ナンセンスにあふれています。ヘイ、突っ突け、突っ突け、お皿ちゃんとスプーン君のスキャンダル、みたいな。もちろんそれがミス・サトクリッフの役を中心に展開して――みんなが彼女の吹くほらに踊らされてしまう――そういう趣向です」

チャールズがいった。

「いいね。近ごろの世の中は、むしろ狂った童謡みたいなものだからね。そして、子犬がそのようなふざけた様子を見て笑う、そういうことかな？」そしてはっと思いついた。〝もちろん小犬とはこの女自身のことなんだ。傍観して笑っている――〟

ミス・ウィルズの鼻眼鏡から陽光がそれると、その向こうから彼を見ている理知的な青い目が見えた。

〝この女には、ちょっと悪魔じみたユーモア感覚がある〟とチャールズは思った。

そして次のことを、声に出していった。

「ぼくがここになんの用事で来たのか、あてられるかな？」

「そうですね」ミス・ウィルズはいたずらっぽくいった。「この哀れで愚かなわたしに会うためだけにおいでになられたとは思いませんけど」

チャールズは一瞬、話し言葉と書き言葉の違いを考えた。紙に書かれたミス・ウィルズの言葉は皮肉っぽいが、話し言葉はそつがない。

「そもそもいいだしたのは、じつはサタースウェイトでね」チャールズはいった。「彼は性格判断の達人だとうぬぼれているから」

「人間観察にかけては、鋭いかたですわ」ミス・ウィルズはいった。「まあ、趣味といってもいいかもしれません」

「そして彼はメルフォート・アビーでのあの晩に、何か注目に値することがあったのなら、あなたならそれに気づいたはずだといっているのですが」

「あのかたがそういったのですか？」

「そう」

「ええ、とても関心がありましたわ、それは認めます」ミス・ウィルズはゆっくりといった。「だって、目の前で殺人事件が起きたなんてこと、それまでありませんでしたから。作家というのはなんでも参考にしなければならないものでしょう？」

「確かにそれは原則だね」

「それで当然ながら、できるだけあらゆることに目を配ろうとしました」ミス・ウィルズはいった。

これは明らかにベアトリスのいう〝うろうろ嗅ぎまわる〟のミス・ウィルズ的解釈だ。

「客たちについて？」

「客たちについてです」

「それで、ずばり何に気づいたのかな？」

鼻眼鏡が少しずれた。

「これといって発見はひとつも――あれば、もちろん警察に話しています」彼女は殊勝なことをいった。

「でも、気がついたことはあった」

「わたしはいつでも、いろいろなことに気づきますから。つい気づいてしまうのです。わたしは、そんなふうに変わっているんですよ」彼女はくすくす笑った。

「で、あの晩は何に気づいたのです？」

「いいえ、何も――それはつまり――取り上げるほどのことは何もなかったということですの、チャールズさん。人々の性格について、つまらないことをちょっとだけ。人間というのはとても興味深いですから。なんというか、とっても典型的ですもの」

「誰がです？」

「みなさんがですわ。あら、説明できませんわ。とても口下手なので」

彼女はまたくすくす笑った。

「あなたは話すより、書くほうが、毒があるな」チャールズは微笑んでいった。

「そういうお言葉は、あまりうれしくありませんわ、チャールズさん」

「ミス・ウィルズ、あなたはペンを手にすると情け容赦がなくなる、そうでしょうが」

「まあ、ひどい、チャールズさん。あなたこそ、わたしに対して情け容赦ないですわ」

〝こんなことをいいあっていても仕方ない〟彼は自分にこういいきかせて、彼女にいった。

「それで、具体的なことは何も見つからなかったんだね、ミス・ウィルズ?」

「ええ――まったくなかったわけではありませんが。少なくとも、ひとつはありました。気づいたと警察に話すべきだったんですけど、つい忘れてしまって」

「どんなことだろう?」

「執事のことです。彼の左手首にイチゴ色の痣がありました。野菜を皿に盛り分けてくれたとき、気づいたのです。それって、役立つかもしれない類いのことだと思いますけど」

「いかにも、きっと役に立つ。警察はあのエリスという男の跡をたどって見つけ出そうと、躍起になっているからね。まったく、ミス・ウィルズ、あなたはまことに非凡な女性だ。使用人や客たちの誰ひとりとして、その痣に気づいた者はいなかった」

「ちゃんと自分の目を使っている人って、そういないものですよね？」ミス・ウィルズがいった。

「それは正確にはどこにあったのかな？　大きさはどのくらい？」

「ちょっと手首を貸していただけますか――」チャールズが腕をのばした。「ありがとうございます。ここでしたわ」ミス・ウィルズはそこに指をぴたりと当てた。「大きさは、およそ、六ペンス白銅貨ぐらいで、オーストラリアみたいな形をしていました」

「ありがとう、ひじょうにはっきりしているな」チャールズは、腕を引っ込め、カフスをもとにもどした。

「手紙を書いて、警察に知らせるべきだと思いますか？」

「当然だろうね。その男を追跡するうえで、ひじょうに貴重な手掛かりとなるかもしれない。いやあ、まったく」チャールズは感慨深げにつづけた。「探偵小説では、悪党には痣みたいな特徴が必ずあるのに。現実の生活のほうが嘆かわしいほど遅れていると、受け入れがたいものがあると思っていたんだ」

「小説では、ふつうは傷痕ですよね」ミス・ウィルズは考え込んでいった。

「痣も役に立つとも」チャールズはいった。

彼は子供みたいにうれしくなった。

「困ったことに」彼はつづけた。「たいていの人はひじょうに漠然としていて、記憶するような特徴がある人はそういないものだからね」

ミス・ウィルズは問いたげな顔で彼を見た。

「たとえば、バビントン牧師だけど」チャールズはつづけた。「彼の性格は奇妙なほど特徴がなく、つかみどころがなかった」

「牧師さんの手はひじょうに特徴がありましたわ」ミス・ウィルズがいった。「学者の手と呼びましょうか。関節炎のために少し曲がっていましたが、ひじょうに優雅な指で、きれいな爪をしてました」

「なんとも鋭く観察するんだな。ああ、でも――もちろん、彼のことは以前から知っているんだったね」

「バビントンさんを、わたしが？」

「ええ、彼がそういっていた――どこで知り合ったといっていたかな？」

ミス・ウィルズはきっぱりと首を振った。

「わたしではありませんわ。あなたはきっと他の誰かと混同しているのです――あるいは彼が混同したのか。前にあのかたとお会いしたことは、一度もありません」

「そんなことはないはずだよ。確か——ギリングで——」

チャールズは鋭い視線を向けた。ミス・ウィルズはまったく冷静に見えた。

「いいえ」彼女はいった。

「ミス・ウィルズ、彼も殺されたのかもしれないとは考えたことはない？」

「あなたとミス・リットン・ゴアがそう考えているのは知っています。というより、あなたがそう考えていることは」

「ああ——ええと——その——あなたはどう思う？」

「その可能性は薄いように思いますけど」ミス・ウィルズはいった。

ミス・ウィルズが明らかにこの話題に関心がないのに少し困惑して、チャールズは別の角度から切り込むことにした。

「バーソロミューはミセス・ド・ラッシュブリッジャーという女性について何かいっていなかったかな？」

「いいえ、何も」

「療養所の患者なのだが——神経衰弱と記憶喪失の」

「記憶喪失については話していました」ミス・ウィルズはいった。「患者に催眠術をかけて、記憶をとりもどさせることができるといっていました」

「そうか？　はてな――そこに何か重要な意味があり得るだろうか？」

チャールズは眉をひそめ、考えこんだ。ミス・ウィルズは何もいわなかった。

「他には何か？　客の誰かについて、何か気づいたことは？」

ミス・ウィルズが答える前に、ほんの少し間があったように、彼には思えた。

「ありません」

「ミセス・デイカズについては？　あるいはデイカズ大尉について？　あるいはミス・サトクリッフ？　あるいはマンダーズ氏？」

チャールズは名前をひとつずつ挙げながら、じっと彼女を観察した。一度だけ、鼻眼鏡がかすかに動いたような気がしたが、確信はなかった。

「お話しできることはないと思いますわ、チャールズさん」

「それは残念！」彼は立ち上がった。「サタースウェイトもがっかりするだろうな」

「申し訳ありません」ミス・ウィルズは取り澄ましていった。

「こちらこそ、お邪魔をして申し訳ない。執筆でお忙しいのだろうに」

「じつはそうですの」

「別の芝居を？」

「ええ。じつをいうと、メルフォート・アビーのハウスパーティーに来たかたがたの何人かを使おうと思っています」

「名誉毀損問題になりませんか？」

「その心配はまったくいりませんのよ、チャールズさん、これまでの経験から、当人たちはそれが自分のことだとは決してわからないものですわ」彼女はくすくす笑った。「あなたがおっしゃったように、作者がまったく情け容赦なく書けば、誰も気づきませんわ」

「つまり」チャールズがいった。「われわれはみんな、自分自身の性格を過大評価しているので、いやというほど残酷に描かれた真実は、真実だと気づかないということ？ ぼくはまったく正しかった、ミス・ウィルズ、あなたはまったく冷酷な女性だ」

ミス・ウィルズは忍び笑いをもらした。

「あなたは心配する必要はありませんわ、チャールズさん。たいてい、女性は、男性には冷酷にはなりませんもの――特定の男性でないかぎり――冷酷になる相手は、同性だけです」

「解剖のメスでばっさり切り開く予定の不運な女性がすでにいるということですね。どの女性かな？ まあ、わかる気がする。シンシアは同性には好かれないタイプだからね」

ミス・ウィルズは無言だった。そして微笑みつづけている——まるで猫のように。

「原稿は自分で書くの、それとも口述で？」

「手書き原稿を送って、タイプで打ち直してもらっています」

「秘書を雇うべきだな」

「たぶんね。あなたのところにはまだいらっしゃるのですか、あのそつのないミス——ミス・ミルレー、でしたっけ？」

「ああ、ミス・ミルレーはまだいるよ。しばらく田舎の母親の看病をしに行っていたが、もうもどってきた。ひじょうに有能な女性だ」

「そうでしょうね。ちょっと衝動的なようだけれど」

「衝動的？　ミス・ミルレーが？」

チャールズは目を丸くした。どんなに大幅に頭を飛躍させても、ミス・ミルレーと衝動は結びつかない。

「ときどきにすぎないでしょうけれど」ミス・ウィルズはいった。

チャールズは首を振った。

「いや、ミス・ミルレーは完璧なロボットのような人だよ。では、さようなら、ミス・

ウィルズ。お邪魔して申し訳ない。それから、イチゴ色で六ペンス大のオーストラリアの形をしたもののことを警察に知らせるのをお忘れなく」

「執事の右手首の痣のことね？　ええ、忘れませんよ」

「ええ、さようなら——ああ、ちょっと——右手首？　さっきは左手首といわなかったかな」

「そうでしたか？　まあ、わたしったら」

「で、どっちなのかな？」

ミス・ウィルズは眉をひそめ、目を軽く閉じた。

「ええと。わたしはすわっていて——そして彼は——すみませんが、チャールズさん、その真鍮のお皿を、野菜のお皿のつもりで、手渡してくださいませんか？　左側から」

チャールズは悪趣味な打ち出しの真鍮の皿を指図どおりに差し出した。

「キャベツはいかがですか？」

「ありがとう」ミス・ウィルズはいった。「はっきりと思い出しましたわ。左手首でした、最初にいったように。うっかりしてしまって」

「いやいや」チャールズはいった。「右か左かまごつくことはよくあるし」

彼は三度目のさよならをいった。

彼はドアを閉めながら、振り向いた。ミス・ウィルズは彼を見送ってはいなかった。暖炉の火を見つめながら、彼に別れをいった場所にそのまま立っていた。その唇には満足げで意地悪そうな笑みが浮かんでいる。

チャールズはぎょっとした。

「あの女は何かを知っている」彼はひとりごとをいった。「何かを知っているのは確かだ。そしてそれをいわない気だ……しかしいったい何を知っているのか？」

10　オリヴァー・マンダーズ

スパイヤー＆ロス事務所で、サタースウェイトはオリヴァー・マンダーズに面会を求め、名刺を出した。

ほどなく小部屋に案内されていくと、そこではオリヴァーがデスクに向かってすわっていた。

オリヴァーが立ち上がり、ふたりは握手を交わした。

「ようこそ」彼はいった。

その声音は、こうほのめかしていた。

〝仕方なくそうはいったが、ほんとはまったくうんざりだ〟

しかしサタースウェイトはあっさりと引き下がりはしなかった。腰をおろし、もったいぶって鼻をかみ、鼻をおさえたハンカチ越しに視線を投げていった。

「今朝の新聞を見たかね？」

「新しい財政状況の記事のことですか？　確かに、ドルは――」

「ドルのことではない」サタースウェイトがいった。「人が死んだ話だ。ルーマスでの遺体掘り返しの結果だよ。バビントン牧師は毒殺されたんだ――ニコチンでね」

「ああ、それか――ええ、見ましたよ。エネルギッシュなわれらがエッグはよろこぶでしょうね。あれは殺人だとずっと主張してましたから」

「でも、きみは関心がないのかね？」

「ぼくの好みはそんな荒っぽいものじゃないですよ。結局のところ、殺人というものは――」彼は肩をすくめた。「ひじょうに粗野で、非芸術的なものですからね」

「常に非芸術的とはかぎらない」サタースウェイトはいった。

「そうですか？　まあ、そうかも知れません」

「それは殺人を犯す人物によりけりだ。たとえば、きみなら、きっとひじょうに芸術的なやりかたで人を殺すと思うがね」

「それはどうも恐縮です」オリヴァーはゆっくりした口調でいった。

「しかし率直にいうとだね、きみがでっちあげた事故、あれはいただけないな。警察も同じ考えだよ」

一瞬、沈黙が流れた――次いでペンが床に落ちた。

オリヴァーがいった。

「失礼ですが、おっしゃる意味がわかりませんが」

「メルフォート・アビーにおける、きみのあのかなり非芸術的な行動のことだ。わたしが知りたいと興味を持つのも当然だろう――いったいなぜ、あんなことをしたのかね」

また沈黙が流れ、それからオリヴァーがいった。

「警察が――ぼくを疑っているとおっしゃるんですね？」

サタースウェイトはうなずいた。

「ちょっと不自然だった、そう思わないかね？」彼は愉快そうに訊いた。「しかし、おそらく、完璧ないいわけがあるのだろうが」

「いいわけならありますよ」オリヴァーはゆっくりといった。「完璧かどうかは、わかりませんが」

「わたしに判断させてくれるかね？」

間をおいてから、オリヴァーは口を開いた。

「ぼくがあそこへ行ったのは──あのようなやりかたで行ったのは──バーソロミューさんに提案されたからです」

「なんだって？」サタースウェイトは驚いた。

「ちょっとおかしな話でしょう？　でもほんとうですよ。偽の事故を起こして、助けを求めてくるようにという手紙を受け取ったのです。その手紙には、いまは理由は書けないが、話す機会を持て次第、説明するから、と書いてありました」

「それで、説明してくれたのかね？」

「いいえ……ぼくが着いたのはディナーの直前だったので、二人きりになるチャンスがなくて。ディナーの終わりには、彼は──亡くなってしまいましたから」

オリヴァーの態度から、倦怠感は消えていた。彼は黒っぽい瞳でサタースウェイトをじっと見た。自分の言葉が引き起こす反応を注意深く観察しているようだ。

「手紙は手元にあるのかね？」

「いいえ、破いてしまいました」

「残念だな」サタースウェイトはそっけなくいった。「そして警察には何もいわなかったのだね？」

「ええ、すべてが、その——なんだか作り話めいてましたから」

「確かに作り話めいているね」

サタースウェイトは首を振った。バーソロミュー・ストレンジがそんな手紙を書くだろうか？　まったく彼らしくないように思える。このエピソードには、きちんと良識をわきまえた医者とはひじょうに不似合いなドラマ的要素がある。

サタースウェイトは青年を見上げた。オリヴァーはまだ彼をじっと見ていた。サタースウェイトは思った。〝この青年は、わたしがこの話を信じるかどうか見極めようとしているらしい〟

そしていった。「手紙にはそんな提案をした理由はまったく説明されていなかったのだね？」

「まったく、何も」

「変な話だ」

オリヴァーは無言だった。

「それでもきみはその呼び出しに応じたわけだ」

物憂げな態度がいくらかもどってきた。

「ええ、決まりきった毎日を送っているぼくにはちょっとした刺激に思えましたからね。好奇心にかられた――それは白状します」

「他にも何かあるだろう？」サタースウェイトが訊いた。

「どういう意味ですか？」

サタースウェイトは自分でもどういう意味だかわからなかった。漠然とした本能に誘われたのだ。

「つまりだね、他には何もないのかな――きみの不利になりそうなことが？」

間があいた。それからこの若い男は肩をすくめた。

「すっかり打ち明けたほうがよさそうですね。あの女は黙っていそうもないし」

サタースウェイトは問いかけるような目になった。

「殺人事件のあった翌朝のことです。アンソニー・アスターとかいう女と話していたときに、ぼくが手帳を取り出すと、何かが落ちたのです。彼女がそれをひろって、ぼくに返してくれました」

「それでその何かとは？」

「運悪く、彼女にちらりと見られてしまったのですが、それはニコチンについての新聞記事の切り抜きでした――ニコチンがどれほど致命的な毒であるかなどなど」

「どういう事情で、そのテーマに興味を持つようになったのだね？」

「興味なんか持ってませんよ。何かのときに、その切り抜きを財布に入れたに違いないのですが、そんなことをした覚えがないんです。少し厄介でしょう？」

サタースウェイトは思った。〝見え透いた話だ〟

「おそらく」オリヴァー・マンダーズはつづけた。「彼女がそれを警察に伝えたのでしょう？」

サタースウェイトは首を振った。

「いや、それはどうだろう。わたしの想像では、どうやら彼女は、自分の胸にしまっておくのが好きな女性らしい。情報をためこむ性格なのだろうね」

オリヴァー・マンダーズはぐいっと身を乗り出した。

「ぼくは潔白です、絶対に潔白です」

「きみが犯人だなんていってないよ」サタースウェイトは穏やかにいった。

「でも誰かが――誰かがそう思ったに違いない。そして警察にぼくのことをマークするように仕向けたんだ」

サタースウェイトは首を振った。

「いや、違うよ」

「だったら、なぜあなたはきょうここに来たのですか？」

「ひとつには――その――現場を調査した結果として」サタースウェイトは少しもったいぶっていった。「そしてひとつにはある示唆に基づいて――ある友人のね」

「友人って誰ですか？」

「エルキュール・ポアロ」

「あの男か！」オリヴァーは思わず叫んだ。「イギリスにもどっているんですか？」

「そうだよ」

「なぜもどってきたんです？」

サタースウェイトは立ち上がった。

「犬はなぜ猟に行くのかな？」彼は切り返した。

そして自分の言葉にかなり満足して、事務所を出た。

11　ポアロのシェリー・パーティー

I

エルキュール・ポアロは滞在中のホテル・リッツのスイートルームで心地よい肘掛け椅子にすわり、話に耳を傾けていた。

エッグは椅子の肘に腰をかけ、チャールズは暖炉の前に立ち、サタースウェイトは少し離れたところにすわって三人を眺めていた。

「ことごとく失敗だわ」エッグがいった。

ポアロはゆったりと首を振った。

「いいえ、いいえ、それはいいすぎです。バビントン氏との関連については、収穫はありませんでした――確かに。でも、他の示唆に富む情報を集めましたよ」

「あのウィルズという女は何かを知っている。それは断言できるね」チャールズはいった。

「それにデイカズ大尉もまるっきり潔白とはいえませんわ。しかもミセス・デイカズはひどくお金を必要としていたのに、バーソロミューさんは彼女が金を得るチャンスを台なしにした」

「マンダーズ青年の話はどう？」サタースウェイトが訊いた。

「奇妙だし、まったくバーソロミュー・ストレンジさんらしくないですね」

「やつは嘘をついている、と？」チャールズがぶっきらぼうに訊いた。

「嘘にもいろいろありますよ」エルキュール・ポアロはいった。

そして一、二分ほど沈黙して、こういった。

「ミス・ウィルズですが、ミス・サトクリッフのために芝居を書いたのですね？」

「ええ。初日はこんどの水曜日の晩です」

「ああ！」

彼はまた黙ってしまった。エッグがいった。

「教えてください。わたしたちはこんどは何をすればよいのですか？」

ポアロは彼女に微笑んだ。

「するべきことは、ひとつしかありません――考えるのです」

「考えるですって？」エッグはあきれて大声を出した。

ポアロは、にこやかに笑った。

「ええ、もちろん、まさにそのとおり。考えるのです！　考えることで、すべての問題が解決されます」

「何か行動できないのですか？」

「あなたは行動したい、そうなのですね、マドモアゼル？　ええ、もちろん、まだできることはあります。たとえば、このギリングという場所、バビントン氏が長年にわたり住んでいた場所ですが、そこで聞き込みをするとか。ミス・ミルレーの母親がギリングに住んでいて、病弱だそうですね。病弱な人というのは、なんでも知っています。なんでも耳に入れていて、しかも忘れないのです。彼女に質問をなさい、何かの手掛かりになるかもしれません——ことによるとね？」

「あなたは何もしないおつもり？」エッグは執拗に迫った。

ポアロは瞬きをした。

「わたしにも腰を上げろというのですか？　いいですとも。あなたの望むようにわたしも何かしましょう。ただ、わたしの場合は、ここを離れません。ここはとても居心地が良いですからね。よろしい、わたしが何をするかお話ししましょう。パーティーを開きます——シェリー・パーティーを——いまの流行じゃありませんか？」

「シェリー・パーティーですって？」

「そのとおり《プレシズモン》、そしてそれにはミセス・デイカズ、デイカズ大尉、ミス・サトクリッフ、ミス・ウィルズ、マンダーズ青年、そしてあなたの魅力的な母上に来ていただきますよ、マドモアゼル」

「そしてわたしも？」

「当然です、そしてあなたがたも。ここにいるみなさん全員が含まれています」

「まあ、すてき」エッグはいった。「さすが、ポアロさん。そのパーティーで何かが起きるのね。そういうことでしょう？」

「そのうちわかります」ポアロがいった。「でも期待しすぎてはいけません、マドモアゼル。さて、チャールズさんとふたりきりにしてもらえますか。ちょっとアドバイスをお願いしたいことがありますので」

サタースウェイトと並んでエレベーターを待っていたエッグは、うっとりといった。

「すてきだわ――まるで探偵小説みたい。登場人物が一堂に会して、それからポアロさんが『犯人はあなたです』って告げるのね」

「さあ、どうかな」サタースウェイトはいった。

II

シェリー・パーティーは月曜の夜に行なわれた。招待された客は全員が出席した。魅力的なアンジェラ・サトクリッフは、さっと出席者を見まわして、いたずらっぽく笑った。

「まさに蜘蛛の巣ね、ポアロさん。そこに、小さな蝿、つまりわたしたちがやってきた。きっと、あなたは事件をものの見事に解明し、それからぱっとわたしを指さして『汝こそ、真犯人である』というの、するとみんなが『彼女がやったんだ』と口々にいいだして、わたしは、よよと泣き崩れて白状するのよ。決め台詞は受けずにいられないんですもの。ああ、ポアロさん、わたしはあなたがとてもおそろしいわ」

「なんとまあ、よくできた筋書きですね」ポアロは声をあげた。彼はせっせとデカンタからグラスに注いでいた。そして彼女にお辞儀をしてシェリーのグラスを手渡した。

「これはささやかな懇親のパーティーです。殺人や流血惨事や毒薬の話をなさってはいけません。よろしいですか、そういうものはせっかくのシェリーの味をそこなってしまいます」

彼は、いかつい顔のミス・ミルレーにもグラスを手渡した。チャールズに同行してきた彼女は厳しい表情で立っていた。

「これでよし《ヴォワラ》」ポアロは愛想よくグラスを配り終えるといった。「わたしたちが最初に集まったときのことは忘れましょう。楽しいパーティーにしようではありませんか。食べて、飲んで、陽気になって、明日は死ぬんですから。不吉な《マルウール》、つい死などという言葉を口にしてしまいました。さあ、マダム」彼はミセス・デイカズにお辞儀をした。「あなたの幸運を願うとともに、あなたのとても魅力的なドレスを讃えることをお許しください」

「きみの健康を祝して、エッグ」チャールズがいった。

「乾杯《チエリオ》」フレディ・デイカズがいった。

出席者はそれぞれ口の中で何かいった。そのパーティーには陽気になるよう強制されている雰囲気があった。出席者は陽気で呑気に見えるように心がけていた。ポアロだけが自然に陽気に見えた。楽しそうに、とりとめなく話しはじめ……。

「シェリーですが、わたしはカクテルよりもこのほうが好きでして——それにウィスキーの千倍も好きです。ああ、じつはウィスキーは嫌いです。ウィスキーを飲むと、味覚がだめになります、絶対にだめになりますよ。フランスの繊細なワイン、それを楽しむには、決して、決して——おや、なんでしょう——?」

耳慣れぬ音がして、ポアロの言葉がさえぎられた——喉がつまったような叫び声だ。誰もがチャールズに目を向けた。立ったまま前後に揺れて、顔が痙攣している。グラスが手からカーペットに落ちる。彼は定まらぬ目つきで数歩すすみ、それから崩れるように倒れた。

一瞬、麻痺したような沈黙が流れ、それからアンジェラ・サトクリッフが悲鳴をあげ、エッグが前に飛び出した。

「チャールズ」エッグが叫んだ。「チャールズ」

彼女は無我夢中で駆け寄ろうとした。サタースウェイトが優しく彼女を引きとめた。

「ああ、神様」レディ・メアリーが叫んだ。「もうたくさん！」

アンジェラ・サトクリッフが大声でいった。

「彼も毒を盛られたのね……なんておそろしい。ああ、神様、耐えられません……」

そして、ばたっとソファに倒れ込み、すすり泣きながら、ヒステリックに笑いはじめた――苦悶に満ちた声だった。

ポアロがその場を取り仕切った。倒れた男のそばにひざまずいて状態を調べはじめ、他の人たちは後ろに下がった。彼は立ち上がると、慣れた動作でズボンの膝の埃を払い、出席者一同を見まわした。静まりかえった室内には、アンジェラ・サトクリッフの抑えたすすり泣きだけが聞こえた。

「みなさん」ポアロが口を開いた。

それ以上いわないうちに、エッグが激しい言葉を浴びせた。

「ひどい人。ばかなことばっかりいって、芝居がかった態度で！　いかにもご立派そうに、まったく偉そうにして、なんでも知ってるふりをして、格好つけて。それで挙げ句の果てがこれよ。また人が死んだわ。あなたの目の前で……何もしないでいたら、こんなことにはならなかったのに……チャールズを殺したのはあなたよ――あなたが――あなたが――あなたが……」

エッグの言葉が途切れた。それ以上、言葉が出てこなかったのだ。

ポアロは重々しく悲しげにうなずいた。

「まさしくそのとおりです、マドモアゼル。告白しましょう。チャールズさんを殺したのはわたしです。でも、マドモアゼル、わたしはひじょうに特別な種類の殺人者です。殺すこともできれば、生命を蘇らせることもできるのです」そして振り向くと、声音を変えて、申し訳なさそうないつもの口調でこういった。

「すばらしい演技でした、チャールズさん、おめでとうございます。そろそろ観客にご挨拶なさりたいのではありませんか」

俳優は笑いながら、ぱっと立ち上がり、からかうようにお辞儀をした。

エッグは大きく息をのんだ。

「ポアロさん、あなたは――あなたは人でなしよ」

「チャールズ」アンジェラ・サトクリッフは叫んだ。「あなたったら、ほんとうに悪い人なんだから……」

「でもなぜ――？」

「どうやって――？」

「いったい――？」

片手を挙げて、ポアロはみんなを黙らせた。

「紳士淑女のみなさん。どうかお許しください。このちょっとした茶番劇は、わたしの理性が真実であると告げているある事実を、みなさんに証明し、同時にわたし自身にも証明するために必要だったのです。

よろしいですか。このグラスをのせたトレイの上で、わたしはひとつのグラスにスプーン一杯の水を入れました。その水は純粋ニコチンの代わりです。使用したグラスはチャールズ・カートライトさんとバーソロミュー・ストレンジさんが所有しているものと同じ種類です。重たいカットグラスのため、少量の無色の液体が入っても気づかれない。

次に、バーソロミュー・ストレンジさんのポートワイン・グラスを想像してください。それがテーブルの上に置かれたあとで、誰かが充分な分量の純粋ニコチンを混入しました。それは誰にでもできたでしょう。執事、接客係のメイド、あるいは、階下へ行く途中でダイニングルームにそっと入りこんだ客のひとり。デザートが運ばれ、ポートワインが持ってこられて、グラスに注がれる。バーソロミューさんがそれを飲む――そして死ぬ。今晩、この悲劇の第三幕目を演じてみました――模擬殺人を。わたしはチャールズさんに被害者の役を演じるように頼みました。見事な演技でした。さて、ここでちょっと、これが茶番でなく本物だったと想定してください。チャールズさんは死んでいます。警察はどのような手順を踏むでしょうか？」

ミス・サトクリッフが叫んだ。

「あら、グラスよ、もちろん」彼女はチャールズの手から落ちたまま床にあるグラスに向かってうなずいた。「あなたは水を入れただけだったけれど、もしそれがニコチンだったら――」

「それがニコチンだったと想定しましょう」ポアロは爪先でそっとグラスに触れた。「警察がグラスを分析し、ニコチンの痕跡が検出されるというのが、あなたの意見ですね？」

「そのとおりよ」

ポアロは穏やかに首を振った。

「あなたは間違っています。ニコチンは見つかりません」

一同は目を見張った。

「いいですか」彼は微笑んだ。「それはチャールズさんが飲んだグラスではないのです」そして申し訳なさそうな笑みを浮かべると、コートのポケットからグラスを取り出した。「これが彼の飲んだグラスです」

彼はつづけた。

「つまり、単純な手品のトリックを使ったのです。人は二カ所に同時に注意を向けることはできません。したがって手品を行なうためには、人の注意を他に集中させ、一瞬を、心理的な一瞬をとらえるのです。チャールズさんが倒れ——死ぬ。その一瞬は室内のすべての視線が彼の遺体に向けられます。誰もが彼に近づこうと、前方に押し寄せて、誰ひとり、まったく誰ひとりとして、エルキュール・ポアロには目をくれない。その瞬間に、わたしはグラスを取り替える。誰も気づかない……。

おわかりですね。わたしの主張は証明されましたよ……〈カラスの巣〉でそのような瞬間があり、メルフォート・アビーでもそのような瞬間がありました。いずれの場合も、カクテルグラスからも、ポートワイン・グラスからも何も検出されなかった……」

エッグが叫んだ。

「取り替えたのは、誰？」

彼女のほうに向いて、ポアロが答えた。

「それを見つけるのは、これからですよ……」

「え、わかっていないんですか？」

ポアロは肩をすくめた。

納得できない様子のまま、客たちは帰る気配を見せはじめた。彼らの態度は少しばかり冷ややかだった。ひどくばかにされたと感じたのだ。

ポアロは手を上げて、引きとめた。

「ちょっとだけ、お待ちいただけますか。あとひとつだけ、お話ししなければならないことがあります。今夜のことは、ご存じのように、茶番です。しかし同じ筋書きが、冗談抜きで演じられるかもしれないのです——悲劇になりかねません。条件が整いますとね、殺人犯はほんとうに三度目の悲劇を上演するかもしれない……ですから、ここにご出席のみなさんに申し上げます。もしも何かをご存じのかたがいらっしゃいましたら——この犯罪となんらかの関係があるかもしれないことをご存じのかたがいらしたら、この場でお話しください、ぜひともお願いします。この際、情報を独り占めするのは、危険です。ひじょうに危険で、黙っていた結果として死ぬことになるかもしれないのです。ですから、もう一度、お願いします——もし何かをご存じでしたら、いま、話していただきたい……」

チャールズは、ポアロは特にミス・ウィルズに対して訴えているのだなと思った。もしそうだとしても、この試みは成功しなかった。誰も話さず、答えもしなかった。

ポアロはため息をついた。そして手をおろした。

「よろしいでしょう。警告はしましたよ。それ以上のことはわたしにはできません。覚えていてください、黙っているのは危険ですよ……」

しかしそれでも誰も何もいわなかった。

気詰まりな様子で客たちは帰っていった。

エッグ、チャールズ、サタースウェイトが残された。

エッグはまだポアロを許していなかった。じっとすわったまま、頬を紅潮させ、怒りに燃える目で彼をにらみつけていた。チャールズのことを見ようともしない。

「いやあ、あっぱれ、よくできた種明かしでしたよ、ポアロさん」チャールズは敬服していった。

「ああ驚いた」サタースウェイトはくすくす笑いながらいった。「あなたがすり替えたのに気づかなかったとは、自分でも信じられませんな」

「だから、実験をしたのです」ポアロはいった。「ただ話しただけでは、どなたにも信じてもらえなかったでしょうからね。そして実験するには、こういう方法しかありませんでした」

「それだけの理由でこれを計画したのですかな——気づかれずにできるかどうかを見るためだけに？」

「まあ、そうともいえません。目的はもうひとつありました」

「それは？」

「チャールズさんが倒れて死んだときに、ある人物の表情を観察したかったのです」

「どの人の？」エッグが鋭くいった。

「ああ、それは秘密です」

「その人物の表情を、確かに観察したんですね？」サタースウェイトが訊いた。

「はい」

「それで？」

ポアロは答えなかった。たんに首を振っただけだ。

「何を見たんです？　教えてくださいよ」

ポアロはゆっくりといった。

「そこには極度の驚きの表情が……」

エッグははっと息をのんだ。

「つまり、誰が殺人犯か、知っていらっしゃるのね？」彼女はいった。

「よろしければ、そのように解釈していただいてもかまいませんよ、マドモアゼル」

「でもそれなら――でもそれなら――あなたは何もかも知っているのですね？」

ポアロは首を振った。

「いいえ。それどころか、まったく何も知りません。というのは、スティーヴン・バビントン牧師がどうして殺害されたのかわからないからです。証明する方法がひとつとしてないことは、何もわからないのと同じです……ここですべてがそれにかかっています――スティーヴン・バビントン氏殺害の動機に……」

ドアがノックされて、電報をトレイにのせたボーイが入ってきた。

ポアロは電報を開けた。彼の表情が変わった。そしてその電報をチャールズにわたした。チャールズの肩越しに身を乗り出して、エッグがそれを声に出して読んだ。

「すぐに来られたし。バーソロミュー・ストレンジの死に関する貴重な情報あり――マーガレット・ラッシュブリッジャー」

「ミセス・ド・ラッシュブリッジャー！」チャールズが叫んだ。「にらんだとおりだ。彼女はこの事件と関係があるんだ」

12 ギリングにて

I

話し合いはたちまち活気づき、具体的な予定が立てられた。彼らは時刻表を検討し、車で行くよりも、早朝の列車で行くほうがよいと決めた。

「ついに、この謎の一部が解かれる時が来た」チャールズがいった。

「どんなミステリーが明らかにされるのかしら？」エッグが訊いた。

「想像もつかない。しかし、バビントン事件になんらかの光が見えてくるはずだ。もしトリーがあのメンバーを意図的に呼び集めたのなら——ぼくの勘では、きっとそうだが——あいつがみんなに話していた〝驚くこと〟とは、このラッシュブリッジャーという女性に関することだろう。この点はまず間違いないと思うが、どうです、ポアロさん？」

ポアロは当惑した様子で首を振った。

「この電報で、事件は複雑になりましたね」彼はつぶやいた。「とにかく、急がねばなりません――事は急を要します」

サタースウェイトはどうしてそんなに急ぐ必要があるのかわからなかったが、探偵を立てて同意した。

「わかりました、明日の朝の始発列車で行くとしよう。ただ――その、全員で行く必要があるかな？」

「チャールズさんとわたしはギリングまで行く予定でしたわ」エッグがいった。

「それは延期できる」チャールズがいった。

「延期すべきでないと思います」エッグがいった。「四人そろってヨークシャーへ行く必要はないんですもの。そんなに大勢で押しかけるなんて、ばかげています。ヨークシャーにはポアロさんとサタースウェイトさんに行ってもらって、チャールズさんとわたしは予定どおりギリングへ行ってはどうかしら」

「ぼくはむしろ、このラッシュブリッジャーの件を調べたいな」チャールズがいささか残念そうにいった。「ほら、その、前に婦長と話したのはぼくだったし――いわば、足掛かりを得た当人だからね」

「だからこそ、あなたは近寄らないほうがいいと思います」エッグがいった。「そのときにたくさん嘘をついているわけですもの。ラッシュブリッジャーという女性が正気をとりもどしたとなると、あなたが大嘘つきなのが暴かれてしまいます。ギリングへ行くほうが、ずっと重要ですわ。ミス・ミルレーのお母様に会って話を聞きたいのなら、あなたが行くしかありません。他の誰より、あなたには心を開いてくれるはずです。娘の雇い主ですもの、あなたのことは無条件で信頼するに決まっています」

チャールズはエッグの上気した真剣そのものの顔をのぞき込んだ。

「ギリングへ行くことにするよ。きみのいうとおりかもしれないしね」彼はいった。

「かもしれないじゃなくて、絶対ですわ」エッグはいった。

「わたしの意見でも、それはすばらしい結論です」ポアロは元気よくいった。「マドモアゼルのいうとおり、ミセス・ミルレーに会って話を聞くのに、あなたほどふさわしい人はいませんよ、チャールズさん。ことによると、彼女の話から、ヨークシャーでわたしたちが知るよりもっと重要な事実がわかるかもしれません」

この方針にそっていろいろ手配がなされ、翌朝九時四十五分に、チャールズは車でエッグをひろった。ポアロとサタースウェイトはすでに列車でロンドンを出発していた。

快い爽やかな朝で、空気は少し冷たい。テムズ川の南に詳しいチャールズが次々に近道を選びながら、細い道を曲がっていく隣で、エッグは次第に胸が高なるのを感じていた。

やがて車は、幹線道路のフォークストーン・ロードをなめらかに疾走しはじめた。メイドストーンを通り抜けると、チャールズは地図を調べて、幹線道路からそれ、くねくねと曲がる田舎道に入った。十一時四十五分ごろに、彼らはやっと目的地に着いた。ギリングは世間から取り残された村だった。この村には古い教会と牧師館、二、三軒の店、一並びのコテージ、三、四軒の新しい低所得者用公営住宅、そして魅力的な草地があった。

ミス・ミルレーの母親は、草地をはさんで教会と反対側にある小さな家に住んでいた。

車が停まると、エッグが訊いた。

「ミス・ミルレーはあなたがお母さんに会いに行くのを知っているのですか?」

「ああ。そのつもりでいるようにと母親に手紙を書いてくれたよ」

「それでよかったと思う?」

「おや、きみ、いけないのかい?」

「あら、わからないけど……でも、彼女をいっしょに連れてこなかったから」

「じつはね、彼女がいっしょだと、ぼくは窮屈なんだ。彼女はぼくよりずっと有能だからね——ぼくの台詞を先回りしていちいち教えてくれかねない」

エッグは笑った。

ミセス・ミルレーは、ほとんど滑稽なくらい娘と似ていなかった。ミス・ミルレーはいかめしいのに、母親は柔和で、ミス・ミルレーが骨張った感じなのに、母親は丸々としていた。巨大な団子《だんご》のように白くてぷよぷよしたミセス・ミルレーは、窓際に置かれた肘掛け椅子におさまっていた。外の世界で起きていることを眺めるのにちょうど良い場所だ。

彼らの来訪がうれしいらしく、興奮している。

「ほんとによくおいでくださいました、チャールズ様。うちのヴァイオレットから、あなた様のことはいろいろ聞いております」ヴァイオレットとは！　ミス・ミルレーにはひどく不似合いな名前だ、と、チャールズは思った。「あの娘がどれほどあなた様を称賛しているか、ご存じないと思いますけれど、この何年間かずっと、あなた様のところで働くのが楽しくてたまらないようでございます。どうぞおすわりください、ミス・リットン・ゴア？　申し訳ないのですが、わたしは立てないのです。もう長いこと足が使えなくなっていまして。神様の御心ですから、文句はいいますまい——人は何事にも慣れますし。車に乗ってらしたのですもの、喉がかわいていらっしゃるでしょう？」

チャールズとエッグはふたりとも、おかまいなくといったが、ミセス・ミルレーは気にもとめなかった。彼女が東洋風に手をポンポンとたたくと、お茶とビスケットが運ばれてきた。三人で食べたり飲んだりしながら、チャールズは訪問の目的に触れた。

「もう聞いていると思いますが、ミルレーさん、以前ここで教区牧師をしていたバビントン氏が悲劇的な死を遂げられたのです」

団子のような女は、大きくうなずいた。

「ええ、存じてます。遺体を掘り返したことも新聞で読みました。それでも、あのかたが毒殺されたなんて、とても信じられません。ひじょうによい人でしたから。ここでは誰にでも好かれていました——そして奥さんも、子供さんたちも」

「まったくもって不可解だ」チャールズがいった。「われわれはすっかり壁にぶち当たってしまってね。じつをいうと、あなたなら、この事件の手掛かりになるようなことを知っているのではないかと思ったわけです」

「わたしが？　でもバビントン夫妻には、かれこれ十五年以上も会っていないんですよ」

「ええ、でも、何か彼の死を説明するものが過去にあるかもしれないと思ってね」

「まったく何も思いつきませんわ。あの夫妻はとても静かな生活をしていました。お気の毒にひじょうに貧しくて——子供が大勢いましたからね」

ミセス・ミルレーはいとわずに過去に思いを巡らしたが、いくらそうしても、ふたりが解決したいと思っていた問いに関して希望の光を射す事実は思い出せなかった。

チャールズはデイカズ夫妻の写っているスナップ写真の引き伸ばしを見せた。それに若いころのアンジェラ・サトクリッフのスタジオ写真、そして新聞から切り抜いたややぼやけたミス・ウィルズの顔写真を見せた。ミセス・ミルレーはそのすべてを、ひじょうに興味をもってしげしげと見たが、見覚えのある様子はまったく見せなかった。

「この中には、見覚えのある人はおりません——ずっと昔のことにしても。ここは小さな村ですからね。人の出入りはあまりありません。そのころのお医者様のアグニュー家の娘さんたちはみんな結婚して、ここから出ていき、新しいお医者様は独身です。最近、若い助手が来ましたよ。それから、古い人では、ミス・ケイリーズがいました——いつもあの大信徒席にすわっていましたっけ。でも、みなさん、何年も前に亡くなりましたからねえ。そしてリチャードソン夫妻ですか——ご主人は亡くなられて、奥さんはウェールズへ行きましたよ。それから、他にも村の人たちが、もちろんいますけど。でもここではあまり変化がありません。わたしがお話しできることは、ヴァイオレットでも同じ程度にお話しできることばかりです。あの娘は子供の時に、牧師館へたびたび行っていましたからね」

チャールズは若いミス・ミルレーを思い描こうとしたが、うまくいかなかった。

彼はミセス・ミルレーに、ラッシュブリッジャーという名前に少しでも聞き覚えがあるかどうか訊いたが、なんの反応も引き出せなかった。

ついにふたりは引きあげた。

ふたりは、パン屋で軽食をとることにした。チャールズはどこか別の店で御馳走を食べたいと強く願ったのだが、エッグが何か地元の噂話を聞きこめるかもしれないと指摘したからだ。

「それに一食ぐらい茹で卵とスコーンにしても害にはならないでしょう」彼女は厳しくいった。「男の人はほんとに食べる物にうるさいんだから」

「卵《エッグ》と聞くと、胸がうずくのでね」チャールズは、穏やかに応じた。

ふたりの注文をきいた女性はひじょうに話し好きだった。彼女も新聞で遺体掘り返しについて読んでいて、それが〝昔なじみの教区牧師〟であったために興奮していた。

「あのころは子供でしたけど」彼女は説明した。「でも牧師さんのことは覚えていま す」

しかし、彼について、ふたりに教えられることはあまりなかった。

昼食のあと、ふたりは教会へ行き、出生・結婚・死亡の記録を調べた。ここでも有望なものや、示唆に富むものは何も見つけられなかった。

ふたりは教会の墓地へ入っていき、そこをぶらぶらと歩いた。エッグが墓石の名前を読みあげた。

「なんて奇妙な名前があるのかしら」彼女はいった。「聞いて、ここにはステイヴペニー家の全員が眠っていて、こっちにはメアリー・アン・スティックルパスが眠っているわ」

「どれもぼくのほど奇妙じゃないよ」チャールズがつぶやいた。

「カートライトが？　奇妙な名前だとは、ちっとも思いませんけど」

「カートライトのことじゃないよ。カートライトはぼくの芸名で、やっと合法的に本名になったばかりだ」

「本名はなんというのですか？」

「とてもじゃないけど、いえないな。ぼくの後ろめたい秘密だから」

「そんなにひどいの？」

「ひどいというより、滑稽」

「まあ――教えて」

「絶対だめだ」チャールズがきっぱりといった。

「お願い」

「だめだ」

「どうして？」

「きみが笑うから」

「笑いません」

「笑わずにいられなくなるよ」

「まあ、お願いだから教えて。お願い、お願い、お願い」

「ずいぶんしつこいんだね、エッグ。なぜそんなに知りたいんだ？」

「教えてくれないからです」

「しょうのない子だ」そういったチャールズの声はかすかにかすれていた。

「わたしは子供じゃありません」

「そうかな？　さあ、どうだろう」

「教えて」エッグは優しく小声でいった。

チャールズは口をゆがめて、嘆かわしげな笑みを浮かべた。

「よし、わかった。教えるよ。父の名前はマグ（間抜け）だった」

「まさか？」

「ほんとにほんとだ」

「まあ」エッグはいった。「それはちょっとつらいかも、一生ずっとマグでとおすとなると——」

「俳優として、あまり出世をしそうもない名だろう、そうだよ。いまでも覚えているけれど」チャールズは遠くを見るような目つきになった。「若かったころはルードヴィック・カスティリオーネという名前にしようかと考えていたこともある——でも結局、イギリス風に頭韻を踏んでチャールズ・カートライトにすることにした」

「チャールズは本名ですか？」

「そうだよ、ぼくの教父と教母がつけてくれた」彼はためらい、それからいった。「チャールズって呼んでくれないかな——チャールズさん、じゃなくて」

「でも」

「昨日はできたじゃないか。あのとき——ぼくが死んだと、きみが思ったとき」

「だって、あのときは」エッグは落ち着いた声を出そうとつとめた。

チャールズが唐突にいった。「エッグ、この殺人事件はもう現実のものとは思えない。

きょうは特に絵空事のように思える。ぼくは事件を解決するつもりでいた——他の何よりも先に。縁起を担ぐとでもいうか。問題解決に成功したら——他のもうひとつのことも成功すると思ってね。ああ、まったく、なぜ遠回しにしかいえないんだろう？　舞台の上では何度も愛を語ってきたのに、現実生活では気後れがしてしまって……ねえ、ぼくなのかい、それともマンダーズなのかい、エッグ？　知りたいんだ。昨日のあのとき、ひょっとしてきみはぼくを……」

「あなたの、思ったとおりよ……」

「ぼくのすてきな天使」チャールズは叫んだ。

「チャールズ、チャールズ、教会墓地でキスなんて、だめ……」

「どこでだろうと、キスがしたいんだ……」

II

「何も見つけられなかったわね」その後、ロンドンへともどる車の中で、エッグはいった。

「とんでもない。見つけたじゃないか、見つける値打ちのある唯一のものを……死んだ牧師や死んだ医者などどうでもいい。大事なのは、きみだけだ……ねえ、いいのかい、ぼくはきみより三十も年上だ――きみはほんとにそれでかまわないのかい?」

エッグは彼の腕をそっとつねった。

「ばかなことをいわないで……他の人たちは何か見つけたかしら?」

「あいつらは勝手にすればいい」チャールズは鷹揚にいった。

「チャールズ――あんなに熱心だったのに」

チャールズはもはや名探偵の役を演じてはいなかった。

「まあ、ぼくが主役だったからね。いまはもう、口髭のポアロに主役を引き渡した。これはあの男のものだ」

「あの人はほんとうに犯人を知っているのかしら? 知っているといっていたけど」

「たぶん、なんにもわかっちゃいないだろう。でも名探偵という評判を保つ必要があるからね」

エッグは黙っていた。チャールズはいった。

「何を考えているんだい?」

「ミス・ミルレーのことを考えていたの。あなたにも話したでしょう、あの夕方、彼女の態度はとても奇妙だった。遺体掘り返しの記事の新聞を手に、どうすればいいのかわからないといったわ」

「そんなことがあるものか」チャールズは愉快そうにいった。「彼女はどんな場合も何をすべきか承知しているよ」

「まじめな話よ、チャールズ。彼女はとても悩んでいた様子だったわ」

「エッグ、愛しい人、ミス・ミルレーの悩みごとなど、ぼくはどうでもいい。きみとぼくのことで頭がいっぱいなんだ」

「路面電車に気をつけてよ」エッグはいった。「妻にもならないうちに未亡人になるのなんていやよ」

ふたりはお茶を飲むためにチャールズのマンションにもどった。ミス・ミルレーがふたりを出迎えた。

「電報がきております、チャールズ様」

「ありがとう、ミス・ミルレー」そして少年のようにはにかんだ笑顔を見せた。「ええとね、きみに伝えたいニュースがあるんだよ。ミス・リットン・ゴアとぼくはね、結婚することにしたんだ」

一瞬、間をおいて、それからミス・ミルレーがいった。

「まあ！　きっと――きっと、とてもお幸せになられますわ」

彼女の声には奇妙な響きがあった。エッグはそれに気づいたが、それが何を意味するのかつかめないうちに、チャールズ・カートライトが驚きの声をあげながら、くるりと彼女のほうに向きなおった。

「たいへんだ、エッグ、これをごらんよ。サタースウェイトからだ」

彼は電報を彼女の手に押しつけた。エッグはそれを読むと、大きく目を見開いた。

13

ミセス・ド・ラッシュブリッジャー

列車に乗る前に、エルキュール・ポアロとサタースウェイトは故バーソロミュー・ストレンジの秘書、ミス・リンドンに少し会って、話を聞いた。ミス・リンドンは快く協力してくれたが、とりたてて重要なことは何も知らなかった。ミセス・ド・ラッシュブリッジャーのカルテは、専門的なことしか書かれておらず、バーソロミューは彼女について病状以外の話をしたことはなかったという。

ふたりは十二時ごろ療養所に着いた。ドアを開けたメイドは興奮しているようで、顔が紅潮していた。サタースウェイトはまず婦長との面会を求めた。

「今はお会いできるかどうか、わかりません」メイドはおぼつかない口調でいった。

サタースウェイトは名刺を取り出し、一筆書き込んだ。

「これを婦長にわたしてくれないか」

ふたりは小さい待合室へ案内された。五分ほどでドアが開き、婦長が入ってきた。前回会ったときのきびきびした有能な女性とは別人のようだ。

サタースウェイトは立ち上がった。

「覚えておられますかな」彼はいった。「サー・バーソロミュー・ストレンジが亡くなられた直後に、サー・チャールズ・カートライトといっしょにお邪魔したのですが」

「ええ、サタースウェイトさん、もちろん、覚えております。あのとき、チャールズさんは、お気の毒なミセス・ド・ラッシュブリッジャーのことをお訊きになられました。ほんとに偶然の一致みたいに」

「こちらはエルキュール・ポアロさんです」

ポアロがお辞儀すると、婦長も返礼したが、上の空だ。彼女は言葉をつづけた。

「とにかく、どうしておっしゃるような電報があなたのもとに届いたのやら。何もかもとても謎めいていて。まさか、これがお気の毒な先生の死と関連しているなんてことはありませんよね？　きっと誰か気の狂った人がいるんですわ――そうとしか説明のしようがありません。警察がここに来たりなんだり、ほんとにおそろしいことですわ」

「警察が？」サタースウェイトが驚いていった。

「ええ、十時からここに来ていますよ」

「警察が？」エルキュール・ポアロがいった。

「ミセス・ド・ラッシュブリッジャーに、会わせていただけませんか？」サタースウェイトがいってみた。「本人に、ここに来るように頼まれたのですから——」

婦長は彼の言葉をさえぎった。

「まあ、サタースウェイトさん、それではご存じないのですね！」

「知らないとは、何を？」ポアロが鋭く詰問した。

「お気の毒に、ミセス・ド・ラッシュブリッジャーはお亡くなりになりました」

「亡くなったですと？」ポアロは叫んだ。「なんてことだ！　それで説明がつく。そうだ、これで説明がつきますぞ。先に見抜くべきだった——」彼は急に言葉を切った。

「どのようにして亡くなったのです？」

「変な話ですの。彼女宛にチョコレートの箱が郵送されてきました——チョコレート・ボンボンです。彼女はひとつ食べました。きっとひどい味がしたのでしょうね——びっくりして、それを飲み込んでしまったのです。口に入れたものを吐き出すのは抵抗がありますからね」

「ええ、ええ、それに液体が急に喉に流れこめば、吐き出すのはむずかしいですからね」

「それで飲み込んでしまったあとで、大声をあげたので、看護婦が駆けつけましたが、手の施しようがありませんでした。ほぼ二分で息を引き取ってしまったのです。それでドクターが警察を呼ばせまして、警察が来てチョコレートを調べました。上段のチョコレートはひとつ残らず細工がされていました。下段のは大丈夫でしたけれど」

「そして使われた毒は？」

「警察はニコチンだと思っています」

「そうですか。またニコチンですか。なんたる手口！　なんと大胆な手口だ！」ポアロはいった。

「遅れをとりましたな」サタースウェイトはいった。「これで彼女が何を話したがっていたか、永久にわからなくなった。もしも——もしも——誰かにすでに打ち明けていれば別だが？」そして問いかけるように婦長を見た。

ポアロは首を振った。

「いや、無駄ですよ」

「訊くことはできますよ」サタースウェイトはいった。「たぶん、看護婦にでも」

「ぜひ訊いてみてください」ポアロはそういったものの、期待はまったくしていないようだった。

サタースウェイトに頼まれて、婦長はすぐに、日勤と夜勤の看護婦をひとりずつ呼びにやった。交替でミセス・ド・ラッシュブリッジャーの看護にあたっていたふたりだ。しかしそのいずれも、すでにわかっている以上の情報は持っていなかった。生前ミセス・ド・ラッシュブリッジャーはバーソロミューの死について一度も触れたことはなく、電報の件はふたりとも初耳だった。

ポアロは亡くなった女性の部屋へ連れていってくれるよう頼んだ。案内された部屋で、担当がクロスフィールド警視であることがわかり、サタースウェイトは彼をポアロに紹介した。

それから彼らはベッドに歩み寄り、死亡した女性を見下ろした。彼女は四十歳ぐらい、髪は黒っぽく、肌は青白かった。その表情は穏やかとはいえず、まだ死に際の苦悶を示していた。

サタースウェイトはゆっくりといった。

「気の毒に……」

そしてエルキュール・ポアロを見た。この小柄なベルギー人の顔に奇妙な表情が浮かんでいた。サタースウェイトを身震いさせるようなものが……。

サタースウェイトはいった。

「彼女は話をするつもりでいた。そのことを知った誰かが、彼女を殺した……口封じのために殺されたのですな……」

ポアロはうなずいた。

「ええ、そのとおり」

「彼女が知っていることを誰かに話すのを阻止するために殺された」

「あるいは彼女が知らなかったことをかも……しかし時間の浪費はやめましょう……するべきことがたくさんあります。これ以上、人が殺されてはなりません。そのためにできるだけの手を打たねばなりません」

サタースウェイトは好奇心にかられて訊いた。

「これはあなたが犯人だとにらんでいる人物のやりそうなことですかな？」

「ええ、まさしく……しかしひとつわかりました。犯人は思っていたよりも危険です……わたしたちも充分に注意する必要があります」

ふたりは、つづいて部屋を出てきたクロスフィールド警視に電報の話をした。電報はメルフォート郵便局で打電を依頼されたものであり、調査により、それを依頼したのは少年だったことがわかった。それを扱った若い女性局員が覚えていたのだ。電文がバーソロミュー・ストレンジの死亡に触れていたため、興味を持ったのだという。

警視といっしょに昼食をとり、チャールズに電報を打ってから、捜査が再開された。

その夕方六時に、電報を持ち込んだ少年が見つかった。少年は即座にいきさつを話した。みすぼらしい格好の男が、〝お庭の中のお家〟にいる〝頭のおかしい女〟に頼まれたといって、少年に電報をわたした。その女は半クラウン硬貨二枚をその電報で包んで窓から外に落としたのだが、その男は変なことにかかわりたくないし、反対方向へ行くところだからと、少年にさらに半クラウン硬貨を一枚わたし、代わりに電報を打ってくれ、釣りはいらないといって去ったという。

その男の捜索が開始されるはずだ。さしあたり、これ以上はすることがなさそうだったので、ポアロとサタースウェイトはロンドンに引き返した。

彼らがロンドンに着いたのは、真夜中近くになっていた。エッグはすでに母親のところへもどっていたが、チャールズは彼らのもとにやってきて、三人で状況について議論した。

「友よ《モナミ》」ポアロはいった。「わたしのいうとおりにしてください。たったひとつのものがこの事件を解決します――灰色の小さな脳細胞です。イギリス中を駆けまわり、あっちの人、こっちの人がわたしたちの知りたいことを教えてくれるようにと願う――そのようなやりかたは、素人くさくて、ばかげてます。真実を解明するのは内なる頭脳ですよ」

チャールズは疑わしげな目で見やった。

「つまり、どうしたいのです?」

「わたしは考えたいのです。二十四時間の猶予をお願いします――考えるための時間を」

チャールズはかすかに笑みを浮かべて首を振った。

「考えれば、この女性が生きていたら何を話したかわかるのですか?」

「そう思います」

「ぼくにはそう思えんが、ポアロさん、好きなようになさるといい。この事件を看破できたら、たいしたものだ。ぼくはすっかり認めますよ。とにかく、ぼくは他にやりたいことができましてね」

チャールズはどうやら、それが何か訊いてもらいたかったのだろうが、期待は裏切られた。サタースウェイトはぱっと目を見上げたが、ポアロは考えこんだままだ。

「さて、ぼくは行かなくては」元俳優はいった。「ああ、あとひとつだけ。とても心配なことが――ミス・ウィルズのことで」

「何が心配なのですか？」

「いなくなってしまったのです」

ポアロは彼をじっと見た。

「いなくなった？　どこへ行ったのです？」

「誰も知りません……あなたの電報を受け取ってから、いろいろ考えましてね。前に、いったように、ミス・ウィルズは何かを知っていると確信しましてね、われわれに話してないことがあるに違いない。もう一度彼女にあたってみようと思いついて、彼女の家まで車を走らせた――九時半ごろに着きました。そして会おうとしたが、今朝、家を出たとかで――日帰りでロンドンへ行くといったそうだ。家の人たちがいうには、夕方彼女から電報がきて、一日ぐらいはもどらないけれど心配しないようにと書いてあったらしい」

「家の人たちは心配していましたか？」

「かなり。ほら、何も荷物を持っていかなかったそうだから」

「奇妙ですな」ポアロはつぶやいた。

「まったく。まるで――とにかく、わからない。不安だな」

「彼女に警告しましたよ」ポアロはいった。「みなさんに警告しました。わたしがいったのを覚えていますね、『いま話しなさい』と」

「ええ、ええ。まさか彼女も――？」

「考えていることはあります」ポアロはいった。「まだその話はしたくありません」

「最初は、執事――エリス――次にミス・ウィルズ。エリスはどこにいるのかな？ 警察がまだやつをつかまえられないなんて、信じられないな」

「警察はまだしかるべき場所を探していませんからね」ポアロはいった。

「あなたもエッグと同意見なのか。彼が死んでいると思っているのかな？」

「エリスの姿がふたたび見られることはないでしょう」

「ああ」チャールズは急に大声でいった。「悪夢だ――事件全体がまったく不可解だ」

「いえ、いえ。それどころか、まったくまっとうで論理的です」

チャールズは彼をじっと見た。

「そうですか？」

「そうですとも。いいですか、わたしは整然とした頭脳を持っています」

「何がいいたいのか、よくわからないが」

サタースウェイトもこの小柄な探偵を好奇の目で見た。

「ぼくの頭脳は整然としてはいないってことですか？」チャールズが少し傷ついて、責めるようにいった。

「あなたは演劇者の頭脳を持っておいでです、チャールズさん、創造的で、独創的で、常に演劇的要素を求める。サタースウェイトさんは、観客の頭脳でもって、登場人物を観察し、芝居の雰囲気を感じとる。しかし、わたしはというと、わたしの頭脳はおもしろみのない事実で成り立っているのです。芝居の衣装や照明を抜きにしてそのものだけを見るのです」

「で、あなたに任せろ、と？」

「ええ、そうしてください。二十四時間です」

「だったら幸運を祈ります。お休み」

ふたりでいっしょにポアロの部屋を出ていきながら、チャールズはサタースウェイトにいった。

「ふん、まったく何様のつもりだ」

彼は冷ややかにいった。

サタースウェイトは微笑した——チャールズは主役の座を奪われて、おかんむりらしい。彼はいった。

「他にやりたいことがあるといったのは、どういう意味なのだね、チャールズ？」

チャールズは恥ずかし気な表情を見せた。ハノーヴァー・スクエアで行なわれる結婚式に何度も参列しているサタースウェイトにはよく見覚えのある表情だった。

「ええと、じつはね、ぼくは——ええと——あのう、エッグとぼくは——」

「それを聞いてうれしいよ」サタースウェイトはいった。「ほんとにおめでとう」

「もちろん、ぼくは彼女より三十歳も年上だ」

「彼女はそんなこと気にしやしない——それに彼女は最高の目利きだ」

「そういってもらってうれしいよ、サタースウェイト。ほら、ぼくは、彼女が好きなのはマンダーズ青年なのだと思い込んでいたんだ」

「なぜそんなふうに考えたのかな」サタースウェイトはしらばっくれてそういった。

「とにかく」チャールズはきっぱりといった。「そうではなかった……」

ポアロは条件として出した二十四時間を、まったく邪魔されずにすごせたわけではなかった。

14　ミス・ミルレー

翌朝十一時二十分に、エッグが予告なしに入ってきた。名探偵がカードで家を組み立てているのを見て、彼女は驚いた。彼女があからさまに軽蔑の表情を見せたので、ポアロは止むなく自分の状況を弁解した。

「マドモアゼル、べつに年老いて子供にかえったわけではありませんよ。違います。カードで家を組み立てるのは、脳細胞にはひじょうに刺激になるです。昔からのわたしの習慣です。今朝、まず最初に、わたしはトランプを買いにいったのです。残念なことに、買い間違えてしまい、本物のトランプではありませんでした。まあ、実質的にはどちらでも同じようですが」

エッグはテーブルの上に立ち並べられたカードを、もっと近寄って見た。

彼女は笑い声をあげた。

「おやまあ、〝家族合わせ〟を買ってしまったのですね」

「なんですか、その〝家族合わせ〟とは？」

「ゲームですわ。子供が遊ぶものよ」

「なるほど。まあ、家を組み立てる分には同じですから」

エッグはテーブルからカードを何枚か取り上げ、なつかしそうに見た。

「バン若旦那はパン屋の息子――わたしのお気に入りだったわ。このミセス・マグは牛乳屋のおかみさん。あら、まあ、わたしのことじゃない」

「なぜそのおかしな絵があなたなのです、マドモアゼル？」

「名前よ」

彼の当惑した顔を見て、エッグは笑い、それから説明をしはじめた。彼女が説明を終えると、彼はいった。

「ああ、昨夜チャールズさんがいったことはそういう意味だったのですね。いや、なんだろうと思っていましたよ……マグか――ああ、そうか、スラングでマグといったら――つまり間抜けということですね？　名前を変えるのは当然だ。あなたもミセス・マグになるのはいやでしょうね？」

エッグは笑った。そしていった。

「わたしの幸福を願ってくださいね」

「あなたの幸福を願いますとも、マドモアゼル。若さゆえの短い幸福ではなく、持続する幸福を——岩の上に築かれた基礎の堅実な幸福を」

「チャールズに、あなたが彼のことを岩にたとえたと伝えますね」エッグはいった。

「ところで、きょうここへ来た用件ですけど、オリヴァーが財布から落とした新聞の切り抜きのことが、心配で心配でたまらないからです。ほら、ミス・ウィルズとかいう人がひろって彼に返した切り抜きのことですわ。オリヴァーがそんなものが入っていたのを覚えていないといったとき、嘘をついていたのか、それとも、そもそもほんとうに入っていなかったのか。彼が紙切れを落とした際に、彼女はそれをニコチンに関するものとすり替えたのかもしれないわ」

「なぜ彼女がそんなことをする必要があるのですか、マドモアゼル？」

「紙切れを処分したかったからです。オリヴァーに罪をかぶせたかったのよ」

「彼女が犯人だというのですか？」

「ええ」

「動機はなんですか？」

「そう訊かれると困るけど。たぶん彼女はまともではないんだわ。頭のよい人は狂気と紙一重なことがよくあるもの。筋のとおった理由があるとは思えません——それどころか、どこにも動機は見つけられないんです」

「明らかに、それは行き詰まりです。あなたに動機の推測を頼むべきではありませんね。わたしは自分自身に絶えずそれを問いかけているのです。バビントンさんの死亡の背後にある動機はなんだったのか？　その答えが見つかれば、この事件は解決します」

「狂気にすぎないとは思っていないのですか――？」エッグがいってみた。

「思っていませんよ、マドモアゼル――あなたがいう意味の狂気ではありません。理由があるのです。その理由を見つけなければなりません」

「では、失礼しますわ」エッグはいった。「お邪魔して、すみませんでした――ふと思いついたものですから。さて、じつは急いでますの。チャールズといっしょに、《子犬が笑った》の通し稽古を観にいくので――ミス・ウィルズがアンジェラ・サトクリッフのために書いた芝居です。明晩が初日なのよ」

「いやはや《モン・デュウ》」ポアロが叫んだ。

「え、どうしました？　どうかなさったの？」

「ええ、そう、しましたよ。ある考えが浮かびました。とびきりすごい考えが。ああ、それにしても、わたしは盲目でした――見えなかった――」

エッグは彼をまじまじと見た。ポアロは自分の奇矯さに気づいたのか、冷静になった。そしてエッグの肩を軽くたたいた。

「気がふれたとでも思われましたかな。とんでもない。あなたのお話はちゃんと聞こえてましたよ。あなたは《子犬が笑った》を観にいく、ミス・サトクリッフの芝居を。それでは行っていらっしゃい、そしてわたしがいったことなど気にしてはいけません」

かなり疑わしげな面持ちで、エッグは出ていった。ひとりになると、ポアロは小声でつぶやきながら室内を大股で行ったり来たりした。彼の目はどの猫にも負けないほど緑色に輝いていた。

「そうとも《メ・ウイ》――それで何もかも説明がつく。奇妙な動機だ――ひじょうに奇妙な動機だ――いままでに一度も出くわしたこともないような動機だが、ちゃんと筋がとおっている。状況を考えれば、当然だ。それにしても、ひじょうに奇妙な事件だった」

そしてカードの家がまだそのまま置かれたテーブルのわきを通りすぎ、両手でさっとそれを崩した。

「家族合わせか、わたしにはもう必要ない」彼はいった。「問題は解決された。残るは行動のみだ」

ポアロは帽子を取り、オーバーを着た。それから階下へおりていくと、ドアマンがタクシーを呼んでくれた。彼はチャールズのマンションの住所を告げた。

そこに着くと、彼は金を払ってタクシーをおり、ロビーに入っていった。ポーターはエレベーターを動かしていて、ロビーにいなかった。ポアロは階段をのぼっていった。ちょうど三階に着いたとき、チャールズのマンションのドアが開き、ミス・ミルレーが出てきた。

彼女はポアロを見て驚いた。

「まあ、あなたは！」

ポアロは微笑した。

「ええ、〝ミー〟ですよ！　〝アイ〟というべきですか？　とにかく〝モア〟です！」

ミス・ミルレーはいった。

「あいにくですが、チャールズ様はいらっしゃいません。ミス・リットン・ゴアとバビロン劇場へ行きましたから」

「チャールズさんに会いに来たのではありません。わたしの杖を探しに来たのです。確かこちらに置き忘れたと――」

「ああ、そうでしたか。なら、ベルを押していただければ、テンプルがお探しします。申し訳ありませんが、失礼いたします。列車の時間がありますから。ケントへ行くのです――母のところへ」

「どうぞどうぞ。わたしのために遅れては申し訳ありませんから、マドモアゼル」

彼がわきにどくと、ミス・ミルレーは急いで階段を駆け降りていった。彼女は小さいアタッシェケースを持っていた。

しかし彼女が行ってしまうと、ポアロはここに来た目的を忘れたようだ。踊り場へのぼっていくかわりに、向きを変え、ふたたび階下へおりていった。彼が正面入り口につッいたとき、ちょうどミス・ミルレーがタクシーに乗り込むところだった。ポアロは、ゆっくりと縁石ぞいにやってきた別のタクシーを片手を挙げて止めた。彼は急いで乗り込み、前の車のあとをつけてくれと運転手に指示した。

ミス・ミルレーの乗ったタクシーは北へ向かい、ついにパディントン駅に止まった。ケントへ行くにはパディントンは不適切な駅だったが、それを見ても、ポアロは驚かなかった。ポアロは一等車の切符売り場の窓口へ行き、ルーマスへの往復切符を頼んだ。その日は寒かったので、オーバーを耳元まで引き上げて、ポアロは一等車の隅におさまった。

列車がルーマスに着いたのは五時ごろで、すでに暗くなりかけていた。ポアロが少し後ろのほうに立っていると、ミス・ミルレーがこの小さい駅の親切なポーターに挨拶されているのが聞こえた。

「あれ、まあ、あなたが見えるとは思っていませんでしたよ。チャールズさまもいらっしゃるのですか？」

ミス・ミルレーが答えた。

「急用で、わたしだけ来たの。明朝、帰ります。ちょっとあるものを取りに来ただけだから。いいえ、タクシーはけっこうよ、ありがとう。崖の小径を歩いていくわ」

夕闇は深まっていた。ミス・ミルレーは険しいジグザグの小径をきびきびと歩いていった。距離をあけてエルキュール・ポアロがつづいた。彼は猫のようにそっと歩いた。

ミス・ミルレーは、〈カラスの巣〉に着くと、バッグから鍵を取り出し、裏口のドアを開け、半開きのまま中へ入っていった。彼女は一、二分後にふたたび現われた。錆びた鍵と懐中電灯を手にしている。ポアロは少し後ずさりしてちょうど都合のよいところにあった茂みに隠れた。

ミス・ミルレーは家の裏手をまわり、草の生い茂った小径をさらにのぼっていった。エルキュール・ポアロもあとを追った。どんどんのぼっていくと、この海沿いの地によく見られる古い石の塔が不意に現われた。質素で、外観は荒れ果てていたが、それでも汚れた窓にはカーテンがかかっている。ミス・ミルレーは大きな木製の扉に鍵を差しこんだ。

鍵は逆らうようなきしむ音をたててまわった。蝶番がうめくような音をたてて、扉が開く。ミス・ミルレーは懐中電灯で照らして中に入っていった。

ポアロは歩調を速めて追いつき、音をたてないようにして扉から入っていった。ミス・ミルレーの懐中電灯の光が揺れながらガラスの蒸留器、ブンゼンバーナーを照らしている――他にも種々の装置があった。

ミス・ミルレーはかなてこ《バール》を取り上げた。それを振り上げ、ガラス製の装置をたたこうとしたとき、ぱっと腕をつかまれた。彼女は息をのんで振り向いた。

ポアロの緑色の猫のような目が彼女をのぞきこんだ。

「そんなことしてはいけませんよ、マドモアゼル。あなたが壊そうとしているものは、証拠ですからね」

15 終幕

エルキュール・ポアロは大きい肘掛け椅子にすわっていた。壁の電灯は消されていて、バラ色のシェードがついたスタンドだけが肘掛け椅子の人物に光を注いでいる。何やら象徴的な光景だ。照明を浴びているのは彼ひとりで、他の三人、チャールズ、サタースウェイト、エッグ・リットン・ゴアは、ポアロの観客として、照明の外の暗がりにいる。エルキュール・ポアロは物思いにふけっているような声で話しはじめた。観客に、というよりも、むしろ独白しているように聞こえる。

「犯罪を再構築すること——それが探偵の仕事です。犯罪を再構築するには、トランプで家を組み立てるように、事実をひとつずつ積み重ねていかねばなりません。そしてその事実が適合しない場合は、つまりトランプがバランスを保てない場合は——そう、最初から組み立て直さねばなりません。さもないと結局は失敗に終わります……。

先日もいいましたように、人の頭脳は三つの種類に大別できます。まず演劇的頭脳——物を創り出す頭脳で、さまざまな仕掛けに工夫を凝らし、それによって生み出される舞台効果がいかに現実に見えるかに注意を払います。次に、そうした効果に反応する頭脳があり、これには若いロマンチックな頭脳も含まれます。そして最後に、実際的な頭脳があるのです。青い海やミモザの木ではなく、舞台の背景が描かれた垂幕に目をとめる頭脳です。

さて、去る八月のスティーヴン・バビントン氏殺害事件について述べることにしましょう。あの晩、チャールズ・カートライトさんが、スティーヴン・バビントン氏は殺されたのだと推理しました。わたしは同意しませんでした。ひとつには、スティーヴン・

バビントン氏のような人が殺されるとは思えなかったからで、またひとつには、あの晩の現場の状況を考えると、誰か特定の人物に毒を飲ませるのが可能とは思えなかったからです。

いまここで、チャールズさんが正しく、わたしが間違っていたことを認めます。わたしが間違ったのは、まったく間違った角度からこの事件を見ていたからです。ほんの二十四時間前に、その見方の正しい角度が急にわかりました。さらにいわせてもらうなら、その角度から見れば、スティーヴン・バビントン氏の殺害は道理に合っていて、かつ可能でもあります。

しかし、さしあたり、その点は後回しにして、わたし自身がたどった道筋をもう一度一歩ずつたどることにしましょう。スティーヴン・バビントン氏の死は、いわば舞台の第一幕と呼べるでしょう。わたしたち全員が〈カラスの巣〉をあとにしたときに、その第一幕の幕はおりました。

第二幕と呼べるものは、モンテカルロで、サタースウェイトさんがわたしに、サー・バーソロミューの死亡を報じる新聞記事を見せてくれたときに、幕が開きました。あの時点で、わたしが間違っていて、チャールズさんが正しかったことがはっきりしました。スティーヴン・バビントン氏とサー・バーソロミュー・ストレンジはふたりとも殺されたのであり、しかもこの二件の殺人事件は、どちらもひとつの犯罪の一部だったのです。のちに、第三の殺人事件が起きて、この一連の事件が完結します——つまりミセス・ドラッシュブリッジャー殺害事件です。したがって、この三件の死をつなぐ妥当で常識的な理論が必要になります。いいかえると、この三件の犯罪は同一人物によって行なわれ、その特定の人物に有益をもたらすものだったということになります。

まずいえるのは、一番わたしを悩ませたのは、サー・バーソロミュー・ストレンジの殺害がスティーヴン・バビントン氏殺害後に行なわれたという事実です。この三件の殺人を見ると、時間と場所の違いに関係なくサー・バーソロミュー・ストレンジの殺害がいわゆる中心というか主要な犯罪であり、他の二件はどちらかというと付け足しの犯罪である可能性が高い。つまり、あとのふたりはサー・バーソロミュー・ストレンジとなんらかのつながりがあったから殺されたように思えます。しかし、前にも述べましたが、犯罪は望むようには起きないものです。スティーヴン・バビントン氏が最初に殺され、しばらく後にサー・バーソロミュー・ストレンジが殺された。それゆえ、第二の殺人は第一の殺人から必然的に派生したものであり、したがって第一の殺人こそ、全体の糸口をつかむために調べなければならないものである——事件発生の順番からすると、そんなふうに見えます。

わたしは、人違いで殺人が起きた可能性を本気で考えました。サー・バーソロミュー・ストレンジが最初の犠牲者になるはずだったのに、バビントン氏が間違って毒殺されたということは可能か？　しかし、この発想は放棄せざるをえませんでした。サー・バーソロミュー・ストレンジと少しでも親しい者ならば誰でも、彼がカクテルを飲まないのを知っていましたからね。

そこでこう考えてみました。最初のパーティーの客のうちの他の誰かと誤って、スティーヴン・バビントン氏は毒を飲まされたのか？　しかし、それを証明するものはまったく見つけられませんでした。そこで、スティーヴン・バビントン氏の殺害はまさに意図されたものであったという結論にもどらざるをえなくなり、完全な壁に直面したのです――つまりそのようなことはありえないからです。

調査というものは常に、もっとも単純でもっとも明白なところからはじめなくてはなりません。スティーヴン・バビントン氏が毒入りカクテルを飲んだと仮定した場合、そのカクテルに毒を入れるチャンスがあったのは誰か？　単純に考えると、それをできたのは――つまり酒を扱った人は――チャールズ・カートライトさんご自身と接客係のメイドのテンプルのふたりだけのように思えました。しかし、このふたりのどちらかが、グラスに毒を入れることができたにしても、どちらも、〝その特定のグラスがバビントン氏の手にわたるように仕向ける〟のは不可能でした。テンプルならトレイを巧妙に扱って、特定の残っているグラスをすすめることができたかもしれません――たやすくはありませんが、まったく不可能というわけではありません。そしてチャールズさんは慎重にその特定のグラスを取り上げ、彼に手渡せたかもしれません。しかしそのふたつのいずれも現実には起きなかった。まるで、その特定のグラスがスティーヴン・バビントン氏の手にわたるには、運を、運だけを、あてにするしかないように見えます。

チャールズ・カートライトさんとテンプルがカクテルに触れています。しかし、そのふたりのどちらかがメルフォート・アビーにいたでしょうか？　どちらもいませんでした。サー・バーソロミューのポートワインのグラスに細工をするチャンスがもっともあったのは誰なのか？　逃亡している執事のエリス、それに彼の手伝いをした接客係メイドのアリスです。しかし、ここでも、客のひとりがそれをした可能性は捨てられません。確かに危険ではありますが、ハウスパーティーの客の誰であれ、ダイニングルームに忍びこみ、ポートワインのグラスにニコチンを入れることはできたからです。

〈カラスの巣〉で、このポアロがあなたがたのお仲間に加わったときには、すでに〈カラスの巣〉とメルフォート・アビーにいた人たちのリストができていました。いまだからいえますが、そのリストの初めの四人――デイカズ大尉夫妻、ミス・サトクリッフ、ミス・ウィルズ――は即座に切り捨てました。

この四人は、ディナーでスティーヴン・バビントン氏に会うことになるのを、前もって知り得たはずがなかったからです。ニコチンを毒として用いたことは、注意深く計画が練られた証拠です。これは思い立ったからと即座に実行できるものではありません。リストには他に三人の名前がありました――レディ・メアリー・リットン・ゴア、ミス・リットン・ゴア、それにオリヴァー・マンダーズ。この三人が犯人だという可能性はあまりありそうにありませんが、三人には実行できるチャンスはありました。三人とも地元の人間で、スティーヴン・バビントン氏殺害の動機をひそかに持っているかもしれず、計画を実行するのに、あのパーティーの夜を選んだかもしれないのです。

ところが、この三人の誰かが実際にそのようなことをした証拠を、まったく何ひとつ見つけられませんでした。

サタースウェイトさんは、おそらくわたしがしてきたのとほとんど同じ路線で推理して、オリヴァー・マンダーズに疑いを持ちました。マンダーズ青年は誰よりも犯人の可能性の高い容疑者だったといえます。〈カラスの巣〉でのあの夜は、極度に緊張していたようですし、個人的背景のせいで、いくぶん歪んだ人生観と、そして強い劣等感を持っていますしね、劣等感が犯罪の原因になるのはよくあることでして、また不安定な年齢でもあって、実際に喧嘩をしたこともある。まあ、喧嘩というよりバビントン氏に対する反感を表明したというべきでしょうか。それにメルフォート・アビーにやってきた状況も奇妙でした。しかも後にその理由をたずねるとサー・バーソロミュー・ストレンジから、そうするようにという手紙をもらったという、信じがたい説明がかえってきました。ニコチンによる毒殺に関する新聞記事の切り抜きを持っていたというミス・ウィルズの証言もありました。

オリヴァー・マンダーズは、そういうわけで、明らかに七名の容疑者のリストのトップに置かれるべき人物となりました。

しかしまた、みなさん、わたしはそこで奇妙な感じにとらわれたのです。この殺人を犯した人物は〝両方のパーティーに出席した人物に違いない〟、いいかえれば、リストにある七名のうちのひとりに違いない――それは明白であり、論理的に思えました。でも、その明白さは作られた明白さなのではないかという印象を抱きました。それは正気で論理的な人間なら誰でも考えそうなことです。わたしは、現実ではなく、巧みに描かれた舞台背景を見ているような感じにとらわれたのです。ほんとうに利口な犯罪者なら、〝そのリストにある名前の人物が必然的に疑われる〟とわかっている、したがって自分はそのリストにのらないように工作するはずです。

いいかえれば、スティーヴン・バビントン氏とサー・バーソロミュー・ストレンジ殺害の犯人は両方のパーティーに出てはいた——しかし明らかに出ているとわかるようにではなかった。

最初のパーティーに出ていて、二度目に出ていなかったのは誰か？ チャールズ・カートライトさん、サタースウェイトさん、ミス・ミルレー、それにミセス・バビントンでした。

この四人の中に、自分以外の人物として二度目のパーティーに出ることができた人がいたでしょうか？ チャールズさんとサタースウェイトさんは南フランス、ミス・ミルレーはロンドン、ミセス・バビントンはルーマスにいました。四人のうち、ミス・ミルレーとミセス・バビントンは有望に思える。しかしミス・ミルレーは客の誰にも気づかれずに出席できたでしょうか？ ミス・ミルレーの顔立ちはひじょうに目立つので変装はむずかしいでしょうし、容易に忘れられることはない。そこでミス・ミルレーが気づかずにメルフォート・アビーにいたということは不可能だと判断しました。それと同じことがミセス・バビントンにもいえます。

サタースウェイトさんかチャールズ・カートライトさんなら、気づかれずにメルフォート・アビーにいることができたでしょうか？ サタースウェイトさんも可能性があるにはある。しかしチャールズ・カートライトさんとなると、その可能性はぐんとはねあがります。チャールズさんは役を演じるのに慣れている俳優です。しかしどんな役を演じることができたでしょうか？

そこで執事エリスについてよく考えてみました。彼は犯罪の二週間前にどこからともなくやってきて、その後にまったく見事に消えてしまったのですからね。エリスはなぜそんなにうまく姿を消すことができたのか？　それはエリスが実在しなかったからです。エリスもまた、ボール紙と絵の具と脚色の技法でできたものだったのです——エリスは実在の人間ではなかった。

しかしそんなことは可能だったのでしょうか？　なんといっても、メルフォート・アビーの使用人たちはサー・チャールズ・カートライトを知っていたし、彼とサー・バーソロミュー・ストレンジとは親しい友人だったのです。使用人に関しては簡単に納得のいく説明が見つかりました。執事役を演じても何も危険をおかすことにはなりません。たとえ見破られたとしても——まあ、なんの害にもなりません。冗談だといえば、それですんでしまいます。逆になんの疑念も引き起こさずに二週間がすぎれば、まあね、この計画はこの上なく安全です。そこで執事について使用人が話してくれたことを、もう一度検討しました。彼は『まったく紳士的』で、『上流家庭にいた』ことがあり、いくつかの興味深いスキャンダルを知っていた。それは容易に説明がつきます。しかしひじょうに重要なことを、メイドのアリスがいったのです。『彼の仕事の手配の仕方は、いままでに知っているどの執事とも違っていた』と。アリスがそういったと聞いて、わたしは自分の推理に確証を得ました。

しかしサー・バーソロミュー・ストレンジとなるとまったく別の話です。どんなに巧みな変装であれ、まさか長年の友人にだまされるとは、まず考えられません。きっと友人が執事役を演じていることを知っていたに違いない。その証拠はあるだろうか？　ありました。観察力の鋭いサタースウェイトさんは初期の段階で、ある点に注目しました。バーソロミューさんが愉快そうに口にした言葉――使用人に対する態度としては、まったく彼らしくない『きみはいいやつだ、エリス、第一級の執事だ』という言葉です。もし執事がチャールズ・カートライトさんで、バーソロミューさんもこの冗談に乗っていたとすれば、これは完璧に納得のいく一言でした。

それが疑いもなく、バーソロミューさんがどのようにこの〝芝居〟を見ていたかを示す言葉だからです。エリスの扮装は冗談であり、おそらく賭けでもあり、その究極の目的は、ハウスパーティーの客たちに、うまく一杯くわせることにあった。そう考えれば、バーソロミューさんの驚きの言葉とユーモアに満ちた態度もうなずけます。この時点ではまだ手を引く時間があったことにも注目してください。もしも、ハウスパーティーの客の誰かが、あの最初の晩のディナーの席でチャールズ・カートライトに気づいていたとしても、取り返しのつかないことなど何も起こらずにすんだでしょう。すべてが冗談としてやりすごされることがあり得たはずです。しかし、誰ひとりとして、ベラドンナで目のまわりを黒く見せ、頬髯をはやした、猫背で中年の執事の手首に描かれた痣に注目しませんでした。それはひじょうにかすかな身元確認の特徴でした。大半の人間に観察力が欠如しているせいで、失敗に終わりました！　その痣はエリスの容姿を説明する上での大きな特徴にするつもりでつけられた――それにもかかわらず、二週間のあいだ誰もそれに気づかなかった。気づいたのは、観察力の鋭いミス・ウィルズひとりだけ。彼女についてはすぐに触れます。

次に何が起きたか？　バーソロミューさんが死亡しました。こんどは、その死亡は自然な原因によるものとは見なされなかった。警察が来ました。警察はエリスと他の全員に質問をしました。その夜遅くに〝エリス〟は秘密の通路を使って出ていき、本来の自分にもどり、二日後にはモンテカルロの公園を散策しながら、友人の死亡のニュースに驚きショックを受けてみせた。

これは、すべてわたしの推論です。具体的な証拠は何もありませんが、発生したあらゆる事実がこの推論を裏付けました。トランプの家はうまく組み立てられたのです。エリスの部屋で見つかった脅迫状の書き損じ？　でもそれを見つけたのはチャールズさん自身でしたよ！

サー・バーソロミュー・ストレンジが書いて、マンダーズ青年に事故を装うように提案したとされる手紙についてはどうか？　まあ、チャールズさんにとって、バーソロミューさんの名前で手紙を書くのは、簡単なことではありませんか？　マンダーズ青年が自分でその手紙を破棄しなかったとしても、エリスの役を演じているチャールズさんなら、この青年の世話をするときに、容易に破棄できます。同様に、新聞の切り抜きをオリヴァー・マンダーズの財布に入れるのも、エリスには容易にできることです。

さて、三人目の犠牲者——つまりミセス・ド・ラッシュブリッジャーですが、ミセス・ド・ラッシュブリッジャーについて、わたしたちが最初に耳にしたのはいつでしたか？　バーソロミューさんがエリスに、〝第一級の執事〟だとかまことに不似合いな冷やかし言葉をかけた直後——あの著しくバーソロミューさんらしくない台詞のあとです。なんとしても、バーソロミューさんが執事に対してとった態度から注意をそらさねばならない。そこでチャールズさんは、とっさに執事が持ってきたメッセージの内容をたずねたのです。それはバーソロミューさんの患者に関するものでした。チャールズさんは全力をあげて、執事から注意をそらせ、この見知らぬ女性に向けようとしました。彼は療養所へ行き、婦長に質問した。ミセス・ド・ラッシュブリッジャーを囮《おとり》に使ったのです。

さてここで、ミス・ウィルズのこの芝居での役まわりについて考えてみましょう。ミス・ウィルズは風変わりな性格の持ち主です。彼女はまわりに好印象を持たせるのが下手なタイプのひとりです。美貌もなければ、ウイットも才気もなく、特に思いやりがあるわけでもありません。これといった特徴がありません。しかしきわめて観察力が鋭く、きわめて聡明です。世の中に対してペンで復讐しているのかもしれません。紙の上で性格を再現できるすばらしい技術を持っています。ミス・ウィルズが執事のことで奇妙に思った点があったのかどうかわかりませんが、食卓で執事に目をとめたのは彼女だけだったと思います。殺人事件の翌朝、彼女は飽くことない好奇心にかられて、メイドの言葉を借りれば、うろうろ嗅ぎまわりました。デイカズさんの部屋に入り、何か見つけようとするマングースのような本能に駆られて、ベーズの仕切りカーテンをとおって使用人たちの溜まり場へ行きました。

ミス・ウィルズはチャールズさんを不安にさせた唯一の人物でした。それだから、チャールズさんは自分で接触したくてたまらなかったのです。彼女と面会して、彼はかなり安心し、痣に気づいてもらったことにひじょうに満足しました。しかしそのあとでとんでもないことになった。それまでミス・ウィルズは執事エリスをチャールズ・カートライトさんと結びつけていなかったと思います。エリスが誰かに似ていると漠然と感じていただけだと思います。しかし彼女は観察力が鋭かった。皿がわたされたときに、反射的に気づいたのです――その顔にではなく――皿を持った手に。

エリスがチャールズさんだ、と気づいたわけではなかったのでしょうが、チャールズさんと話しているときに、〝チャールズさんこそエリスだ！〟と、ひらめいたのです。それで野菜の皿をわたす仕草をしてくれと頼みました。彼女が関心を持ったのは、痣が手首の左右いずれにあるかということではなかった。彼の手をよく見る口実が欲しかったのです――執事エリスのと同じ位置に出された手を。

そして彼女は真実を知った。しかし一風変わった女性です。自分がそれに気づいたことによろこびを見出し、それを人に告げる必要は感じなかった。しかも、チャールズさんが友人を殺したという確信はありませんでした。確かに執事に変装はしていたが――でも、それだからといって必ずしも殺人犯であるとはかぎりません。多くの無実の人間が沈黙を守るのは、話せば自分が具合の悪い立場におかれるからです。

それでミス・ウィルズは知ったことを他言しませんでした――そしてそれを楽しんだのです。しかしチャールズさんは心配になりました。彼女の家を出るときに目撃した彼女の顔に浮かんでいた満足げで意地悪そうな表情が気に入らなかったのです。彼女は何かを知っている。それはなんなのか？　それは自分に不利にはたらくのか？　確信は持てませんでしたが、それが執事エリスに結びつくものに違いないと感じたのです。まずはサタースウェイトさん――こんどはミス・ウィルズ。このふたりの意識を致命的な点から引き離さねばならない。絶対に、どこか他のところに注意を向けなければならない。そこである計画を考えつきました。それなら、簡単で、大胆で、しかも、謎めいていると彼は考えました。

わたしがシェリー・パーティーを開いた日、おそらくチャールズさんはひじょうに早起きして、ヨークシャーへ行き、みすぼらしい服で変装して、少年に電報をわたして郵便局に行かせたのでしょう。それからわたしのささやかな余興で、わたしの指示どおりに演じるために、ロンドンにもどってきました。それともうひとつ。『一度も会ったことのない、見ず知らずの女性に、チョコレートの箱を郵送しました……』

その晩に何が起きたかは、ご存じですね。チャールズさんの不安げな態度から、ミス・ウィルズがある種の疑いを抱いているのを、わたしはかなり確信しました。そこでチャールズさんが〝死の場面〟を演じたときに、ミス・ウィルズの顔を観察したのです。そして驚きの表情が浮かぶのを見たのです。そしてそのとき、〝ミス・ウィルズはチャールズさんが殺人犯ではないかと疑っていた〟のがわかりました。彼が他のふたりと同じように毒殺されたように見えたとき、彼女は自分の推理が間違っていたと思ったのですね。

しかしミス・ウィルズがチャールズさんを疑っているのなら、彼女は深刻な危険にさらされていることになります。三人も人を殺した人間なら、ためらわずにもう一度殺人を犯すでしょう。わたしは、その夜、遅く、電話でミス・ウィルズに連絡をとって、真剣に警告しました。わたしの忠告にしたがった彼女は、翌日、さっそく家を出ました。そのときからずっと、このホテルに泊まっています。わたしは賢明でした。というのは、ギリングからもどってきたチャールズさんは、翌晩トゥーティングまで行ったのですから。しかし、時すでに遅し。鳥は飛び去ったあとでした。

それまでは、彼の観点では、計画はうまくいっていました。ミセス・ド・ラッシュブリッジャーは重要な手掛かり、もしくは証拠を握っていましたが、それを話さないうちに殺されました。なんとドラマチックな！　探偵小説や芝居や映画にそっくりだ！　ここにもまた、ボール紙とピカピカ光る衣装と、描かれた背景幕が使われました。

しかし、わたし、エルキュール・ポアロはだまされません。サタースウェイトさんは、ミセス・ド・ラッシュブリッジャーは口封じのために殺されたと考え、わたしもそれには同意しました。しかし、サタースウェイトさんがおっしゃるように『彼女が知っていることを誰かに話すのを阻止するために殺された』ではなく、あるいは『彼女が知らなかったことをかも』と申しました。サタースウェイトさんは首をひねっていたようですが、このヒントで真実に気づくべきだったのですよ。ミセス・ド・ラッシュブリッジャーが殺されたのは、実際、わたしたちに話すことなど何もなかったからです。彼女はこの犯罪とは何も関係がありません。チャールズさんが意図したとおりの囮になるには――死ぬしかなかったのです。それでミセス・ド・ラッシュブリッジャーは、無害な部外者だったのに、殺された……。

それでも表面上の勝利にあって、チャールズさんは驚くべき――初歩的な――間違いをおかしたのです！　電報はホテル・リッツにいるわたし、エルキュール・ポアロ宛になっていました。しかしミセス・ド・ラッシュブリッジャーは、わたしと事件のつながりを知っているはずがない！　療養所でそれを知っている人は、誰もいません。まったく、信じられないほど幼稚な間違いです。

まあ、よろしい《ビアン》。そのときわたしはある段階に達しました。殺人犯の正体がわかったのです。しかし最初の犯罪の動機がまだわかりませんでした。

そこで振り出しにもどって考えてみました。

そしてもう一度、これまでよりもはっきりと、サー・バーソロミュー・ストレンジの殺害こそがそもそもの目的であったとわかったのです。サー・チャールズ・カートライトが友人を殺すのにどんな理由がありえただろうか？　どんな動機が考えられるだろうか？　わたしは考えました」

深いため息が聞こえた。チャールズ・カートライトがゆっくりと立ち上がり、暖炉のほうへ歩いていった。そして腰に手をあてて、そこに立ち、ポアロを見おろした。芝居好きのサタースウェイトにいわせれば、まるで、詐欺師の罪を押しつけた悪辣弁護士を侮蔑の目で見るイーグルマウント卿のように。あくまでも気高く、そして相手への嫌悪感をもあらわに、下劣な愚民を見下す貴族になっていた。

「まったく、並外れた想像力ですね、ポアロさん」彼はいった。「その話に、ひとかけらの真実もない、と口にするのもばかばかしいくらいですよ。いったいどうやって、そのような途方もなくばかげた嘘八百を並べたてるほど無礼になれるのか、理解できませんね。しかしつづけてください、興味がある。ぼくが昔からの友人を殺すのに、どんな動機があるというのです？」

市民階級の小柄な男、エルキュール・ポアロは貴族を見上げた。彼は早口で、だがきっぱりといった。

「チャールズさん、〝シェルシェ・ラ・ファム（犯罪の裏に女あり）〟という格言があります。わたしもそこに、動機を見つけました。マドモアゼル・リットン・ゴアといっしょにいるあなたを見ました。あなたが彼女を愛しているのは明らかだった。恐ろしいほど一途な情熱で彼女を愛した。中年男を襲うその情熱は、ふつう無邪気な若い娘に引き起こされることが多い。

あなたは彼女を愛した。彼女もあなたに夢中なのが、わたしにもわかりました。あなたが彼女に愛を告白すれば、すぐに彼女はあなたの胸に飛び込んだはずです。しかしあなたは告白しなかった。なぜなのか？

あなたは友人のサタースウェイトさんに、愛しい女が自分に向ける情熱に気づかない鈍感な恋する男のふりをして見せました。ミス・リットン・ゴアがオリヴァー・マンダーズ青年に恋していると思いこんでいるふりをしたのです。しかしわたしにいわせれば、チャールズさん、あなたは世慣れているし、女性経験も豊富です。そのあなたが気づかないはずがありません。あなたはミス・リットン・ゴアが自分のことを好きなのを、ちゃんと承知していたのです。それなら、なぜ彼女と結婚しないのか？　あなただって結婚したいのに。

何か障害があるからに違いない。その障害とはなんなのか？　あなたにすでに妻がいるという事実しかありえない。しかしあなたが既婚者だという話は聞いたことがない。あなたはいつも独身と見なされていた。となると、その結婚は、あなたがひじょうに若いときに行なわれたことになる――新進若手俳優として知られるようになる前に。あなたの奥さんに何が起きたか？　もし彼女がまだ生きているなら、なぜ誰も彼女のことを知らないのか？　もしあなたがた夫婦が別居をしているなら、離婚という救済策がありましたね。もしあなたの奥さんがカトリックであるか、あるいは離婚を不可とする人であっても、別居中として知られているはずです。

しかし法律のせいで救済のない悲劇的場合がふたつあります。結婚した女性がどこかの刑務所で終身刑に服しているか、精神病院に収容されている場合です。〝どちらの場合も、離婚はできません〟あなたの若いころの話なら、誰もこの結婚の状況を知らないかもしれません。

誰も知らないなら、ミス・リットン・ゴアに真実を告げずに結婚できるかもしれません。〝しかしひとりの人物が知っていたとしたら〟――友人が？　サー・バーソロミュー・ストレンジは尊敬すべき高潔な医者でした。彼はあなたに深く同情し、情事や同棲には理解を示してくれていたかもしれませんが、何も知らない若い娘と重婚関係を結ぶのを、黙って見過ごすとは思えません。ミス・リットン・ゴアと結婚するためには、サー・バーソロミュー・ストレンジを始末する必要があった……」

チャールズが声をあげて笑った。

「そして年老いたバビントン牧師も？　彼もすべてを知っていたと？」

「はじめはそうかと思いましたよ。しかしすぐに、それを裏づける証拠がないとわかりました。それでも、最初の障害は残ったままでした。〝たとえカクテルグラスにニコチンを入れたのがあなただったにしても、それが特定の人物の手にわたるようにすることは、あなたにはできなかったはずです〟

それが問題でした。それから、ミス・リットン・ゴアが偶然いった言葉がわたしの目を開けてくれました。

あの毒は特にスティーヴン・バビントンさんを狙ったものでなかったのです。出席していた誰でもかまわなかった――三人を除けば。その三人とは、まずミス・リットン・ゴア、彼女にはあなた自身が無害のグラスをわたしました。それから、あなた自身、そして、サー・バーソロミュー・ストレンジ、彼がカクテルを飲まないのを、あなたは知っていた」

サタースウェイトが叫んだ。

「でもそれはおかしい！　目的はなんだね？　何もないだろう」

ポアロは彼のほうに振り向き、うれしそうに反論した。

「いいえ、あるのです。奇妙な目的が——ひじょうに奇妙な目的がね。このような動機に出くわしたのは、わたしも初めてですよ。スティーヴン・バビントンさんの殺害は、〝通し稽古〟にほかならなかったのです」

「なんだって？」

「ええ、チャールズさんは俳優でした。ですから、俳優の本能にしたがったのです。殺人を犯す前に、厳密にリハーサルをしたのです。そしてまったく疑われなかった。とにかくあの客たちのひとりの死で、彼が得をすることは何もありませんし、さらに、誰もが気づいたように、〝誰か特定の人物に毒を飲ませる〟ことは不可能でしたからね。そういうわけで、みなさん、通し稽古はうまくいったのです。バビントンさんは死亡して、殺人の疑いさえ起きませんでした。その疑いを主張したのは、もっぱらチャールズさんで、わたしたちがそれを本気でとりあげるのを拒否したことに、彼はひじょうに満足しました。グラスのすり替えも首尾よくいきました。実際、彼は〝本番は大丈夫〟と確信したのです。

ご存じのように、成り行きは少し違った形になりました。二度目の事件では、学者が同席していて、即座に毒殺を疑いました。そんなわけで、チャールズさんは、バビントンさんの死を強調することにしたのです。バーソロミューさんの死亡は、その前に起きた死亡事件の結果であるとみなされねばなりません。注目が集中されるのはバビントン氏殺害の動機で、サー・バーソロミュー殺害の動機であってはならないのです。

しかしチャールズさんが気づかなかったことが、ひとつありました——有能なミス・ミルレーの注意深さです。ミス・ミルレーは自分の雇い主が庭にある塔の中でちょっとした化学実験を行なっているのを知っていました。バラに散布する殺虫剤の勘定を支払っている彼女は、かなり大量の溶液が説明なしに消えているのに気づきました。バビントン氏がニコチンで毒殺されたことが判明したという記事を読んだとき、彼女の賢い脳細胞は、すぐさまチャールズさんがバラの殺虫剤から純粋アルカロイドを抽出したという結論に達したのです。

ミス・ミルレーはどうしてよいかわかりませんでした、彼女はバビントン氏を少女のころから知っていましたが、自分の魅力的な雇い主に、深く献身的に恋していたからです。

結局、彼女はチャールズさんの実験装置を壊す決心をしました。チャールズさん自身は自分の成功を信じきっていたので、その必要があるとは思いもしなかったのですが、彼女はコーンウォールまで行き、わたしはあとをつけました」

ここでまた、チャールズが笑った。まさしく卑劣な男にうんざりした立派な紳士そのものに見えた。

「古い化学実験装置だけが、証拠というわけですか？」彼はばかにしたように詰問した。

「いいえ」ポアロはいった。「あなたがイギリスにもどり、イギリスを出た月日を示す、パスポートもあります。それにハーヴァートン州立精神病院にチャールズ・マグの妻、グラディス・メアリー・マグという女性がいるという事実もあります」

エッグはそれまで黙ってすわっていた――凍りついたように。しかしいま、彼女は身動きをした。小さな叫び声が――ほとんど呻くような声が――彼女からもれた。

チャールズはゆったりと振り向いた。

「エッグ、まさかこのばかげた話を一言でも信じたわけではないだろうね？」

彼は笑い声をあげて、両手をいっぱいにのばした。

エッグは催眠術にかかったかのように、のろのろと前に出てきた。苦悶に満ちた目で、訴えるように恋人の目をじっと見つめながら。それから彼に達する直前に、彼女はためらい、目をふせて、誰かに大丈夫だよといってもらいたいかのように、ふらふらとよろめいた。

それから叫び声をあげて、ポアロのそばに膝をついた。

「これはほんとうなの？　ほんとうなんですか？」

ポアロは彼女の肩に両手をかけ、しっかりと優しく触れた。

「ほんとうですよ、マドモアゼル」

あたりは静まりかえり、エッグのすすり泣きが聞こえるだけだ。

チャールズは急に年老いて見えた。彼は一瞬にして老人の顔、色に狂った陰険な老人の顔になっていた。

「ちくしょう」彼はいった。

舞台の上でも、これほど徹底的で抑えがたい敵意をこめて言葉を発したことはなかった。

それから彼は背を向けて部屋から出ていった。

サタースウェイトはぱっと椅子から腰を浮かしたが、ポアロは、すすり泣く娘を優しくなでながら、首を振った。

「逃げてしまう」サタースウェイトはいった。

ポアロは首を振った。

「いや、彼は退場の方法を選ぶだけです。世間の目からゆっくりと消えるか、舞台からすばやく消えるか」

ドアが静かに開いて、誰かが入ってきた。オリヴァー・マンダーズだ。いつもの冷笑するような表情は消えていた。彼は蒼白で不幸に見えた。

ポアロは娘に身をかがめた。

「さあ、マドモアゼル」彼は穏やかにいった。「お友達があなたを家まで送りにきましたよ」

エッグは立ち上がった。彼女は心を決めかねるようにオリヴァーのほうを見て、それからよろよろと彼のほうに一歩ふみだした。

「オリヴァー……お母様のところへ連れていって。ああ、お母様のところへ連れていってちょうだい」

彼は彼女に腕をまわし、ドアへと導いた。

「いいとも、そうしよう。おいで」

エッグの足は震えていて、ほとんど歩けなかった。オリヴァーとサタースウェイトが両脇から支えて彼女を歩かせた。ドアまでくると、彼女は冷静になり、顔をあげた。

「もう大丈夫よ」

ポアロが手招きし、オリヴァー・マンダーズは引き返してきた。

「彼女に優しくしておあげなさい」ポアロがいった。

「もちろんです。世界で大切なのは彼女だけです――ご存じだと思いますが。彼女を愛するがゆえに、ぼくは痛烈で皮肉になりました。でもいまから、ぼくは変わります。ぼくはそばにいる覚悟ができています。そしていつの日か、たぶん――」

「そう思います」ポアロはいった。「あの男が現われて彼女を惑わせたときにも、彼女はあなたのことを気にかけていました。年上の男に熱を上げるのは、若い娘にはほんとうに危険なことです。そのうちエッグは友達に恋をして、岩の上に堅実な幸福を築いていくでしょう」

彼は部屋を出ていく若者の後ろ姿を優しく見守った。

ほどなくサタースウェイトがもどってきた。

「ポアロさん。あなたはすばらしかった――まったくすばらしかった」

ポアロは謙虚な表情をして見せた。

「いやいや、たいしたことはありません――なんでもない。《三幕の殺人》が終演したのです――そしていま緞帳がおりました」

「ちょっと訊いてもよろしいかね――」サタースウェイトはいった。

「はい、説明してほしいことがあるのですね？」

「ひとつ、知りたいことがある」

「どうぞ」

「完璧な英語を話すときと、そうでないときとあるのはなぜですかな？」

　ポアロは笑った。

「ああ、なるほど。確かに、わたしは正確で、こなれた英語を話せます。しかしね、たどたどしい英語を話すのは、たいへんな強みなのです。人々はそういう相手を見下しますからね。ああ、外国人か、まともな英語も話せないのだ、とね。人々を恐れさせるのは、わたしのやりかたではありません――代わりに、わたしは人々の穏やかな嘲りを促します。それに、自慢もしますよ！　イギリス人はよくこういいます、『尊大なやつは、あまりたいしたことがない』これはイギリス的なものの見方です。ちっとも真実ではありません。そうやって、わたしは人々に油断をさせるのです。今ではすっかり」彼はいいそえた。「癖になってしまいましてね」

「おやおや、まったく蛇のような悪知恵だ」サタースウェイトはいった。

　彼はしばらく黙って、事件のことを考えていた。

「わたしはこの事件で、何も際立った働きをしなかったようだな」サタースウェイトは腹立たしげにいった。

「とんでもない。あなたは重要な点を敏感に察知しましたよ――サー・バーソロミューが執事についていった言葉、それにミス・ウィルズのすぐれた観察力もつかんでいました。あなたが芝居のいわゆる約束ごとに惑わされていなければ、謎は解けたはずです」

サタースウェイトはそれを聞いてうれしそうな顔になった。

そこに、ふと、ある考えが頭に浮かび、あんぐりと口をあけた。

「なんてことだ」彼は叫んだ。「たったいま気づいたんだが、あの悪党め、毒入りのカクテルなんぞ作りおって！　誰がそれを飲むか、知れたもんじゃなかった。わたしが飲んでいたかもしれないのだ」

「あなたは気づいていませんが、もっと恐ろしい可能性さえあったのですよ」ポアロがいった。

「というと？」

「毒を飲んだのはこのわたしだったかもしれないのですよ」エルキュール・ポアロはいった。

解説

女優 日色ともゑ

クリスティーを久しぶりに読みました。若い頃は〝アガサ漬け〟になって、出版されたものは全て読破したほどだったのに――。いつの間にか、P・D・ジェイムズやコリン・デクスター、イアン・ランキン、レジナルド・ヒルなどなどに浮気して、すっかり忘れて……いやいや、それは間違い！　ポアロもミス・マープルも素晴らしい俳優たちによってTV化されて〈ミステリチャンネル〉で放送されているので、すっかり満足してしまっていたのです。活字で読んでいる時は、「灰色の脳細胞」と自慢タラタラのポアロはあまり好きではなかったのですが、デイビッド・スーシェの演技力はすごいです。鼻もちならないうぬぼれ屋さんも彼が演じると、上質なスパイスのようで、おもわずニヤリとして、物語に引き込まれてしまうのです。

さて、この『三幕の殺人』、殺人はこわいけど、〝三幕の芝居〟なら、なつかしいですね。このごろの日本演劇界には〝三幕もの〟の芝居なんて、みあたらないからです（歌舞伎は別）。ゆとりがなくなったのか、人間が気短かになったのか、とにかく二時間ほどで終るものがほとんどです。私がこの世界に入った一九六一年頃は、プロローグ、エピローグありの、三幕ものがほとんどでした。三時間、四時間は普通で、芝居の醍醐味を心ゆくまで味わったものです。

それと同じ満足感を味わわせてくれるのが、この『三幕の殺人』です。ポアロはなーんと脇役、主役は五十代の元俳優。男としてまだまだ魅力たっぷりなのに引退してしまうなんて、もったいない。俳優の仕事には定年なんて、ないのに。でも、好きな時にやめることが出来る自由があるのは、ステキ！　かも。私のイメージだと、サー・イアン・マッケレン、ちょっと古いかな。この元俳優に恋する〝エッグ〟と呼ばれる若い女性は、アカデミー賞を取る前の泥くさいニコール・キッドマンがいいなァ。そして三人目の重要な登場人物は、美術や演劇のパトロン。これは実にうらやましいかぎりです。イギリスのお金持たちは、文化に理解を示し、演劇や美術界の才能ある人たちを援助し、育ててくれるのですが、私たちの周りには、そんなステキなパトロンはみあたりません。戦前の日本人は違ったようですけどね。このパトロンは観察することが好きで、人の心の動きを読みとることが出来ます。この役を演じるのはむずかしい。マクス・フォン・シドー。やっぱり古すぎるかしら？　まァ、とにかくこの三人が中心になって、一幕、二幕でおこる殺人事件に取り組んでゆくのですが、最初にちょこっと顔を出したポアロが最後の最後に出てきます。三人が調査した話をききながら、解決にむかってゆくのですが、読者（観客）の心をしっかりとつかんでしまうのは、やはりポアロ。私たちの世界では、出番は少ないけど、印象の強い役を〝おいしい役〟と言うのですが、出ずっぱりで、台詞の多い主役はたまったものではありません。

ここ数年クリスティーの本からは離れていましたが、なぜか私は、彼女の事件をおって、旅をしていました。昔のオリエント急行の終点だったイスタンブールでは、アガサが滞在していたホテル、〈ペラ・パレス〉に私も泊り、彼女がお気に入りだったというバーでお酒を飲みました。お酒と言えば、ポアロの趣味は私にはあいません。この本の中でこんなことを言ってるんです。「シェリーですが、わたしはカクテルよりもこのほうが好きでして――それにウィスキーの千倍も好きです。ああ、じつはウィスキーは嫌いです。ウィスキーを飲むと、味覚がだめになります、絶対にだめになりますよ。フランスの繊細なワイン、それを楽しむには、決して、決して――」

ウヘェ！　私は、ウィスキー、特に〝タリスカ〟というスコッチが大好きで、スカイ島（スコットランド）の醸造所まで行って来たんですから——。それから、ヴィクトリア・ステイションでポーターに荷物を運んでもらい、オリエント急行に乗りました。今はロンドンからヴェネツィアまでですが、正装してディナーを食べたり、流れゆく景色を眺めながら、『オリエント急行の殺人』を思い出したりして、夜はちょっとこわかったです。

昨年はとうとうアガサの生まれ故郷、トーキイに行って来ました。パディントン駅からプリマス経由でした。イギリスのリヴィエラと言われ、海の美しい温暖なところで、時間がゆったりと流れ、ミステリとは結びつかないのですが、ハッと気づくと、まわりは老人ばかり……今、ここは一線をしりぞいた人々が余生を静かに過すために、都会の家を売って移ってくる、あこがれの地なんだそうです。

こうやって、アガサの本の中で想像していた場所に実際に行ってみると、私の感動は大きく、驚きに満ちみちています。時代は変り、人々の服装も変化しているのですが、建物や自然はアガサの時代のおもかげをとどめているのです。イギリスの田舎町を歩いていると、〝ミス・マープル〟がいまにも現われそうな錯覚にとらわれます。こんなふうに考えるのは、私が俳優だからなのでしょうか。本書の中で元俳優にむかって、ポアロはこんなことを言っています。

「あなたは演劇者の頭脳を持っておいでです、チャールズさん、創造的で、独創的で、常に演劇的要素を求める。サタースウェイトさんは、観客の頭脳でもって、登場人物を観察し、芝居の雰囲気を感じとる。しかし、わたしはというと、わたしの頭脳はおもしろみのない事実で成り立っているのです。芝居の衣装や照明を抜きにしてそのものだけを見るのです」

私はどうやら、事実をみていないのかもしれませんが、本書の〝犯人〟は、みのがしませんでした。

灰色の脳細胞と異名をとる
〈名探偵ポアロ〉シリーズ

本名エルキュール・ポアロ。イギリスの私立探偵。元ベルギー警察の捜査員。卵形の顔とぴんとたった口髭が特徴の小柄なベルギー人で、「灰色の脳細胞」を駆使し、難事件に挑む。『スタイルズ荘の怪事件』（一九二〇）に初登場し、友人のヘイスティングズ大尉とともに事件を追う。フェアかアンフェアかとミステリ・ファンのあいだで議論が巻き起こった『アクロイド殺し』（一九二六）、イニシャルのＡＢＣ順に殺人事件が起きる奇怪なストーリーが話題をよんだ『ＡＢＣ殺人事件』（一九三六）、閉ざされた船上での殺人事件を巧みに描いた『ナイルに死す』（一九三七）など多くの作品で活躍し、最後の登場になる『カーテン』（一九七五）まで活躍した。イギリスだけでなく、イラク、フランス、イタリアなど各地で起きた事件にも挑んだ。

映像化作品では、アルバート・フィニー（映画《オリエント急行殺人事件》）、ピーター・ユスチノフ（映画《ナイル殺人事件》）、デビッド・スーシェ（ＴＶシリーズ）らがポアロを演じ、人気を博している。

1 スタイルズ荘の怪事件
2 ゴルフ場殺人事件
3 アクロイド殺し
4 ビッグ4
5 青列車の秘密
6 邪悪の家
7 エッジウェア卿の死
8 オリエント急行の殺人
9 三幕の殺人
10 雲をつかむ死
11 ＡＢＣ殺人事件
12 メソポタミヤの殺人
13 ひらいたトランプ
14 もの言えぬ証人
15 ナイルに死す
16 死との約束
17 ポアロのクリスマス
18 杉の柩
19 愛国殺人
20 白昼の悪魔
21 五匹の子豚
22 ホロー荘の殺人
23 満潮に乗って
24 マギンティ夫人は死んだ
25 葬儀を終えて
26 ヒッコリー・ロードの殺人
27 死者のあやまち
28 鳩のなかの猫
29 複数の時計
30 第三の女
31 ハロウィーン・パーティ
32 象は忘れない
33 カーテン
34 ブラック・コーヒー〈小説版〉

訳者略歴　日本大学芸術学部卒，英米文学翻訳家　訳書『シンデレラ』『白雪と赤バラ』マクベイン（以上早川書房刊）他多数

Agatha Christie

三幕《さんまく》の殺人《さつじん》

〈クリスティー文庫 9〉

二〇〇三年十月十五日　発行
二〇二四年一月二十五日　十一刷
（定価はカバーに表示してあります）

著者　アガサ・クリスティー
訳者　長《なが》野《の》きよみ
発行者　早川　浩
発行所　株式会社　早川書房
郵便番号　一〇一 - 〇〇四六
東京都千代田区神田多町二ノ二
電話　〇三 - 三二五二 - 三一一一
振替　〇〇一六〇 - 三 - 四七七九九
https://www.hayakawa-online.co.jp
乱丁・落丁本は小社制作部宛お送り下さい。
送料小社負担にてお取りかえいたします。

印刷・精文堂印刷株式会社　製本・株式会社フォーネット社
Printed and bound in Japan
ISBN978-4-15-130009-7 C0197

本書は活字が大きく読みやすい〈トールサイズ〉です。